Jörg Juretzka

Bis zum Hals

Kriminalroman

Unionsverlag

Die Originalausgabe erschien 2007
im Ullstein Verlag, Berlin.

Im Internet
Aktuelle Informationen, Dokumente, Materialien
zu Jörg Juretzka und diesem Buch
www.unionsverlag.com

Unionsverlag Taschenbuch 749

Neptunstrasse 20; CH-8032 Zürich
Telefon +41 44 283 20 00
mail@unionsverlag.ch

Reihengestaltung: Heinz Unternährer
Umschlaggestaltung: Heike Ossenkop
Umschlagbild: jukai5/Shotshop.com
Druck und Bindung: CPI – Clausen & Bosse, Leck
ISBN 978-3-293-20749-3

Auch als E-Book erhältlich

Für Cora und Verena
Speziellen Dank an Hot Snakes für ›XOX‹

Prolog

So: Sixpack Bier, Schachtel Kippen. Dazu ein Red Bull und für zwanzig Öcken Sprit, damit Fahrer und Wagen es ohne abzukacken bis nach Hause schaffen. Ah, und damit der Fahrer sich zu Hause überhaupt zur Tür reintrauen kann, noch 'ne Dose Katzenfutter. Mit Fisch. Solange Fisch drin ist, frisst sie alles.

Drei Uhr morgens an der Nachttanke, seit zwei oppressiv schwülen Tagen und Nächten auf den Beinen und noch rund dreißig Minuten zu fahren, vorausgesetzt, man hielt sich einigermaßen an die Regeln. Also höchstens zwanzig in der Stimmung, in der ich mich befand.

Er schlägt sie. Sie rennt weg. Ihn packt Reue und die Angst, sie könne in ihr altes Gewerbe zurück und damit den Leuten wieder in die Fänge geraten, aus denen er sie einstmals gerettet – sprich: freigekauft – hat. Also heuert, ja fleht er Detektiv an, sie zu suchen. Detektiv braucht das Geld, handelt Prämie aus und kniet sich rein in achtundvierzig Stunden voll vager Andeutungen, dreister Lügen, kalten Misstrauens, unverhohlener Drohungen und klumpfüßiger Versuche, ihn zu bescheißen, zu beklauen oder sonstwie abzuzocken. Achtundvierzig Stunden umwabert von Schweiß und Qualm und synthetischen Duftstoffen mit einem geringeren Literpreis als dem der ausgeschenkten Getränke, achtundvierzig Stunden, die den gleichen Zeitraum mit Brechdurchfall zu verbringen vergleichsweise heiter erscheinen lassen. Nur um im Endeffekt herauszufinden, dass die Grundgute in der Zwischenzeit zu ihrem Kerl zurück ist. Und was machen beide, kaum wieder versöhnt? Prellen erst mal den Detektiv um sein Geld.

Ich hoffe, nächstes Mal schlägt er sie tot, dachte ich, warf die Einkäufe auf den Beifahrersitz, schwang mich hinters Lenkrad, startete den Motor, riss das Fernlicht an und trat das Gas mit mehr als nur dem üblichen Hauch von Ingrimm.

Keine fünfzehn Minuten später, lila Brause gerade spürbar, Kippe in voller Glut, Bierdose am Hals, Tachonadel im unteren dreistelligen, die vom Drehzahlmesser im oberen vierstelligen Bereich, praktisch im Sinkflug auf zu Hause, stieß man mir diesen schmächtigen blonden Typen direkt vor den Kühler.

Teil 1

Na, das hast du ja sauber hingekriegt, Kryszinski.«

Wenn es etwas gibt, das ich an Kommissar Hufschmidt hasse – besonders hasse, heißt das, also mehr noch als alles andere, das ich eh schon hasse an ihm –, dann ist das seine gespielte Coolness im Angesicht des Entsetzlichen.

Er war aschfahl und brauchte die offene Türe seines Opels als Stütze, doch anstatt sich zu erbrechen und dann langsam wieder beizukommen wie ein normaler Mensch, meinte er, hier Eindruck schinden zu müssen.

Der Typ am Boden war furchtbar zugerichtet, auf eine Art und Weise tot, die keinen Raum für Hoffnung oder Zweifel ließ. Mit abgerissenen Gliedmaßen und aufgeplatztem Schädel lag er inmitten einer unfassbaren Lache von … nennen wir es der Einfachheit halber Blut. Der Rumpf und die verbliebenen Extremitäten waren verdreht, wie es sonst nur bei einer ausgesprochen schlaffen Stoffpuppe möglich wäre. Selbst Unfallarzt und Rettungssanitäter sahen drein, als wüssten sie nicht recht, wo anfangen mit aufklauben.

Als Menden endlich eintraf, befand ich mich irgendwo am Rand des Geschehens und machte zögernde Fortschritte, meinen Magen wieder an seinen angestammten Platz hinunterzuwürgen.

»Vermutlich Arsch voll, viel zu schnell und … *Peng*«, meinte ein Uniformierter, der das Sich-Erbrechen-und-wieder-Beikommen schon hinter sich hatte, lapidar und deutete vom Toten zu meinem am Ende zweier endlos langer Bremsspuren in der Flanke eines geparkten Benz zum Stehen gekommenen Toyota und dann auf mich.

Hauptkommissar Menden sah mich an. Ich fügte mich ins Unvermeidbare und sah zurück. In ein Gesicht, so lang wie ein Sonntag im November, und zwei Augen, so grau wie der Produktausstoß eines Krematoriums. Sie musterten mich mit von Herzen kommender Kühle.

Blaulicht und Blitzlicht umflackerte uns, Scheinwerfer beschienen den Toten. Streifenbeamte, Feuerwehrleute, Zivile und Weißbekittelte taten, was zu tun war, wortkarg und schwitzend in der dampfenden Nacht.

»Also, Kryszinski. Äußern Sie sich«, forderte Menden.

»Ich bin unschuldig«, war alles, was mir einfallen wollte. Menden sehen und diesen Satz äußern ist manchmal wie zwei Sektenwerbern die Tür öffnen und sie gleich wieder schließen. Es hat etwas Automatisches, Zwangsläufiges. Beide Seiten wären irgendwie baff, würde es anders laufen.

Außerdem war ich fühllos, entrückt, wie anästhesiert. Man fährt schließlich nicht alle Tage einen Menschen über den Haufen. Noch nicht mal ich, sollte ich vielleicht hinzufügen. Und dann noch ohne Absicht.

»Ha, unschuldig«, mischte sich Hufschmidt ein, seine Hängebäckchen immer noch blass, aber schon wieder schlackernd vor Eifer. »Körperverletzung mit Todesfolge. Das ist das Mindeste, für das wir dich hier drankriegen.«

Ich drehte mich zu ihm und schenkte ihm einen Blick, den ich normalerweise für die Bewohner der Ritzen meiner Nasszelle reserviert halte. Also irgendwas zwischen resignativer Gleichgültigkeit und grundehrlicher Abscheu. Dann wandte ich mich wieder an Menden.

»Es war Mord«, sagte ich. Hufschmidt lachte unfroh auf.

Menden seufzte, wie nur er es kann. Er blickte auf seine Uhr und seufzte noch mal. »Was soll das werden, Kryszinski?«, fragte er dann. »Ein Geständnis?«

»Nein, nein«, warf ich hastig ein, doch Menden war noch nicht fertig. »Oder glauben Sie, uns hier in eine Morduntersuchung hetzen zu können, nur um Ihre fadenscheinige Fahrerlaubnis ein letztes Mal über die Zeit zu retten?«

»Nein«, entgegnete ich und versuchte, mich aus der zähen Betäubung des Schocks zu winden wie die Schlange aus der Haut. Es half nichts. Genauso wenig wie Kopfschütteln helfen wollte. Da blieb diese an- und abschwellende, tranceähnliche Empfindung, dieses schwankende Gefühl gespenstischer Irrealität. »Irgendjemand hat mir den Typen vor den Wagen gestoßen.«

Riesige Augen. Dieser Blick aus hellen, schreckgeweiteten, angstvollen Augen, das war, was mich von hier ab verfolgen würde, das war mein Erbteil dieser Nacht, völlig unabhängig davon, vollkommen scheißegal, wie die rechtlichen Konsequenzen aussehen mochten.

»Wer?« Alle Skepsis dieser Welt versammelte sich in dieser einen Mendenschen Silbe. »Wer hat Ihnen angeblich das Opfer vor den Wagen gestoßen?«

»Zwei dunkel gekleidete und, tja, irgendwie maskierte Männer.«

Ich hörte Hufschmidt schnauben. »Mein Gott, Kryszinski«, grunzte er. »Das ist die mit Abstand erbärmlichste Ausrede, die ich je von dir gehört habe. Und das will echt was heißen.«

Ich tippte, so für mich, auf Strumpfmasken. Wehendes Haar oder aber polierter Schädel, Brille, Barttracht, Brauen, große oder kleine Nasen – da war nichts, aber auch gar nichts in dieser Richtung, das sich vor meinem geistigen Auge abrufen lassen wollte. Nichts, woran ich eine Erinnerung hätte festmachen können. Zwei dunkle, gesichtslose Schemen, das war und blieb erst mal alles.

»Sie waren zu zweit«, wiederholte ich das Einzige, dessen

ich mir sicher war. »Sie haben ihn mir gemeinsam vor den Wagen gewuchtet und sind direkt danach in einem dunklen Audi abgehauen.« Ich fühlte mich ruhig, dabei teilnahmslos, entrückt. Ich lauschte mir selbst und fand, ich klang ungefähr so lebhaft wie eine Bandansage mit Wetterdaten.

»Es wird immer wilder«, fand Hufschmidt und trollte sich mit demonstrativem Kopfschütteln.

»In welche Richtung?«, fragte Menden. Ich brauchte einen Moment, um hinter den Sinn seiner Frage zu kommen, abgelenkt durch den hamsterbackigen Kommissar, der einen Abschleppwagenfahrer beiseite schulterte, um durch die Beifahrertür in meinen Wagens zu krabbeln.

»In welche Richtung sollen die beiden angeblichen Täter entkommen sein?«, fragte Menden mit spürbar bemühter Geduld. Ich wurde ein wenig wacher. Riss den Blick los von Hufschmidt, der ungeduldig in meinem Handschuhfach herumwühlte. War mir gar nicht recht, das.

»Da lang.« Ich deutete Richtung Kettwig.

Menden nickte. »Von wo genau?«, wollte er wissen. Ich zeigte ihm die Stelle, an der der Audi gestanden hatte. Ich zeigte ihm auch die Lücke in einer Reihe parkender Wagen, aus der heraus man, wenn ich mich nicht täuschte, das Opfer gestoßen hatte. Zwischen beiden Orten lagen gerade mal vier PKW-Längen. Menden ließ sich eine Taschenlampe reichen und besah sich alles sehr gründlich. Es fand sich nichts, das seine besondere Aufmerksamkeit erregt hätte.

»Also noch mal von vorn«, wandte er sich schließlich wieder an mich. »Sie fahren in *dieser* Richtung«, er deutete mit dem Lampenstrahl, »rammen mit hoher Geschwindigkeit einen Fußgänger, notbremsen und bringen ihren Wagen in der Flanke eines geparkten Fahrzeugs zum Stehen. *Gleichzeitig* bemerken Sie, wie sich zwei Personen *hinter*

Ihnen in einen PKW setzen, den Sie als *Audi* identifizieren, und sich dann damit in *dieser*, ihrer eigenen entgegengesetzten Fahrtrichtung entfernen.« Wieder deutete er mit der Lampe, beschien ein paar Gaffer, wie sie allerorten und zu jeder Tages- und Nachtzeit aus dem Boden zu wachsen scheinen. »Sie haben demnach nicht erst mal eine Weile ins Leere gestarrt oder sonstwie gebraucht, den Schrecken zu überwinden?«

Ich schüttelte den Kopf. »Ich war gleich aus dem Auto. Wissen Sie, das hier ist nicht unbedingt der erste Unfall, in den ich verwickelt wurde.«

Menden machte »Ach«.

Ein Weißkittel kam auf uns zu. »Sollen wir?«, fragte er, an Menden gewandt.

Der nickte. »Gehen Sie mit«, befahl er mir. »Blutprobe. Sie kennen das ja.«

Während ich bei offener Tür im Rettungswagen hockte, beobachtete ich, wie Menden die vier Fahrzeuglängen im Laufschritt abmaß und dabei auf die Uhr blickte. Ich sah auch, wie er anschließend ganz leicht den Kopf schüttelte.

»Ballen Sie die Finger zur Faust«, forderte der Arzt. Also ballte ich und sah ihm dann beim Herumstochern mit der Nadel zu.

»Sie haben aber harte Venen«, fand er.

»Ich weiß. Soll ichs mal versuchen?« Doch er wollte lieber selber.

»Was ist denn das hier?« Das Blut war dann doch noch geflossen und Hufschmidt lenkte mich von der kontemplativen Betrachtung des kleinen Pflasters in meiner Armbeuge ab, indem er das vor meiner Nase herumschwenkte, das er eigentlich besser nicht in meinem Wagen hätte finden sollen.

»Wie siehts denn aus?« fragte ich zurück, nickte dem Arzt zu und kletterte wieder raus aus dem RTW.

»Wie eine ganze Latte Autoschlüssel, Kryszinski. Und was ich wissen will, ist, wo du die her hast.«

»Die hat mir ein Kunde anvertraut«, bog ich die Wahrheit ein wenig.

»Komplett mit Schlüsselbrett, aus dem hinten noch die Schrauben samt Dübeln rausragen?«

»Wir waren beide in Eile«, servierte ich ihm eine mathematisch exakte Halbwahrheit.

Hufschmidt ging die Schlüssel durch. Er staunte.

»Lamborghini, Porsche, Lotus ... Du willst mir erzählen, jemand vertraut ausgerechnet *dir* die Schlüssel zu einem Dutzend Sportwagen an? Hat der Typ eine Ahnung, wie du Auto fährst?«

»Noch nicht«, antwortete ich.

Doch falls er nicht umgehend seine Schulden bei mir bezahlte, fügte ich im Stillen hinzu, würde er nur allzu bald dahinterkommen.

Menden nahm mich schließlich mit ins Präsidium, den ganzen Ablauf noch mal herunterbeten. Ich durfte vorne sitzen, entweder ein Zeichen von Vertrauen oder aber dafür, dass Menden mich als Gewalttäter nicht wirklich ernst nimmt.

So ist es immer mit ihm. Trotzdem gewöhnt man sich nicht daran.

Die Sonne hob ihr schwelendes Auge über einen Horizont aus Strommasten und Mobilfunkantennen, boshaft entschlossen, einen weiteren, endlosen Tag lang Leim aus den Knochen der Lebenden zu sieden.

Ich schleppte mich die sieben Etagen hoch – alles ist besser, als in eines unserer beiden irreführenderweise als »Aufzüge« bezeichneten, lotrecht mobilen Stehpissoirs zu steigen –, nur um mich oben noch vor Erreichen der Wohnungstür schlagartig daran zu erinnern, dass ich die Dose Katzenfutter im »bis auf Weiteres« sichergestellten Wrack meines Toyotas vergessen hatte.

Ohne zu zögern machte ich auf der Hacke kehrt und ging wieder runter. Alles andere wäre Irrsinn gewesen. Es gibt nur zwei Methoden, dieses ebenso schrill gestimmte wie halsstarrige kleine Monster ruhigzustellen, und die unblutige, wenn auch leider nur temporäre der beiden ist, es vollzustopfen bis zur Glubschäugigkeit.

Zurück vom Kiosk an der Ecke, begrüßt von einer Stimmlage, die Gabel-auf-Porzellan-Gequietsche wie symphonische Musik erscheinen lässt, füllte ich dem Vieh in aller Hast den Napf, schloss die Vorhänge, nahm das hektische Blinken des Anrufbeantworters als Mahnung, den Telefonstecker zu ziehen, fiel aufs Bett und machte die Augen zu, entschlossen, mich den zu erwartenden Albträumen zu stellen. Über dem unnötig lauten und ausdauernden Kratzen der Katze in ihrem Scheißhaus sackte ich dann auch tatsächlich weg in eine Endlosschleife aus kreischenden Reifen, berstenden Windschutzscheiben und Blicken voller Anklage aus schreckgeweiteten, hellen, wissenden Augen.

Und sie verfolgten mich auch nach dem Wachwerden weiter.

Hell und groß und seltsam kindlich in diesem irgendwie vorzeitig gealtert wirkenden Gesicht unter blonden Ponyfransen und Brauen. Harte Jugend, las ich aus den schmalen Wangen und tiefen, für immer skeptischen Falten links und rechts von Lippen, die kein Blut und kein Verlangen zu enthalten schienen.

»Ja, das ist er«, bestätigte ich, schob die Foto-Automaten-Passfotos in den Umschlag zurück und reichte ihn Hufschmidt wieder rüber.

Der Schock war gewichen und hatte einem dumpf in mir nagenden Wunsch nach Vergeltung Platz gemacht.

Hufschmidt linste in den Umschlag, fingerte darin herum, brachte den Streifen mit zwei Aufnahmen zum Vorschein und schlug dann mit der flachen Hand auf den Tisch.

»Raus damit!«, bellte er und fügte, als ich ihn verwundert anblickte, »das dritte Foto!« hinzu, woraufhin ich zu meiner Verblüffung feststellen musste, dass mir das einzelne Passbild irgendwie unter der schwitzigen linken Handfläche kleben geblieben war. Zögernd händigte ich es aus.

»Wo habt ihr die Fotos her?«

»Waren zusammen mit einem handgeschriebenen Zettel in einem Umschlag, den wir in der Nähe des Unfallorts in einem Gebüsch gefunden haben.«

»Des *Tat*orts«, verbesserte ich ihn. Er zuckte die Achseln.

»Wie ist der Umschlag dahingekommen? Und wo ist das vierte Passfoto?« Wieder Achselzucken. Der Kommissar machte an diesem Nachmittag nicht den gesprächigsten Eindruck. Und auch nicht den zufriedensten. Das hieß, die Dinge konnten nicht ganz schlecht stehen für mich.

»Kann es sein, dass das Opfer ahnte, was man mit ihm vorhatte, und den Umschlag bewusst weggeworfen hat, damit er seinen Mördern nicht in die Hände fällt?«

»Jetzt mach mal halblang, Kryszinski. Erstens ermitteln wir immer noch ausschließlich wegen fahrlässiger Tötung und weiterhin nur gegen dich. Und zweitens sind es immer noch wir, die hier die Fragen stellen.«

»Habt ihr den Toten überhaupt schon identifiziert?« Kopfschütteln.

»Vielleicht findet sich ja ein Hinweis in dem Schreiben? Kann ichs mal sehen?«

Schnauben. »Sonst noch irgendwelche Wünsche?«

»Ja: Ich will meinen Lappen zurückhaben.«

Hufschmidt machte einen regelrecht sichtbaren inneren Schritt rückwärts. »Das muss der Hauptkommissar entscheiden«, behauptete er.

Fast hätte ich gelacht. Meine Blutprobe war negativ, hieß das, und Hufschmidt ärgerte sich bucklig darüber.

Menden kam in sein Büro, ein entfaltetes, handbeschriebenes Blatt in der Hand. Er wedelte lustlos damit.

»Vermutlich russisch«, stellte er fest. »Wer übersetzt aus dem Russischen für uns?«, fragte er Hufschmidt.

»Ist das nicht dieser verhinderte Atomphysiker von ›Weltsprachen Sondermann‹? Gisbininjew oder so ähnlich?«

»Oder so ähnlich. Rufen Sie ihn an. Der soll sich das hier mal ansehen.«

Mit einem Ruck wandte sich Menden an mich. »Gut

möglich, dass der Mann, den Sie überfahren haben, ausländischer Staatsbürger war, Kryszinski. Gut möglich, dass unsere Ermittlungsarbeit von mehr als nur einer übergeordneten Stelle unter die Lupe genommen werden wird. Anders ausgedrückt: Solange Sie Ihre Schutzbehauptungen aufrechterhalten, machen Sie uns wieder mal einen Haufen Scheiß-Arbeit.« Das Ganze in flachem, bedrohlichem Monoton. Menden kann einen anschnauzen, ohne die Stimme zu heben.

»Ich bin gerne bereit, Ihnen einen Teil davon abzunehmen«, versicherte ich mit all der Blauäugigkeit, zu der ein Mann mit zwei rostbraunen Iriden fähig ist.

»Das glaube ich gern«, knurrte der Hauptkommissar. »Deshalb lassen Sies uns hier und jetzt unverzüglich klarstellen: Sie werden sich aus der Angelegenheit komplett heraushalten, verstanden?«

Ich nickte ernsthaft, doch Menden sah gar nicht her.

»Wer ist eigentlich mit der Autopsie beauftragt?«, fragte ich und brachte ihn damit nahe daran, mit der Faust auf den Tisch zu hauen. Doch er merkte es und fing sich.

»Sie haben mich gehört«, grollte er.

Ich stand auf. »Seien Sie mal ehrlich«, forderte ich provokant. »Würden Sie von einem Klempner erwarten, einen Wasserschaden im eigenen Haus so lange pladdern zu lassen, bis irgendeine schwachsinnige Behörde entschieden hat, ob es sich dabei tatsächlich um einen Rohrbruch oder aber möglicherweise um ein natürlich fließendes Gewässer handelt?« Ich sah von einem zum anderen. Keine Antwort. Das Adjektiv »schwachsinnig« hätte ich aus der Frage besser herausgehalten, fiel mir auf. Ging den beiden irgendwie schräg rein, das spürte man.

»Also«, fuhr ich eilig fort. »Da dürfte es doch wohl schwierig werden, Ähnliches von einem Detektiv zu verlangen, oder?«

»Wieso das denn?«, brauste Hufschmidt auf. »Du hältst dich raus oder wir buchten dich ein. Was soll daran schwierig sein?«

»Dr. Korthner«, sagte Menden, ohne mich dabei anzusehen. »St.-Marien-Hospital. Und jetzt lassen Sie uns arbeiten.«

»Hauptkommissar Menden hat gesagt, Sie sollen meinen Führerschein rausrücken«, behauptete ich an dem panzerverglasten kleinen Schalter im Keller des Präsidiums. Der diensthabende Beamte verlangte mürrisch meinen Personalausweis, kramte meinen Lappen und einen Wisch aus einem Ablageschrank, ließ mich den Wisch unterschreiben und schob mir die rosa Pappe raus.

Das ging mir nun doch ein bisschen zu glatt.

»Was wäre, wenn ich über Mendens Anweisung gelogen hätte?«, fragte ich, Führerschein tief in der Jackentasche und Füße schon mal bereit, die Treppen zum Ausgang hochzusprinten.

»Dann wäre Ihre Fahrerlaubnis gar nicht erst bei mir gelandet«, meinte der Beamte müde und verwies auf das Schild überm Schalter. »Wir sind die *Ausgabe*, Sie Schlauberger. Verwahrung ist woanders.«

Ich machte »Hm« und verzog mich.

Kristof Kryszinski scheitert erneut beim Versuch, die Justizbehörden zu ficken. Doch er wird es weiter probieren.

»Dr. Korthner?«, fragte ich über das sirrende Geräusch eines hochdrehenden Elektrogeräts hinweg, worauf der kleine, weißbekittelte Mann am Seziertisch zusammenzuckte und zu mir herumfuhr.

»Wie sind Sie hier hereingekommen?«, blaffte er mich durch seine Chirurgenmaske hindurch an. Routiniert schaltete er die kleine, blutige Elektrosäge in seiner Rechten ab und zog mit der freien Hand ein Laken über das, woran er da gerade herumgesägt hatte. Ob aus Gründen der Pietät war nicht zu sagen. Mir kam es eher so vor, als ob niemand sehen sollte, was für ein besonders schönes Stück er sich da gerade heraustrennte, um es heute Abend daheim in die Pfanne zu hauen. Aber vielleicht ging auch nur mal wieder meine Fantasie mit mir durch. »Ich frage Sie noch mal: Wie sind Sie hier hereingekommen?«

»Ich hab an der Pforte gesagt, dass ich Sie im Rahmen polizeilicher Ermittlungen sprechen muss«, antwortete ich und sah mich um. Die pathologische Abteilung des katholischen Krankenhauses befindet sich praktischerweise direkt neben der im Fachjargon L-Haus genannten Leichenkammer im Keller. Es war angenehm kühl hier und hell, wenn auch nicht unbedingt freundlich. Beide Seziertische in dem weißgekachelten Raum mit den grauen Bodenfliesen waren belegt, beide Leichen mit Tüchern bedeckt. Auf dem vor Dr. Korthner sickerte an mehreren Stellen Blut durch. Unter dem Tisch arbeitete eine Pumpe mit Schlürfgeräuschen, für die es kein anderes Attribut gibt als revoltierend.

Es roch dumpf nach Fäkalien, bitter nach verbranntem Fleisch, süßlich nach angesägten Knochen und ätzend nach Sagrotan. Wonach es wider Erwarten nicht riechen wollte, waren Tod und Verwesung.

Zwischen den, tja, leichenblassen Füßen der angesägten Leiche lag ein Bündel bunter, blutiger und zerrissener Klamotten.

Der gar nicht so entfernt an Grillpartys erinnernde, angebrannte Geruch kam von dem anderen Tisch. Der Tote dort lag eng zusammengekrümmt auf der Seite. Hinter seinen schwarz verkohlten, abblätternden Füßen, aus denen oben gelblich die Reste von Zehenknochen herausragten, lag ein Paar ebenfalls völlig verschmurgelter Ledersohlen.

Dazu nicht mehr als eine Handvoll kleiner, schwarz umrandeter Stoffreste.

»Suizid«, meinte Dr. Korthner lapidar. »Kleiner Selbständiger, Änderungsschneider. Alleinstehend. Insolvent, zwangsgeräumt. Hat erst noch seinen Hund ins Tierheim gebracht, ist dann vom Tierheim aus schnurstracks nach Hause, hat sich im Hof mit Benzin übergossen und angesteckt.«

Das muss, dachte ich so für mich, eine einsame Strecke Wegs gewesen sein.

»Ich weiß nicht, wies Ihnen geht«, dachte ich laut, »aber ich frag mich bei so was immer, wie ich wohl mal enden werde.« Und irgendwie entrang sich mir ein Seufzer dazu.

Das brachte mir einen äußerst schrägen Blick ein.

»Was immer Sie tun«, meinte der Doktor mit großem Ernst, »sehen Sie zu, dass es final ist. Kommen Sie uns hier nicht mit so ’nem halbgaren Selbstmordversuch. Oder wenn, dann erwarten Sie bitte kein Mitleid. Wir reißen uns hier sieben Tage die Woche rund um die Uhr den Arsch auf, Menschen *am Leben* zu halten. Da kommt kein Verständnis auf für Leute, die ihres wegzuschmeißen versuchen. Also wenn schon, dann machen Sies wie er hier: erst das Haustier versorgt und dann sauber und endgültig Schluss gemacht. Und, als kleinen, persönlichen Gefallen an mich, möglichst so, dass Ihre Überreste bald gefunden werden. Okay?«

Und ich nickte zu einer der vielleicht bizarrsten Abmachungen meines bisherigen Lebens.

»Sie sind also Polizist? Welches Kommissariat?« Dr. Korthners Augen funkelten misstrauisch durch gleich zwei Lagen Brillengläser hindurch. Die äußeren die einer Schutzbrille, wie auch Handwerker sie verwenden.

»Ich bin kein Polizist«, stellte ich richtig. »Mein Name ist Kryszinski. Ich bin Privatdetektiv.«

Er streckte den Arm in umissverständlicher Manier zur Tür, deutender Zeigefinger und alles, doch ich bremste ihn mit einer Handbewegung. »Und«, fuhr ich eindringlich fort, »ich bin der Fahrer des Wagens, der den unbekannten Toten von letzter Nacht angefahren hat.«

»Aha«, meinte er mit einem nachdenklichen Blick auf die Leiche unter dem blutdurchtränkten Tuch, zog sich erst die Handschuhe und dann auch die Maske, die Schutzbrille und schließlich die hellgrüne Haube vom Kopf und ließ alles nacheinander in einem großen Treteimer verschwinden. »Das trifft sich gut«, fand er, trat an ein ebenfalls per Fußhebel betriebenes Waschbecken und wusch sich kurz und gründlich die Hände. Trocknete sie unter einem Gebläse. »Ich hätte da nämlich ein paar Fragen an Sie.«

Jetzt zeigt er dir gleich den nackten, halb ausgeweideten Toten, dachte ich mit Grausen. Löffelt vielleicht ein Auge raus oder so was.

Doch der Doktor startete in eine andere Richtung und winkte mir, ihm zu folgen. Er hatte dunkle, struppige Haare, außerordentlich dicht bis auf eine kreisrunde und völlig flache Stelle an seinem Hinterkopf. Wie die Tonsur eines Mönchs. Oder als ob ihm da einer eins mit 'ner Polizeikelle übergebraten hätte.

»Was ich von Ihnen gerne erfahren würde«, begann ich vorsichtig, »ist, ob Sie an dem Toten etwas festgestellt haben, das eher untypisch für einen Verkehrsunfall erscheint.«

»Falls Sie Wasser in der Lunge oder ein Projektil im Schädel meinen«, erklärte der Doktor leichthin, »kann ich nur sagen: bisher noch nicht.«

Er schaltete ein breites Neonleuchtfeld an der Wand ein, zog ein paar Röntgenaufnahmen aus einem Umschlag und schob sie in die Klemmhalterungen vor dem Bildschirm.

»Ungewöhnlich viele Frakturen, ungewöhnlich heftig«, stellte er fest und deutete mit wedelnder Hand vage auf das eine oder andere splittrige Detail der Aufnahmen. »Was für ein Auto fahren Sie?«

»Einen Toyota Carina.«

»Einen PKW also?«

Ich nickte, der Doktor schüttelte den Kopf und besah sich die Bilder mit neu erwachtem Interesse.

»Ich hatte auf einen Geländewagen getippt«, meinte er. »Heutzutage schaffen es eigentlich nur noch diese Allradpanzer, Fußgänger dermaßen zu zermalmen. Was für ein Baujahr hat Ihr Wagen?«

»77.«

»Ah. Also noch aus der Zeit vor der Stromlinienform, richtig? Das erklärt einiges. PKWs sind seither wesentlich fußgängerfreundlicher geworden. Doch das wirft nun völlig neue Fragen auf. Sehen Sie sich das an:« Er deutete, ich blickte, doch was genau ich da sah, wollte sich mir nicht erschließen. »Der Beckenbereich. Deshalb hatte ich an einen Allradwagen gedacht. Selbst bei einem PKW im eckigen Siebziger-Jahre-Design und selbst bei einer Person von gerade mal, na, einem Meter siebzig Körperhöhe sollte das Becken bei seitlichem Anprall normalerweise relativ unbeschadet bleiben. Es sind die Beine, die in dem Fall die meisten Frakturen davontragen. Doch jetzt sehen Sie sich dieses Becken an.«

Das tat ich die ganze Zeit schon, und ebenfalls schon die ganze Zeit über versuchte ich, das Gesehene mit meiner Vorstellung von einem Teil des menschlichen Knochenbaus in Deckung zu bringen. Es ging nicht.

»Dieses Becken hat die volle Wucht des Aufpralls abbekommen. Dazu natürlich der Lendenwirbelbereich und die Oberschenkel bis runter zu den Knien. Die Unterschenkel wurden dagegen vergleichsweise wenig in Mitleidenschaft gezogen. Das ist eigentlich typisch für den Impact eines großen Geländewagens, wo sich Kühler und Stoßstange ungefähr auf dieser Höhe befinden. Jetzt sagen Sie mir, Sie fahren einen wesentlich niedrigeren PKW. Was schließen wir daraus?«

Dr. Korthner blickte mich abwartend, geradezu prüfend an.

»Der Typ stand nicht und er ging nicht«, antwortete ich.

»Genau.« Der Doktor nickte. »Natürlich müssen wir Ihren Wagen noch genau vermessen, doch vorab würde ich davon ausgehen, dass sich das Opfer im Moment des Zusammenpralls in einer halb knieenden Position befand.« Er nickte sich selber zu, offenbar zufrieden mit seiner Formulierung.

»Man hat ihn mir vor den Wagen gestoßen«, erklärte ich. »Das versuche ich der Polizei begreiflich zu machen.«

»Ja, das wäre *eine* mögliche Erklärung für die eingeknickte Haltung«, meinte der Mediziner, vage. »Auszuschließen ist es jedenfalls nicht.«

Er begann, die Aufnahmen wieder aus ihren Halterungen zu zupfen und sie zurück in den Umschlag zu schieben.

»Ist Ihnen sonst etwas Ungewöhnliches aufgefallen?«

Der Doktor dachte einen Augenblick nach. »Ja«, meinte er dann. »Kaum was in den Taschen. Ein paar Euro-Scheine, etwas Kleingeld, aber keinerlei Papiere und vor allem keine Schlüssel.«

»Vielleicht sind sie rausgeflogen?«

»Möglich. Aber die ermittelnden Beamten haben mir mitgeteilt, dass am Unfallort nichts dergleichen gefunden wurde.«

»Gut, doch ich wollte eigentlich auf etwas anderes hinaus: Haben Sie an dem Leichnam eventuell Spuren von Gewalt vor dem Unfall festgestellt? Irgendetwas, das meine Aussage unterstützt?«

»Ach du je. Bisher hab ich es gerade mal bewerkstelligt, Torso und Extremitäten einigermaßen anatomisch korrekt auszurichten. Damit wir eine Röntgen-Dokumentation bekommen. Und kein Puzzlespiel.«

»Ließe sich so etwas denn überhaupt noch feststellen?«

Er schnalzte abfällig mit der Zunge. »Genauso gut könnte man versuchen, anhand einer groben Mettwurst nachzuweisen, ob das Schwein vor dem Schlachten misshandelt wurde.«

»Aber nur mal angenommen, Sie finden etwas Entsprechendes. Oder etwas anderes, das mich entlastet oder einen Hinweis auf die Täter liefert. Könnten Sie mich auf dem Laufenden halten?«

Dr. Korthner knipste das Licht in dem kleinen Raum aus und wir gingen zurück in die strahlende Helligkeit des pathologischen OPs. Er griff sich eine frische Haube, riss die Verpackung einer neuen Schutzbrille auf, zupfte ein Paar Gummihandschuhe aus einem Spender.

»Haben Sie schon mal was von gerichtsmedizinischer Diskretionsverpflichtung gehört?«

»Haben Sie schon mal jemanden für jemanden umgebracht, ohne vorher gefragt oder zumindest nachher dafür bezahlt worden zu sein?«, fragte ich zurück.

Er schüttelte den Kopf, ließ damit allerdings, wie ich fand, offen, ob er ganz allgemein verneinte oder nur den Part ohne spätere Bezahlung.

»Weder noch«, fügte er dann plötzlich hinzu und grinste verschmitzt.

Doch irgendwelche Zugeständnisse holte ich nicht aus ihm heraus. Also wandte ich mich zum Gehen, reichte ihm aber für alle Fälle noch eine meiner Geschäftskarten. Er betrachtete sie skeptisch, las, drehte dann den Kopf zur Seite und blickte sinnend in die architektonisch limitierte Ferne.

»›Kristof Kryszinski‹«, sann er. »Ich weiß, Sie haben ihn vorhin schon genannt, doch erst jetzt, wo ich Ihren Namen geschrieben sehe, fällt mir ein, woher er mir so geläufig ist.« Er riss den Kopf zu mir herum und seine Augen blitzten. »*Sie* sind Kristof Kryszinski? Wissen Sie eigentlich, dass Sie im Labor des Essener Klinikums den Status einer Berühmtheit haben?«

Ein Umstand kompletter Neuigkeit für mich.

»Wir haben dort, als ich noch Laborarzt war, regelmäßig die Blutproben polizeilicher Untersuchungen analysiert, darunter auch einmal eine von Ihnen. Das Ergebnis hängt gerahmt im Büro des Stationsleiters.«

Er wirkte völlig begeistert. Ich weniger, denn unterschwellig ahnte ich, worauf das hinauslief.

»Weder vorher noch jemals nachher ist eine höhere Dosis und größere Vielfalt an psychotropen Wirkstoffen in einer einzigen Blutprobe nachgewiesen worden! Mann, was haben wir nicht alles gefunden! Opiate, Barbiturate, THC, Amphetamine, diverse Halluzinogene …«

»Das muss länger her sein«, unterbrach ich seine Aufzählung. »Seither bin ich doch um einiges ruhiger geworden.«

»Was meine Kollegen und ich uns immer gefragt haben: Sie wurden ja damals in Ausübung einer Straftat verhaftet, waren also nicht nur bei Bewusstsein, sondern obendrein *aktiv*. Wie … wie haben Sie es geschafft, diese Vielzahl an teilweise gegenläufig wechselwirksamen Substanzen physisch und vor allem auch psychisch zu koordinieren?«

»Schwer zu sagen«, gab ich zu. »Aber wenn ich mich recht erinnere, brachte eine halbe Flasche Wodka für gewöhnlich so was wie ein bisschen Ordnung in den ganzen Kuddelmuddel.«

Er nickte. »Muss wohl.«

»Außerdem waren wir ja wohl alle mal jung, oder?«

»Wenn auch mit durchaus unterschiedlichen Hobbys«, meinte er abschließend, warf die Decke zurück und machte weiter damit, sich was fürs Abendessen zu filetieren.

Es dämmerte, als ich in den Bus nach Kettwig stieg, und es dämmerte immer noch, als ich in Kettwig nach nicht mehr als vierzig Minuten Wartezeit in den Bus nach Hösel wechselte. Nein, das Ticket aus dem ersten Bus galt hier nichts, ich musste ein neues lösen. Die jeweils geforderten Summen zogen mir buchstäblich die Taschen auf links.

Na, tröstete ich mich, immer noch billiger als der Kauf eines Neuwagens. Wenn auch nicht viel.

Ein Detektiv ohne Räder ist nicht viel mehr als ein weiterer arbeitsloser Fußgänger. Und da mein letzter Kunde mich um die Mittel beschissen hatte, Ersatz für den Toyota zu beschaffen, musste ich mir anders behelfen.

Das Schlüsselbrett hatte ich zu Hause gelassen, doch die Schlüssel als solche klimperten munter in meinen Jackentaschen.

Die Dämmerung hatte zufriedenstellende Werte von Dämmrigkeit erreicht, als ich in Hösel als einziger Fahrgast an einer Haltestelle im Wald ausstieg.

Von hier aus war es nicht mehr weit bis zum »Rittergut dero von und zu Scheydt«.

Ich ließ mir Zeit.

Der Mann hieß in aller Schlichtheit Wolfgang Vonscheidt. Ehemals Waschstraße Vonscheidt. Ehemals Autoglas Vonscheidt. Und sein angebliches Rittergut war nicht viel mehr als ein vordergründig auf schick renovierter Bauernhof. Irgendwie muss der gute Wolfgang wohl zu der Überzeugung gelangt sein, als Ritter Wolf von der Scheydt eine Art Seriositätszuschlag für seine Handelsware verlangen zu können. Wobei es sich in erster Linie um Gebrauchtwagen mit enormer Diskrepanz zwischen

Markt- und Nutzwert handelte. Zumeist also flache, übermotorisierte Zweisitzer, die er kunstvoll rings um seinen Hof drapierte. Jedes Fahrzeug vor seinem eigenen fotogenen Hintergrund, alles ganz nett, sofern man eine Schwäche für Landadelkitsch hat.

Ich hatte schon mal einen Haufen Geld abschreiben müssen im Zusammenhang mit Wolfgang Vonscheidt. Das war noch zu seiner Autoglaszeit gewesen. Einer großen Versicherung war eine auffällige Häufung von zerdepperten Windschutzscheiben in direkter Nachbarschaft entweder der Vonscheidtschen Autoglaswerkstatt oder aber in Sichtweites eines ihrer zahlreichen Werbeträger suspekt vorgekommen. Ich war es, der seinerzeit die als »Vonscheidts kleine Scheißer« zu einiger Berühmtheit gelangte, BMX-Rad fahrende und Pflastersteine schmeißende Bande observiert, fotografiert und zumindest zum Teil identifiziert hatte. Was weder mir noch Menden hatte gelingen wollen, war, auch nur eine der strafunmündigen Rotznasen zur Aussage gegen ihren Auftraggeber zu bewegen. Damit versandete auch die Klage des Versicherers und mit ihr zusammen meine Prämie. Trotzdem nahm Menden die Schlappe persönlicher als ich, und letztendlich war es wohl der Hartnäckigkeit des – damals noch – Kommissars zu verdanken, dass Vonscheidt das Autoglasgeschäft aufgeben und mit einem neuen Gewerbe hierhin nach Hösel umziehen musste.

Die Gebäude als solche lagen eine stattliche Distanz von der Landstraße zurück, und schon bei meinen beiden vorherigen Besuchen war mir aufgefallen, wie wohldurchdacht es gewesen war, die baumbestandene Anfahrt sowie den ganzen Hofbereich mit lauthals knirschendem Kies auszustreuen. Jetzt, bei meinem dritten Besuch, merkte ich obendrein, wie still es hier nachts wurde.

Hm, hm, hm.

Ich fühlte die Schlüssel in meiner Tasche. Lamborghini,

Porsche, Lotus, TVR, Ferrari, um nur einige zu nennen. Die Versuchung war enorm, doch die realen Widerstände waren kaum zu überwinden: Der alarmierend laute Kies. Der Schlagbaum quer über die Hofeinfahrt. Dazu die höchst wahrscheinliche Anwesenheit des einen oder anderen Grobians, instruiert, einem gewissen Kryszinski erst die Schlüssel abzunehmen und ihm dann den Kiefer zu brechen oder umgekehrt. Und schließlich die Abwesenheit von Zulassung und somit auch Kennzeichen bei all diesen provokant platzierten Schätzchen. Und obwohl man nur den Schlagbaum knacken und dann schnell sein musste und es auch beileibe kein großer Akt ist, sich ein paar Nummernschilder zu pflücken, so möchte man trotzdem anschließend nicht von den Bullen angehalten werden mit dem ganzen Paket. Nicht als Vorbestrafter, nicht als Privatdetektiv und nicht mit einem Lappen, der an einem dermaßen dünnen Fädchen hing wie der meine.

Mein Vorhaben sollte ja auch eigentlich gar keinen Diebstahl beinhalten. Es ging mehr um nicht abgesprochene Entleihung, um Akquisition eines Tauschobjekts also. Falls der gute Ritter sich entschieden haben sollte, lieber neue Schlüssel anfertigen zu lassen als den Detektiv zu bezahlen, brauchte ich etwas zum Nachlegen, etwas, das meine Forderung noch mal untermauerte.

Und was zu fahren brauchte ich sowieso. Und dann war das erste Auto, das ich aus dem Schatten eines dichten Busches heraus zu Gesicht bekam, ein Hummer, ein ursprünglich für die US-Armee entwickeltes Monster von einem Geländewagen, ein solcher Brecher, dass er ein vorheriges Knacken des Schlagbaums eigentlich überflüssig machte. Nur das Pappschild »VERKAUFT« von der Windschutzscheibe rupfen, reinspringen, starten, Vollgas. Und dann versuchen, sich, turmhoch den übrigen Verkehr überragend, möglichst unauffällig zu verhalten.

Ich seufzte, machte kehrt und lenkte meine Schritte auf der Landstraße nach links.

Wolfgang Vonscheidt selbst hatte mir diesen Fingerzeig gegeben. »Sie braucht noch nicht mal zu kochen«, hatte er die Undankbarkeit seiner entschwundenen Gattin beklagt. »Wir essen so gut wie jeden Abend in der Alten Mühle.«

Die Alte Mühle, ein fundamental-bürgerlicher Landgasthof, lag keine zwei Kilometer vom Rittergut entfernt, also in durchaus fußläufiger Distanz. Doch Autohändler *fahren*, Punkt. Und Vonscheidt fuhr einen schwarzen CSL, ein geducktes Ding mit dunkel getönten Scheiben, das auch ganz gut zu einem Privatdetektiv passen könnte. Und sei es nur für ein paar Tage.

Kurz vor dem Gasthof blieb ich noch mal stehen und sortierte im Licht einer Straßenlaterne die Schlüssel durch, fand und packte den mit dem Stern. Dann atmete ich tief durch und verlängerte meinen Schritt in ein flottes Tempo.

Schreitend fragte ich mich, was tun, sollte Vonscheidt einen Grobian als Wache im Wagen postiert haben.

Ich reiße die hintere Tür zuerst auf, entschied ich. Falls wirklich jemand im Wagen hockt, dann sitzt er hinten, und falls er vorhat, auf mich loszugehen, kann ich ihm die Tür vor den Schädel knallen. Und dann eins werden mit der finstren, ländlichen Nacht.

Mein Schritt verlangsamte sich, als ich den Parkplatz vor der Alten Mühle in Augenschein nahm. Schließlich verhielt ich ihn ganz, den Schritt. Da stand kein CSL. Weder in Schwarz noch in sonst einer Farbe.

Ich sah mich schon wieder in den verfluchten Bus kraxeln, als mir mein Irrtum aufging: Vonscheidt war sehr wohl vorgefahren, bloß nicht im CSL. Sondern in einem anderen Modell seines Fuhrparks, unverkennbar seins gemacht durch Firmenaufkleber ringsrum. Hastig zerrte ich die Schlüsselsammlung wieder ans Licht, suchte und fand den Passenden, presste den Knopf und entriegelte die beiden Türen. Keine Rückbank bei diesem Fahrzeug, oh nein. Und auch kein lauernder Grobian darin.

Also schwang ich mich rein, fand das Zündschloss auf der Mittelkonsole, führte den Schlüssel ein, drehte ihn, und der Motor hinter den Sitzen … brüllte auf? Bellte, röhrte, erwachte zu volltönendem Leben?

Na ja. Eher nicht. Ich drehte den Schlüssel, und der Motor, tja, er potterte los.

Ich wählte die Fahrstufe »Vorwärts«, und wir entfernten uns langsam und unauffällig. Wenn auch eher zwangsweise.

Auf halbem Weg zurück nach Mülheim stoppte ich, stieg aus und riss die Firmenaufkleber ab. Dann betrachtete ich einen Moment lang meinen Fang mit der ganzen Ernüchterung einer gründlich untertroffenen Erwartung. CSL am Arsch, von Lamborghini ganz zu schweigen.

Ich fahr nur nachts damit, beschloss ich. Solange mich keiner damit sieht, gehts vielleicht.

Der Tank war noch einigermaßen voll, die nächtlichen Straßen einigermaßen leer. Ich fuhr, rauchte, grübelte.

Schmale Gestalt, bestenfalls mittelgroß, mit den harten Zügen einer verkorksten, abgewürgten Jugend.

Stricher, dachte ich fast automatisch. Ich hab wohl im Laufe meiner Berufsjahre zu viele davon gesehen, vor allem während meiner Anfangszeit, als ich noch hauptsächlich nach von zu Hause abgehauenen Minderjährigen fahndete.

Mit einem hab ich sogar mal eine Zelle geteilt, in Wuppertal. Auch so ein schmales Hemd. Babyface, doch ständig halb verhangene Augen, ausdruckslos wie Glasmurmeln. Schon als Kind vom Stief gefickt worden, später vom Pastor, dann – wenn schon, kann man sich ja auch dafür bezahlen lassen – in den Saunaclubsumpf abgerutscht, bis er eines Tages, ohne große Vorwarnung, einen besonders ruppigen Freier mit 37 Messerstichen umgebracht hat. Und keinen Monat später, noch in U-Haft, einen Mitinsassen, der ›nein‹ nicht als Antwort akzeptieren wollte.

»Vielleicht besser, du fasst mich nicht an«, waren seine Begrüßungsworte gewesen, und da ich das eh nicht vorgehabt hatte, kamen wir anschließend eigentlich ganz gut miteinander klar. Für einen Hitzkopf war er erstaunlich cool. Und gar nicht dumm. Er weinte bei allen Vernehmungen. Er weinte vor dem Anstaltspsychologen. Er weinte vor Gericht. Bei mir in der Zelle weinte er kein einziges Mal. Ich hab ihm damals geraten, es nach der Entlassung als Schauspieler zu versuchen, und tatsächlich stolpere ich heute ab und an mal beim Zappen über ihn und seine Unschuldsmiene.

Kann man mal sehen. Doch wie war ich darauf gekommen?

Ah, ja. Schmächtige Figur, jungenhafte Züge, jedoch mit irgendeinem Hinweis auf tiefsitzende Bitterkeit, das ist so ein Charakteristikum, das mir bei Strichern schon oft aufgefallen ist.

Und von da aus war es nur ein kleiner, gedanklicher Schritt zum Rosa Lollipop, Mülheims heißester Gay-Bar, ein unumstößlicher Superlativ, wenn auch schlichtweg mangels Konkurrenz. Und der gedankliche Schritt war umso kleiner, wenn man bedachte, dass die Schwulenkneipe nur einen Steinwurf entfernt lag von der Stelle, an der man mich gestern Nacht zum Totschläger wider Willen gemacht hatte.

Also drauf aufs Gas, und die Tachonadel tat ihr Möglichstes, mich davon zu überzeugen, dass wir tatsächlich beschleunigten. Ich ließ die Scheiben runter, bis mich die warme Nachtluft umfächelte, und versuchte einfach, die Nerven zu behalten.

Schon einen halben Kilometer vor dem Lollipop parkten die Autos dicht an dicht, doch direkt vor der Tür des Lokals machte ich eine Lücke aus, von der ich dachte, sie könnte so gerade passen.

Sie passte natürlich nicht, und das trotz der zahlreichen, überaus hilfreichen Kommentare, mit der mich die kleine Schar von Gästen versorgte, denen es drinnen zu eng oder zu, tja, schwül geworden war. Wie gesagt, es passte nicht, zum unverhohlenen Vergnügen der Zuschauer, und ich war drauf und dran, einfach wegzufahren und ein andermal wiederzukommen, als mir einfiel, dass man die hässliche kleine Kutsche ja angeblich auch quer einparken kann, also riss ich sie um quietschende 270 Grad herum, stach in die Lücke und bremste das Ding mit Gewalt zusammen. Mit aller Gewalt, sagen wir mal, die das knurrende ABS zuließ.

Motor aus, und ich hörte jemanden »Smart!« flöten, gefolgt von einigem Gegiggel. Nun endgültig angenervt, wollte ich so schnell wie möglich aussteigen, und die allgemeine Heiterkeit wuchs merklich, als ich dazu die Tür nicht weit genug aufbekam. Was ich stattdessen bekam, war ein dicker Hals. Jetzt wieder wegzufahren wäre ... eine Schmach gewesen. Also ruckte ich die Türe wieder ins Schloss, schwang die Füße herum auf den Beifahrersitz, griff mit beiden Händen raus zur Dachreling und zog und schob mich mit aller zur Verfügung stehenden Geschmeidigkeit rücklings durchs Fenster. Irgendjemand pfiff anerkennend.

Endlich draußen, glitt ich von der Haube des neben meinem parkenden Wagens und war nicht unzufrieden mit mir, bis einer aus der kleinen Gruppe von stylisch gewandeten Markenfickern meinte: »Jetzt sind wir aber so was von gespannt, wie er die Scheiben hochgedreht kriegt«, gefolgt von viel gepresstem Hihi.

Ich wandte mich wortlos ab und ging mit langen Schritten ins Lokal.

Kurz, ich war nicht unbedingt mein gelassenstes Selbst, als ich mich durch das schrill gestimmte Getöse, dick aufgetragene Gebalze und ganz allgemein affektierte Gebaren zum Tresen vorarbeitete. Alles, was ich wollte, war ein Bier und einen Moment Ruhe. Ich fand einen Hocker und bestellte einen Pils, möglichst groß, möglichst kalt, möglichst bald, doch der blassgeschminkte Schwarzgefärbte hinterm Tresen zog es vor, mich zu ignorieren.

Jetzt bin ich eigentlich kein Typ für Gewalttätigkeiten, doch so was macht mich rasend. Wer sich zu schick findet, um in der Gastronomie zu arbeiten, der soll es ganz einfach lassen. Ich bestellte noch mal, unmissverständlich in Tonfall und Lautstärke, wenn auch weiterhin höflich in der Wortwahl, zählte bis zehn und schloss meine Finger um einen Kristallaschenbecher, als der Blasse endlich aufsah. Gut für ihn.

»Ich nehme keine Bestellungen entgegen«, ließ er mich wissen. »Ich lege hier nur auf.«

Ich dachte kurz daran, ihm den Ascher trotzdem über den Scheitel zu ziehen, und sei es nur dafür, mich so lange warten gelassen zu haben. Doch ich beherrschte mich.

»Okay«, fügte ich mich mühsam. »Aber vielleicht schaffst du es ja, neben deiner absorbierenden Tätigkeit die eine oder andere Frage zu beantworten. Ist dir gestern Abend hier ein Typ aufgefallen, schmächtig, blond, große Augen? Ich wüsste gern, ob und mit wem er geredet hat.« Der Blasse nahm ein Paar Kopfhörer hoch, hielt sie sich ans Ohr und lauschte versonnen. Er ließ mit keiner Miene erkennen, ob er meine Frage verstanden oder überhaupt wahrgenommen hatte.

Okay, dachte ich, also bringen wir ihm erst 'ne Platzwunde bei und dann fragen wir noch mal, doch eine

Stimme hinter mir ließ mich den Griff ums Kristall ein weiteres Mal lockern.

»Na«, fragte sie in gekünsteltem Sopran, »ist ihm sein Betthase enthoppelt, dem großen, dunklen Mann?«

Es war die Stimme des Kellners, eines Neo-Glamrock-Punks oder wie auch immer. Er stolzierte hinter mir vorbei auf vor Pailletten funkelnden Plateauschuhen, und ich wartete, bis er seinen kleinen Arsch hinter die Theke gewackelt hatte. Er trug einen blondgefärbten Irokesen, ein offenbar von einem Dreijährigen entliehenes T-Shirt und eine Schlangenleder-Hüfthose, die vorn runtergezogen war bis zum Schwanzansatz und hinten aus dem richtigen Blickwinkel wahrscheinlich freien Blick auf sein Spundloch gewährte. Zwischen der tiefsitzenden Hose und dem knapp unterhalb der Brustwarzen endenen Shirt zeigte er viel straffe, haarlose Haut.

Er unterzog mich einer Einmal-rauf-und-runter-Prüfung und gönnte mir dann einen Augenaufschlag voll Selbstzufriedenheit, der besagte: »Ich bin jünger, dünner und ungefähr hundertmal attraktiver als du.«

Ich gab ihm einen stumpfen Blick zurück, der kurz und knapp entgegnete: »Dafür bin ich ein Mann.«

»Was zu trinken?«, fragte er, und ich nickte. Noch bevor ich einen Wunsch äußern konnte, hatte er mir schon ein Glas gefüllt.

»Hier«, flötete er und stellte – von allen Getränken dieser Welt – ausgerechnet so einen blassbraunen Damenkränzchen-Wangenröter vor mich hin. »Aufs Haus. Ein smarter Drink für den smarten Smart-Fahrer.«

Ich vermied jeden Ausdruck, blickte nur einmal runter auf das schleimige Getränk, dann wieder hoch und sagte: »Baileys? Aber wohl kaum. 'n Kerl wie ich, der gibt es sich ausschließlich mit …«, ich dachte kurz nach, »… mit *Eierlikör.*«

Damit hätte ich fast das Eis gebrochen, doch saß der Smart-Stachel wohl tiefer, als gut für mich war, denn ich fuhr ohne abzusetzen fort: »Und ich bin heute absolut nicht in Stimmung, mich von einer fistelstimmigen kleinen Schwuchtel verarschen zu lassen!«

Zum Ende des Satzes muss ich wohl etwas die Stimme gehoben haben, außerdem wechselte der Blasse gerade da die Platte, auf jeden Fall entstand im Lollipop einer dieser Augenblicke großer Stille und allgemeiner Konzentration auf einen einzigen Punkt. Irgendwo in meinem Rücken, wenn ich mich nicht täuschte.

Kristof Kryszinski, in Kreisen privater Ermittler auch als »der Diplomat« bekannt.

Der Neopunk-Kellner schlürfte den für mich bestimmten Likör, leckte sich einmal rings um die Lippen und verwies mich dann kalt darauf, dass es im Hotel Handelshof eine sehr hübsche Pilsbar für Leute wie mich gäbe.

Einfachste Recherche, schwungvoll verbockt und auch noch stinkend wütend darüber. Ich habs nicht immer leicht, mit meinem Temperament. »Pass auf«, zischte ich, doch mein Gegenüber blickte an mir vorbei. Vorbei an meinem linken Ohr, um genau zu sein, und kommandierte: »Schmeiß ihn raus.«

Ha! Die Schwuchtel will ich sehen, dachte ich, die mich hier rauskickt, und meine Finger griffen erneut nach dem Ascher, nur um sofort wieder davon abzulassen, als eine Pranke von Hand mein Genick umschloss, bis sich die Fingerspitzen beinahe über meiner Gurgel berührten.

»Reg dich ab, Kevin-Schätzchen«, forderte eine Stimme mit einem Timbre wie ein leeres Ölfass. »Was bist du auch so zickig zu meinem Freund Krüschel. Männer mit seinem Testosteron-Spiegel sind nun mal leicht zu provozieren.« Die Hand in meinem Genick löste sich so weit, dass ich den Kopf drehen konnte.

»Tina!«, freute ich mich. »Tina, die We…«

»Nur eine einzige, weitere Silbe«, knurrte mir Tina ins Ohr, und der Griff um meinen Hals verfestigte sich wieder, »und ich zerbrösel dir einen Wirbel, dass du ihn anschließend in der Pfeife rauchen kannst. Falls sie dir jemand hält.«

…bpelz-Schabracke, vervollständigte ich den Spitznamen demnach in aller angeratenen Stille. Tina wartete einen Moment, nahm dann die Hand weg und ich atmete wieder.

»Was machst du denn hier?«, ächzte ich.

»Wonach siehts denn aus?«, kam die Gegenfrage, gemünzt auf ihre Kluft, ganz in Weiß und reichlich fleckig. »Ich koche. Sehr lecker, wenn auch nicht unbedingt sehr gerne. Und nur, um einen kleinen Durchhänger in meiner Showbizkarriere zu überbrücken. Eine Frau muss schließlich sehen, wie sie über die Runden kommt.«

Tina war ein ehemaliger Maurerpolier von einer Statur, die Gerüstdielen ächzen machte, der eines Tages die Kelle aus der Hand gelegt und entschieden hatte, Travestiekünstler zu werden. Wie so viele andere Transen sparte auch sie auf eine Operation, ohne es je so ganz zu schaffen.

Vor Jahren hatte sie mich mal beauftragt, ihr einen Stalker vom Hals zu schaffen. Keinen Fan allerdings, sondern eine Hasskappe, so ein Frömmler, der es für seine Christenpflicht hielt, Tina mit Drohbriefen und Anrufen zu terrorisieren. Irgendwie hab ich damals Namen und Adresse des Kerls rausbekommen und bin zusammen mit meinem imposanten Biker-Kumpel Hoho da hin, den Betbruder mit mahnenden Worten zur Räson zu bringen. Das ließ sich gut an, bis sich herausstellte, dass mir der Kerl rhetorisch haushoch überlegen war. Irgendwann hatte er mich mit seinen Bibelzitaten dermaßen in die Ecke gedrängt, dass ich Hoho bitten musste einzuspringen, was der auch tat, indem er dem Frömmler mit Ohrfeigen sämtliche Zähne lockerte. Danach war Ruhe, in jeder Hinsicht.

Tina hat zwar meine Rechnung nie bezahlt, doch manchmal ist Loyalität so viel mehr wert als schnöder Mammon. Und brauchen wir nicht alle ab und zu mal eine starke Schulter, um uns anzulehnen?

»Mein Retter«, meinte Tina mit Gefühl. »Was treibt dich her?«

Ich schilderte ihr kurz, weshalb ich hier war, und Tina zwängte sich entschlossen hinter die Theke, wo sie und der Blasse und der Neo-Punk die Köpfe zusammensteckten und animiert drauflosquatschten.

Dann sahen sie alle drei zu mir und schüttelten die Köpfe oder zuckten die Achseln oder beides. Tina kam wieder vor und wuchtete sich auf den Hocker neben meinem.

»Sieht nicht so aus, als ob dein Typ gestern oder, so gesehen, jemals hier war. Dies ist eine höchst kommunikative kleine Gemeinde, weißt du, und neue Gesichter fallen auf.«

Damit wandte sie sich wieder an Kevin-Schätzchen und bestellte zwei große Pils, und, einmal dabei, gleich auch noch zwei doppelte Wodka.

»Als Trösterchen«, erklärte sie. »Freund Krüschel hier liebt seinen Wodka. Nicht wahr?«

»Das ist lange her, Tina«, wiegelte ich ab. »Und ich sollte wirklich machen, dass ich ins Bett komme …«

»Ach, hör auf. Einen wirst du doch nicht ausschlagen?«

»Na gut«, sagte ich, wie man das so sagt. Ein Drittel Resignation, zwei Drittel Antizipation. Vielleicht half es ja gegen zu erwartende Träume voller Vorwurf und Schuldgefühl.

»Na also! Stößerchen!«

Und wir klickten die eiskalten, harmlos kleinen Gläschen aneinander.

Die Katze lauerte. Ich wusste es, spürte geradezu, wie sie vor dem Bett hin- und herstakste, Schwanz senkrecht, leicht zuckend vor Ungeduld, der Blick ihrer beiden tückischen Pupillenschlitze unverwandt auf mein Gesicht gerichtet in übellaunigem, störrischem Starren.

Ich rührte mich nicht, ließ die Augen geschlossen. An ein Öffnen war so oder so vorerst nicht zu denken. Nicht mit einem Kopfschmerz wie diesem.

Die Katze lauerte, aber sie schwieg.

Eine Zeitlang hat sie geglaubt, *sie* könne bestimmen, wann hier wachzuwerden, aufzustehen und ihr Napf zu füllen sei.

Bis ich mir angewöhnte, nicht mehr ohne geladene Waffe unterm Kopfkissen einzuschlafen. Okay, es war nur eine Wasserpistole, doch ein paar höchst befriedigende Treffer hatten genügt, dem Mistvieh ein tieferes Verständnis von Ursache und Wirkung unters Fell zu blasen.

Seither lauerte sie schweigend.

Solange ich die Augen zuließ, hieß das. Und da ich mich aus verschiedenen Gründen momentan außerstande sah, dem gleichzeitigen Ansturm von Licht und Schall zu trotzen, hielt ich sie auch geschlossen.

Die Katze lauerte weiter. Sie wusste, dass ich wach war, so wie ich wusste, dass sie lauerte. Sobald ich mich rührte, sobald ich nur mit der Wimper zuckte, war das für sie das Signal, ihr penetrantes Quäken anzustimmen. Das waren die Vereinbarungen hier im Haushalt, die den wackeligen Frieden aufrechterhielten und damit ein Zusammenleben möglich, wenn auch nicht unbedingt vergnüglich machten.

So lag ich also still, atmete flach und gönnte mir eine ordentliche Dosis Selbstmitleid. Gleichzeitig weigerte ich mich, mir den weiteren Verlauf des gestrigen Abends in Erinnerung zu rufen, oder den Zustand, in dem ich nach Hause gekommen war und als dessen direkte Auswirkung die schauerliche Verfassung gerechnet werden musste, in der ich mich nun befand. Ursache und Wirkung. Manche Leute lernens nie.

Die Katze lauerte, starrte, wartete, lauerte.

Die beste Idee schien zu sein, zurückzufinden, mich wieder einzuwühlen in den Mulch des Schlafes und der Unerreichbarkeit. Doch etwas nagte an der Basis meines Bewusstseins, nagte und nagte wie ein Biber am Fuß eines Baumes. Bis es *Knack* macht und die Blätter rauschen.

Keine Schlüssel. Das wars. Der Tote hatte keine Schlüssel bei sich gehabt. Ich setzte mich mit einem Ruck auf und bereute es augenblicklich. Man stelle sich eine Luftschutzsirene vor, die urplötzlich mitten im Zimmer anspringt. Und das nach einer Nacht am Tresen in Gesellschaft von Tina, der Webpelz-Schabracke, einer Frau, die »Stößerchen« mit einer Schlagzahl zu flöten versteht, die den Deutschland-Achter in den kollektiven Kollaps jagen würde.

Auf- und abschwellend, das schrille Geheul, hin- und herlaufend, möglichst nah bei meinen Ohren und doch immer so gerade außerhalb der Reichweite eines gestreckten Arms.

Wer, zum Teufel, fragte ich mich, rollte aus dem Bett, kroch zur Kochnische, fand und riss eine Dose auf, kratzte den widerwärtigen Inhalt in einen Napf und seufzte erleichtert auf, als sich gefräßige Stille über das Appartement senkte, wer, zum Teufel, geht ohne Schlüssel aus dem Haus?

Nachdenklich stöpselte ich das Telefon ein und zuckte zusammen, als es augenblicklich zu fiepen anfing. Nach kurzem Zögern ging ich dran.

»Kryszinski? Vonscheidt hier. Hören Sie, Sie haben den Scherz weit genug getrieben. Ich will die Schlüssel zurück und ich will meinen Wagen wiederhaben, kapiert? Und zwar sofort!«

»Sie wissen, was Sie mir schulden.«

»Was ich Ihnen schulde? Alles, was ich Ihnen schulde, ist ordentlich ein paar auf die Fresse für das ganze Theater, das ich Ihretwegen hier habe, und entweder Sie bringen mir jetzt pronto sämtliche Autoschlüssel und meinen Wagen zurück, oder ich werde dafür sorgen, dass Sie kriegen, was Sie verdienen!«

All dieses Energetentum am frühen Morgen und noch dazu in einer völlig übertriebenen Lautstärke war nur schwer zu ertragen. Doch es weckte die Lebensgeister, irgendwie.

»Fünf Mille, wenn ich Ihre Frau finde, so war die Vereinbarung. Und ich *habe* sie gefunden. Scheißegal, wo. Sie hätten mir nur Bescheid geben müssen, dass die Gute zu Ihnen zurück ist. Doch stattdessen haben sie mich noch endlos weiter herumrennen lassen, und darum schulden Sie mir jetzt fünftausend. Obs Ihnen nun passt oder nicht.«

Mit ein bisschen Fantasie konnte man das Telefon in Vonscheidts Griff knirschen hören, während er sich den nächsten Satz zurechtlegte.

»Kryszinski«, knurrte er dann, »ich möchte, dass Sie begreifen, in was für einer wirklich rauen Branche ich arbeite.«

»Und sie wird täglich rauer, Vonscheidt. Zumindest, bis Sie mich bezahlt haben.«

Damit trennte ich die Verbindung, ließ den Knopf aber gleich wieder los. Schlüssel, dachte ich, und wählte eine Nummer aus dem Gedächtnis.

»Kriminalkommissariat Mülheim an der Ruhr, Hufschmidt.«

»Hör mal«, sagte ich, »habt ihr schon die Hotels, Pensionen und sonstigen Absteigen der Gegend abgegrast?«

»Kryszinski, bist du das?«

»Ich meine, der Tote hatte weder Papiere noch Schlüssel dabei. Das findet man doch normalerweise nur bei Hotelgästen, also bei Leuten, die ihren ganzen Krempel im Zimmer zurücklassen.«

»Oder bei Obdachlosen, Klau-Kids, geistig Verwirrten, Opfern von Raubüberfällen, um nur ein paar Beispiele zu nennen.«

»Du meinst demnach, seine Mörder hätten ihm erst die Schlüssel abgenommen, bevor sie ihn mir vor den Wagen geschubst haben?«

»Ich meine überhaupt nichts, und wo ich dich gerade …«

»Aber dran gedacht hast du schon?«

»Nein! Ich will dich wegen einer ganz anderen Sache …«

»Das heißt, ihr fangt an, mir zu glauben.«

»Dir glauben? Nicht in einem Jahr mit sieben Weihnachten, Kryszinski! Und ich hab hier eine Anzeige gegen di…«

»Also, habt ihr rausgekriegt, wo der Tote gewohnt hat?«

»Nein! Und …«

Ich legte auf und ging aus dem Haus. Anziehen musste ich mich nicht. Weil … Nunja. Basketballtreter sind unter bestimmten Umständen nur äußerst mühsam vom Fuß zu schälen. Und wenn man an den Schuhen scheitert, macht es keinerlei Sinn, es anschließend mit der Hose zu versuchen, und so führt dann eins zum andern und man braucht sich am nächsten Morgen nur etwas Wasser ins Gesicht zu werfen und ist bereit für den neuen Tag.

Der Smart parkte immer noch vor dem Rosa Lollipop, immer noch mit offenen Scheiben, immer noch quer zur Fahrtrichtung. Der einzige feststellbare Unterschied war der, dass sich in der Zwischenzeit jemand die Mühe gemacht hatte, den Mülleimer der nahen Bushaltestelle abzureißen und ihn kopfüber ins Wageninnere zu kippen. Auch noch auf der Fahrerseite.

Volksgeißel Vandalismus, dachte ich bitter. Und die Polizei sieht tatenlos zu.

Keine Schlüssel, nagte es. Manchmal ist man ja regelrecht dankbar für diese Art von Ablenkung.

Keine Schlüssel.

Ich wandte mich ab und ließ den Wagen und seinen stinkenden Inhalt erst mal, wie er war.

Wann, fragte ich mich, wann und unter welchen Umständen warst du selber das letzte Mal ohne Schlüssel anzutreffen? Abgesehen von der Zeit in Wuppertal, als alles Schließen für dich erledigt wurde? Wann bist du das letzte Mal ohne den ganzen üblichen, ringgebundenen Taschenballast herumgelaufen? Lange her. Vor Punkkonzerten, fiel mir ein, mit ihren klamottenschreddernden Pogo-Rempeleien, haben wir immer alles bis aufs Biergeld im Auto gelassen. Und den Autoschlüssel dann im Auspuff-Endrohr oder sonstwo versteckt.

Ich ging ein bisschen suchend umher. Suchend und sinnend.

Obwohl längst früher Nachmittag, standen immer noch vereinzelt ein paar Cabrios in der Nähe herum, genauso wie der eine oder andere unvermeidbare, in gewissen Kreisen ach so kultige, ältliche Benz. Verstreute Überbleibsel der langen und dichtgedrängten Parkreihen letzter Nacht. Sie interessierten mich nicht.

Mal davon ausgegangen, der Tote wäre wirklich Russe. Was ist das typische Russenauto? Der sehr erfolgreiche

Businessman fährt einen Brabus, möglichst groß. Der durchschnittlich erfolgreiche Businessman, vor allem einer mit einem, sagen wir, gespannten Verhältnis zu den Strafverfolgungsbehörden, fährt BMW M5, möglichst breit. Beiden gemein ist jedoch, dass sie selten allein genug auftreten, um Gefahr zu laufen, von zwei Mann vor ein fahrendes Auto gestoßen zu werden. Was also fährt der einsame, weniger erfolgreiche Russe? Und wo parkt er, mal angenommen, er möchte nicht auffallen oder hat Grund zu der Annahme, man könne ihm Böses wollen? Nicht hier, an der Hauptverkehrsstraße. Zumindest nicht, wenn er ein ähnliches, fluchtorientiertes Denken an den Tag legt wie ich. An der Hauptstraße zu parken heißt, an derselben Verkehrsader zu stehen wie die mögliche Opposition. Und wenn die dann ein schnelleres Auto hat als du, bist du gefickt.

Ich würde eine Seitenstraße nehmen, wenn möglich so eine, die durch solide Poller oder Pflanzkübelmöblierung zur Einbahnstraße verplant wurde, und zwar direkt an der Einmündung. Dadurch braucht man im Notfall nur über das Hindernis zu hechten, ins Auto zu springen und ist seine Verfolger mit einem Schlag los. Noch während ich mir das zurechtlegte, stoppte ich meinen Schritt hinter einem mit dem Arsch in Richtung Betonpfeiler und der Nase Richtung Ausfahrt Sackgasse geparkten Lada 1500 in wunderbar patiniertem Blassorange und mit Litauer Kennzeichen. Mein Toter und ich waren, schiens, tatsächlich Kinder der gleichen konspirativen Denkungsart. Nur dass es ihm nichts mehr genutzt hatte, erinnerte ich mich mit leichtem Schaudern. Wer immer ihn erledigt hat, hätte damit unter denselben Umständen womöglich auch mich erwischt. Das war kein komfortabler Gedanke. Schließlich liefen diese Typen noch herum, und ich wollte ihnen ans Leder.

Der Wagen war nicht abgeschlossen, und nach versteckten Schlüsseln zu suchen erübrigte sich, als mir beim Griff hinters Zündschloss der durchtrennte und teilweise wieder zusammengezwirbelte Kabelsalat entgegenkam. Kryszinski sitzt und hinterlässt seine Fingerabdrücke in einem geklauten Auto, dessen Fahrer ermordet wurde.

Ich lehnte mich zurück, sah mich um, fühlte mich beinahe zu Hause. Da waren einige Ähnlichkeiten mit meinem Auto festzustellen. Ein Lenkradkranz, gerade mal fingerdick, aus Hartplastik und mit einem verchromten Hupring in der Mitte, robuster Schalthebel an der Lenksäule, simple, solide klackende Schalter im Armaturenbrett aus lackiertem Stahlblech, großzügige Bestückung mit Aschenbechern, alle überquellend, rissige und mit Klebeband geflickte Sitze mit abwaschbaren Bezügen, durchgescheuerte Gummimatten auf dem Boden, abgewetzte Pedalgummis, das mittlere seltsam knubblig unter dem prüfenden Druck meines Fußes. Wenn man etwas sucht, ohne recht zu wissen, was, muss man auch auf kleinste Irritationen sofort reagieren, bevor sie wieder aus dem Bewusstsein wandern. Ich bückte mich runter, zerrte das Gummi vom Pedal und fand … einen kleinen Schlüssel. Irgendwo in der Größe zwischen Tür- und Briefkastenschlüssel. Fein gezahnt, abgegriffen, in der Mitte mit »ABUS« und drumherum mit »Die guten Schlösser« beschriftet. Ein deutscher Schlüssel, der zu einem deutschen Schloss passen sollte, und das schon länger.

Ich steckte ihn ein. Sah mich weiter um. Das Auto war gut und gerne dreißig Jahre alt und machte einen eingelebten, um nicht zu sagen, *ver*lebten Eindruck. Trotzdem war es einigermaßen aufgeräumt, anders als zum Beispiel mein Gefährt. Keine Pizzakartons im Fußraum, kein Leergut hinter, keine kaputten Autoersatzteile unter den Sitzen. Alles, was ich fand, war eine Rolle Paketklebeband. Das gleiche, mit dem die rissigen Sitzbezüge geflickt waren. Nun, ermahnte ich meinen toten Freund, das war nachlässig. Ich tastete über den Beifahrersitz, bis meine Finger ein flaches Rechteck unter dem Bezug ausmachten. Ein bisschen Geknibbel und ein energisches Rupfen später schob ich meine Hand in den bloßgelegten Riss und zog kurz darauf einen … Reisepass ans Licht. Ich schlug ihn auf, und der Tote bekam Namen und Identität.

Das Weltspracheninstitut Sondermann versorgte den Interessierten mit einer hübschen Broschüre, in der die Serviceleistungen ebenso sauber aufgelistet waren wie die als Lehrer, Übersetzer und Dolmetscher Beschäftigten. Sogar mit Foto, die Beschäftigten. Wenn auch nicht mit Privatadresse oder -nummer.

Vielleicht lags an der Hitze, aber irgendwie wollte mir keine vernünftige Begründung einfallen, warum ich das direkte Gespräch mit Leonid Gisbinjew suchte, die nicht so wirkte, als ob ich vorhätte, das Institut um seine Provision zu bringen. Deshalb bedankte ich mich nur brav für die Broschüre, trollte mich, besorgte mir einen Kaffee und hockte mich auf ein Mäuerchen, vom dem aus ich den Eingang zum Gebäude im Auge behalten konnte. Der im Haus abgehaltene Sprachunterricht endete gegen 17 Uhr, was mir noch rund eine halbe Stunde zum Rumhocken gab.

Die Luft in den Straßen waberte, wurde tatsächlich *sichtbar*, siedend heiß und schadstoffgesättigt, wie sie war. Jahr für Jahr schwöre ich mir, den Sommer irgendwo anders zu verbringen, in den Bergen, am Meer, auf dem Mond, bis zum Hals in einem kühlen, klaren Teich, und ende dann doch immer wieder in diesem Brutkasten namens Ruhr City, triefend, hechelnd und tief in irgendeine Scheiße verstrickt. Die Sommer hier in der Gegend, die machen mich noch mal fertig.

Ich hatte den Smart vom Müll befreit und dann da geparkt, wo man ihn am wenigsten vermuten würde: zwischen lauter anderen hässlichen kleinen Straßenwarzen mitten auf dem Gelände des größten Daimler-Chrysler-Händlers der Stadt.

Ich hatte Menden angerufen und den Fund des Ladas gemeldet und wieder aufgelegt, bevor der Hauptkommissar auch nur ein Wort einschieben konnte. Ich hatte getan, was ich tun konnte, heute. Jetzt musste ich noch ein Gespräch führen, dann wollte ich nur noch nach Hause, mich nackt auf dem Bett ausstrecken, meine Wasserpistole in die Luft feuern und im sanften Schauer der herabregnenden Tropfen abhängen, bis mich der Schlaf holen kam.

Kurz vor fünf nahm ich den letzten Schluck von meinem Kaffee, der mittlerweile schmeckte, als ob er aus der Luft dieser Stadt destilliert worden wäre, und hätte darüber um ein Haar den grauhaarigen, hageren Mann mit der Hakennase verpasst, auf den ich hier wartete. Ich sprang auf die Füße, querte die Straße und musste mich sputen, mit seinem eiligen, zielgerichteten Schritt mitzuhalten.

Er trug ein kurzärmeliges, weißes Hemd mit dunkelblauer Krawatte, eine helle, leichte Sommerhose und eine Fußbekleidung, die entweder auf einen starken Charakter hinwies oder aber auf eine fast schon anrührende Ahnungslosigkeit in Modefragen: braune Ledersandalen, bezaubernd kombiniert mit weißen Frotteesocken. Raubten einem garantiert jede Chance, flachgelegt zu werden, waren dann aber, wie ich mir eingestehen musste, wenn es wider Erwarten doch dazu kommen sollte, wesentlich saloper und bestimmt auch olfaktorisch unverfänglicher abzustreifen als meine hochverschnürten Basketballschleicher. Flott zu bewegen waren sie auch. Denn ungeachtet der Hitze legte mein Sandalero ein gehöriges Tempo an den Tag, und trotz dieser flotten Gangart, und obwohl ihm eine brennende Zigarette im Mundwinkel hing, war er gleichzeitig damit beschäftigt, in einem beidhändig gehaltenen Tabaksbeutel die nächste zu wickeln. Das war mir mal kein Hobbyraucher, dieser Mann. Er zuckte leicht zusammen, als ich ihn mit Namen ansprach.

»Wer sind Sie? Was wollen Sie?«, fragte er ungeduldig.

Er wirkte ein bisschen unterernährt, mit körniger Haut und wässrigen, trüben Augen, die schon lange aufgehört hatten, der Zukunft mit irgendeiner Form von Enthusiasmus entgegenzublicken. Der rechte Teil seiner Oberlippe war orange-braun verfärbt und seine scharfe Nase war von einem ausgesprochen dichten Netz rotblauer Äderchen überzogen.

»Ich kenne Sie nicht. Sie sind keiner von meinen Schülern, nie gewesen. Das wüsste ich. Ich habe ein sehr gutes Personengedächtnis, müssen Sie wissen. Sehr gut.«

Er sprach mit einem leichten, rauen Akzent und er redete gern ein bisschen viel. Doch damit konnte ich leben. Immer noch besser als andersrum, von meiner beruflichen Warte aus betrachtet.

»Also, was wollen Sie? Ich bin dringend verabredet, müssen Sie wissen.«

Ein Blick auf seine Nase und ich konnte mir denken, womit er verabredet war.

»Das erkläre ich Ihnen alles«, versprach ich. »Doch hier auf der Straße ist es viel zu heiß zum Reden. Zufällig kenne ich eine schöne, kühle Hotelbar, gleich hier um die Ecke.«

Er blickte skeptisch drein. Unentschieden.

»Es wäre mir eine Freude, Sie auf ein Gläschen einzuladen«, behauptete ich ölig, und ab da folgte er mir wie ein Hündchen.

Keeper Danny nahm mich gleich beiseite. »Kristof«, mahnte er mit gedämpfter Stimme, »du hast hier vom letzten Mal noch eine ziemliche Pappe liegen …«

»Weiß ich, Danny, weiß ich.« Ich nickte, ganz Vernunft und Vertrauenswürdigkeit. »Deshalb bin ich ja hier«, log ich mit jahrelanger Routine. »Doch erst mal hab ich ein berufliches Gespräch zu führen, und dafür bräuchten wir ein bisschen was zu trinken.« Ich wollte weiter, hinter Gisbinjew her, doch Danny war noch nicht fertig. »Und deinem Freund da«, raunte er, »kannst du ausrichten: keine Gesangsvorführungen, keine Tanzeinlagen, sonst gehts an die Luft, verstanden?«

Ich versprachs, bestellte, bekam zwei große Pils, mit denen ich rüber ans Ende der Theke ging, wo Gisbinjew sich inzwischen auf einen Hocker gepflanzt hatte, und stellte mich ihm vor.

Er hob sein Glas, nickte mir zu und kippte sich den kompletten Inhalt rein, ohne auch nur einmal zu schlucken. Die Augen halb geschlossen setzte er das Glas ab und gab ein kehliges, zufriedenes Geräusch von sich, ganz ähnlich dem Fauchen, wenn man Wasser in einen heißen Topf schüttet.

»Das war gut für den Durst«, meinte er im neutralen Tonfall des Fachmannes. »Doch zum Sprechen …« Er ließ seinen Blick suchend über die Flaschen hinter der Bar streifen und verhielt ihn mit allen Anzeichen von wohlwollendem Interesse an der kopfüber in ihrem Halter stehenden Smirnoff-Flasche.

Ich winkte Danny.

Danny ließ zwei Luftblasen aufsteigen und stellte zwei Gläser vor uns hin. Ich griff mir meines, bereit, ihm zuzuprosten, doch Gisbinjew besah sich sein Glas mit einem Ausdruck milder Enttäuschung. Ganz so, als ob er sich das Getränk bunter vorgestellt hätte. Oder das Glas voller.

Ich winkte Danny noch mal.

So, dachte ich, nachdem die Doppelten den Weg des Bieres genommen hatten, jetzt wirds allmählich Zeit, mal zur Sache zu kommen.

»Warum ich Sie sprechen wollte, Professor«, begann ich, doch Gisbinjew fuchtelte mir dazwischen.

»Leonid«, meinte er gravitätisch. »Wir wollen du zueinander sagen.«

»Okay: *Kristof*.« Darauf, so ist es nun mal Usus, musste angestoßen werden.

Ich winkte Danny.

Angestoßen, Kopp in ’n Nacken, jeder eine Fluppe an, und Leonid gab ein Husten von sich, wie ich es niemals jemals von mir selbst hören möchte. Ich versuchte, ihm auf den Rücken zu klopfen, doch er wehrte ab.

»Brustleiden«, meinte er zwischen zwei Zügen an seiner Selbstgedrehten, deren Qualm roch, als ob sie zum Großteil aus recyceltem Asphalt bestünde. »Doch ich weiß eine gute Medizin«, vertraute er mir mit einem weiteren Blick zur Smirnoff-Pulle an.

Ich winkte Danny.

Wenn das so weitergeht, dachte ich, wenn auch seltsam heiter ob der Aussicht, wenn das so weitergeht, dann hol ich mir hier noch einen lahmen Arm.

»Sag mal, Leonid«, fragte ich im vollen Bewusstsein, etwas anderes fragen zu wollen und munter dabei zu sein, den Faden zu verlieren, »wenn du Professor bist und Doktor und Atomphysiker und ich weiß nicht was noch, wieso arbeitest du dann hier als Übersetzer?«

»Sprachlehrer«, korrigierte er mich und prostete mir zu. »Übersetzer, das ist so nebenbei.« Ein Ruck, ein Schluck, und weg damit. So langsam fand ich meinen Rhythmus. Der Knall und der Blick und das Blut und dieser ganze Horror rückten mit jedem Glas ein Stück weiter weg. Ja, ich fühlte mich frisch wie den ganzen Tag noch nicht und irgendwie hingezogen zu diesem sympathischen Menschen neben mir. Kann überhaupt nur mit Rauchern und Trinkern, und scheiß mir doch einer auf die ganzen Asketen.

»Ach Kristof«, seufzte Leonid in sein leeres Glas, und mein Arm zuckte nur so in die Höhe, um Danny zu winken. »Mein Doktortitel. Zwölf Jahre Arbeit, zwölf lange Jahre, doch so ein schönes Dokument! Du solltest es sehen, Kristof. So schön. Ich war so stolz. Aber zu Hause, da kommen heutzutage zehn Atomphysiker auf eine freie Stelle, und wenn du eine Arbeit hast, dann bezahlen sie dich nicht, und falls doch, dann immer zu wenig für alles.«

»Da kenn ich was von«, flocht ich ein, und wir stießen an auf diese beschissene Abhängigkeit von anderer Leute Geld. Ist doch überall das Gleiche, und das kalte Kotzen könnte einem kommen, wenn man nur eine Sekunde drüber nachdenkt.

»Also bin ich nach Deutschland. Bloß, Kristof, wie soll ich sagen? Russische Atomphysik und deutsche Atomphysik ist nicht dasselbe. Ist kompliziert. Ist Politik. So, und nun, was kann ich also machen mit meinem Diplom, schön, wie es ist? Den Arsch kann ich mir wischen, Kristof.«

Leonid nickte ein Weilchen, senkte den Blick in sein Glas, stellte fest, dass es leer war, sah auf und winkte Danny.

Das Telefon bimmelte, ich hob ein Lid, und die Katze sprang augenblicklich auf die Tasten ihrer missgestimmten Heimorgel.

»Ja?«, fragte ich in den Hörer und warf mit dem Kissen nach dem nervenden Biest.

»Menden.« Wenn es irgendjemand versteht, einen Eindruck abgrundtiefen Misanthropentums mithilfe gerade mal der Nennung seines Namens zu vermitteln, dann unser Hauptkommissar. »Ich erwarte Sie in zwanzig Minuten in meinem Büro.« Und aufgelegt.

Glück gehabt, sagte ich mir und schwang die Beine aus dem Bett. Da hast du ja gerade noch mal Glück gehabt, gestern Abend. Das hätte schlimmer enden können.

Okay, ich war wieder mal an den Schuhen gescheitert und deshalb ein weiteres Mal voll angekleidet ins Bett gefallen, und doch …

Sicher, ich war ein wenig wacklig auf den Stelzen und etwas zittrig in den Griffeln, und doch …

Schon wahr, ich hatte einen Schädel, durch den sich das Janken der Katze sägte wie ein Fuchsschwanz durch ein rohes Ei, und doch …

Gut, ja, aus dem Spiegel blickte mir etwas entgegen, das aussah wie ein Fahndungsfoto unter der Überschrift »LEICHENFUND«, und doch …

Und doch konnte ich mich noch glücklich schätzen. Nicht auszudenken, in was für einem Zustand ich mich befände, wenn Keeper Danny nicht so ein ausgesprochen geldgieriger und misstrauischer Hund wäre.

Ich kratzte den mageren letzten Rest aus der Dose, mengte heimlich noch etwas Trockenfutter bei, knatschte alles mit der Gabel durcheinander und stellte es der Katze hin.

Nicht auszudenken ... Leonid hatte mich gerade beidarmig bei den Schultern gepackt gehabt und mir feierlich erklärt, dass er mir jetzt einen ganz berühmten russischen Tanz und bei der Gelegenheit auch gleich noch das vielleicht schönste russische Trinklied beibringen werde.

Das Mistvieh musterte den Inhalt seines Napfs und sah dann mit einem Ausdruck solch bodenloser Verachtung in ihren Sehschlitzen zu mir auf, dass ich mir tatsächlich meine Jacke griff und mich auf den Weg zum Supermarkt machte. Da ist keine Wärme in dem Herzen dieses Tieres. Jedenfalls solange man es nicht seinen Ansprüchen genügend versorgt.

Tanzen und Singen, ja. Das wollte Leonid mit mir. Und das Schlimme war, ich fand das eine ganz wundervolle Idee. Zu singen, und zu *tanzen*, ja. In aller Öffentlichkeit. Es ist furchtbar, was Alkohol aus einem Menschen machen kann.

Ich muss unbedingt nächste Tage mal meinen Deckel bei Danny bezahlen, dachte ich mit einem Aufwallen von Dankbarkeit, während ich inmitten eines gigantischen Sortiments an Haustiernahrung fischhaltiges Katzenfutter in Dosen zu finden versuchte, und dann, wenn möglich, noch eine bezahlbare Variante. Die ohne frische Austern und Beluga-Kaviar.

»Hört mal, Jungs«, hatte Danny uns aufgestört, »nichts für ungut, aber bevor ihr hier weiterbechert, möchte ich jetzt erst mal ein bisschen Bares sehen.« *Zack!* Ende der Party.

Mann, das war knapp gewesen. Ich hatte nicht mal ansatzweise genug auf der Naht gehabt, und Leonid war ja davon ausgegangen, eingeladen worden zu sein, und *schwupps* fanden wir uns auf der Straße wieder. Gisbinjev hatte so traurig dreingeblickt, dass ich ihm anbot, ihn … oh, Mann …

Elf Uhr am Vormittag, sieben Etagen Treppenhaus, und ich fühlte mich wie ein Hospizinsasse. Mit vierzig Grad Fieber.

… ihn nach Hause zu fahren, weia.

Mit Wodka bin ich fertig, dachte ich und füllte der Katze den Napf zum zweiten Mal an diesem Morgen.

Fertig bin ich damit. Denn was ich mir kaum eingestehen wollte, während mir die Wanduhr in der Kochnische verriet, dass Mendens Frist von zwanzig Minuten schon seit einer Viertelstunde verstrichen war, was ich also nur schwer zugeben konnte, war, dass ich das, was ich den Sprachlehrer und Übersetzer aus dem Russischen ursprünglich hatte fragen wollen, um ein Haar komplett vergessen gehabt hätte.

Eine Antwort war auch nicht dabei rumgekommen, sondern nur das Versprechen, ein Transscript der Übersetzung des Briefs per E-Mail zu schicken. Nicht an mich, da ich keinen PC besitze, sondern an Scuzzi. In Oberhausen.

Am besten, ich geb das Trinken ganz dran, zog ich mental den Neujahrsmorgen ein paar Monate vor, schnappte mir meine Lederjacke mit der klimpernden Sammlung von Autoschlüsseln und wollte aus der Tür. Stoppte.

Menden hatte mich zu sich bestellt, aber nicht gesagt, was er von mir wollte. Gestriffen von einer Ahnung, nahm ich mir die Jacke vor und entleerte alle Taschen.

»Kryszinski, Sie sehen mal wieder aus wie etwas, das wir hier im Polizeialltag vornehmlich als ›hilflose Person‹ aus

Hauseingängen oder städtischen Anlagen kratzen.« Hauptkommissar Menden, direkt wie immer. Man kann ihn dafür mögen. Muss man aber nicht.

»Nun, Sie haben mir nur zwanzig Minuten gegeben …«

»Aus denen mittlerweile vierundfünfzig geworden sind. Nehmen Sie sich einen Stuhl.«

Ich nahm mir einen Stuhl, hockte mich drauf.

»Sie wissen, warum ich Sie herbestellt habe.«

Das war keine Frage, darum sagte ich nichts.

»Doch dazu kommen wir später.«

Das hörte sich nicht so gut an, irgendwie. Sondern irgendwie latent.

Menden ging in seinem Büro langsam auf und ab. Zum Fenster, zur Tür und wieder zurück.

»Hufschmidt?«, sagte er dann.

Hufschmidt, der sich bis dahin damit beschäftigt hatte, mich über den Rand seines Kaffeebechers hinweg zu belauern, löste sich von der Wand, gegen die er lehnte, und kam wichtig zu mir herüber.

»Herr Kryszinski«, teilte er mir mit, »ich muss Sie darüber in Kenntnis setzen, dass wir zusammen mit Ihrem Fahrzeug eine größere Menge einer weißen, bröseligen Substanz sichergestellt haben.«

Scuzzi war das Erste, was mir dazu durch den Kopf schoss. Mein drogendealender Freund Scuzzi hat eines seiner Päckchen bei mir im Wagen vergessen. Alles schon dagewesen.

»Wie Sie sich wohl denken können, haben wir das Zeugs natürlich sofort ins Labor gegeben.«

Abgesehen davon, dass er mich immer schon hartnäckig duzt, behandelt Hufschmidt mich normalerweise mit einer gesunden Mischung aus Hass und Verachtung. Diese neue Förmlichkeit war … besorgniserregend.

Er griff sich einen Bogen von seinem Schreibtisch.

»Hier ist die Analyse. Möchten Sie sie einsehen?«

Ich nickte, und er drückte mir den Wisch in die Hand. Scuzzi, ich bring dich um, dachte ich. Sobald ich rauskomme. In fünf bis zehn Jahren.

»Sie haben das Recht, die Aussage zu verweigern, und Sie haben das Recht auf einen Anwalt.«

»Ja, ja. Immer langsam.« Fiebrig überflog ich das Schreiben.

Datum der Einreichung … Unterzeichnender Beamter … Zustand des Materials … Gewicht: 3442 Gramm, meine Fresse … Ergebnis der Analyse, endlich:

»Faserverstärkte Kunstharz-Spachtelmasse aus dem Automobilzubehörhandel, vornehmlich von Hobby-Bastlern zur Abdeckung von Beulen und Rostlöchern verwendet, vermutliches Fabrikat: ›Prestolit‹.«

»Ihr Arschlöcher«, sagte ich in die Stille des Raumes, zu niemandem im Besonderen.

Menden blickte aus dem Fenster, als beobachtete er ein in dieser Schönheit nie gesehenes Himmelsphänomen, und Hufschmidt verschluckte sich und musste kurz zum Waschbecken, ein wenig Kaffee abhusten.

Polizisten und Humor. Eine Tragödie der Unvereinbarkeit, die selbst das Palästina-Problem in den Schatten stellt.

»Da fällt mir ein, wo habt ihr ihn eigentlich, meinen Wagen?«

»Haben wir einem holländischen Schrotthändler mitgegeben. Mit der Bitte um augenblickliche Entsorgung.«

»Habt ihr nicht!«

»Ihr Fahrzeug steht bei der Autoverwertung Broich.« Menden übernahm wieder und machte klar, dass der ach so heitere Teil damit vorbei war.

»Zur Sache: Der Lada, auf den Sie uns hingewiesen haben, ist vermutlich schon vor längerer Zeit in Litauen gestohlen worden.« Er löste sich vom Fenster und begann wieder hin und her zu staksen. Manche Leute macht das nervös, doch ich bin dran gewöhnt.

»Ach«, sagte ich.

Andere scheint es zu hypnotisieren, doch dagegen bin ich resistent.

»Im Fahrzeug haben wir einen Reisepass gefunden, ausgestellt auf einen gewissen Dimitrij Jalnikow.«

Schwierig, selbst für mich, wird es erst, wenn er mitten im Raum stehen bleibt und schweigt. Und schweigt. Das kann er wie kein Zweiter. Doch davon waren wir hier noch weit entfernt.

»Ach«, sagte ich.

»Dem Foto und allen anderen Anzeichen nach handelt es sich dabei um die Person, die Sie überfahren haben.«

»Ach«, sagte ich.

»Der Pass war mit einem Kurzzeitvisum versehen, das jedoch schon seit mittlerweile vierzehn Tagen abgelaufen ist.«

Ich machte den Mund auf, doch Menden kam mir zuvor. »Und wenn Sie noch einmal ›Ach‹ sagen, vergesse ich mich.«

Ach, dachte ich.

»Das erfüllt technisch den Tatbestand der illegalen Einreise. Und da wir vom Gesetzgeber dazu verpflichtet sind, solche Hinweise zu verfolgen, versuchen wir jetzt schon den zweiten Tag, etwas über das Motiv für den Verbleib in Deutschland und auch über den letzten Aufenthaltsort des Toten herauszufinden.«

»Schön«, fand ich, »aber warum erzählen Sie mir das?«

Menden starrte mich einen Moment lang an, als wüsste er es selbst nicht so recht.

»Damit Sie als Bürger dieser Stadt nicht das Gefühl bekommen, in diesem Fall keine Gleichbehandlung zu erfahren, Kryszinski«, sagte er langsam und betont. »Da sich bisher keinerlei Hinweise auf anderweitige kriminelle Verstrickungen des Toten ergeben haben, hat Hufschmidt sich mit dem Dezernat für Schwarzarbeit kurzgeschlossen und ist ersten Hinweisen auf eine Wohnwagensiedlung vermutlich illegal Beschäftigter in Duisburg-Walsum nachgegangen.«

»Ach … du je«, sagte ich. »Was wolltest du denn da?«

»Fragen stellen. Was denn sonst?«

»Antworten bekommen«, sagte ich und schüttelte leicht den Kopf. Hufschmidt und Illegalen Fragen stellen, das war lächerlich.

»Lass mich raten«, sagte ich zu ihm. »Du bist vorne rein und die zu Befragenden sind alle hinten raus. Richtig?«

Hufschmidt ist allen Ernstes überzeugt, nur weil er keine Uniform trägt, würde ihn niemand als Polizisten erkennen. Das zeigt den schmalen Grat zwischen Komik und Tragik und erinnert in puncto Naivität an Kinder, die glauben, wenn sie die Augen schließen, würden sie unsichtbar.

Hufschmidt ist, geht, spricht, schwitzt, atmet BULLE. Er tritt auf, er blickt drein, er kleidet sich, er denkt und betrachtet die Welt wie ein Bulle.

Seine Fähigkeit zur Verstellung ist begrenzt wie die eines Daily-Soap-Darstellers, seine Verhörtechnik so subtil wie Türen mit dem Stiefel zu öffnen.

Er kauft seine Klamotten, vom braunen Lederblouson über die – immer neuen, ich weiß nicht, wie er das macht – Jeans mit Bügelfalte bis runter zu den dick besohlten, ordentlich geputzten Lederschuhen in robuster Qualität, immer da, wo alle anderen Bullen auch ihre Klamotten kaufen, er lässt sich die Haare von einem auf Bullen-Haarschnitte spezialisierten Friseur schneiden, und wenn er rausgeht, dann mit anderen Bullen in Bullen-Lokale.

Dazu kommt, dass er im Dienst grundsätzlich bewaffnet herumläuft. Er hat *zwei* Schulterholster – eins für seine Dienstpistole, eins für zusätzliche Munition, es ist einfach peinlich. Ich meine, dies hier ist Mülheim an der Ruhr, nicht Bogotá. Hier wird nicht geschossen. Und wenn es doch mal danach aussieht, als ob es nötig werden könnte, lässt man ein SEK einfliegen. Aber Hufschmidt braucht diese Aufmachung. Macht seine Haltung gerader oder so was. Bullenmäßiger. Und dann wundert er sich, wenn ihn schon Dreijährige auf der Straße als das erkennen, was er ist.

»Ich würde schätzen, dass sich dort für gewöhnlich zwanzig bis dreißig Personen aufhalten. Nur, als ich vorfuhr, war niemand anzutreffen.«

Vorgefahren. Mit 'nem Zivilstreifenwagen. Warum nicht gleich mit Blaulicht? Doch ich verkniff mir jeden Kommentar.

»Die werden bei der Arbeit sein«, mutmaßte Menden. »Dazu sind sie schließlich hier.«

»Meiner Ansicht nach wäre es das Beste, das Lager nach Einbruch der Dunkelheit mit einer Hundertschaft zu umstellen«, meinte Hufschmidt, immer schon bekannt für sein Fingerspitzengefühl.

»Mein Vorschlag wäre, dass *ich* mir die Bande mal anschaue«, mischte ich mich ein.

»Sie halten sich raus«, knurrte Menden.

»Ach, kommen Sie«, protestierte ich. »Wenn Sie darauf warten wollen, dass er hier Ergebnisse bringt, dann können Sie den ganzen Fall auch gleich in die Tonne kloppen.«

»Du meinst, du kannst alles besser, was?«, schnappte Hufschmidt.

»Wette?«

»Wir haben keinen *Fall* zu lösen, Kryszinski«, ging Menden dazwischen. »Wie oft muss ich das noch wiederholen?

Alles, was wir zu tun haben, ist, ein Unfallopfer zu identifizieren, nachzuforschen, ob es in unserem Verantwortungsbereich irgendwelche Verwandte zu benachrichtigen gibt, und am Rande ganz allgemein die Kriminalität zu bekämpfen wie jeden anderen gottverdammten Tag auch.«

»Wetten, dass ich was rauskriege, aus den Leuten da«, forderte ich Hufschmidt heraus, doch er ging nicht darauf ein.

»Nun zu dem Grund, warum ich Sie herbestellt habe«, sagte der Hauptkommissar. »Wir haben eine Anzeige gegen Sie erhalten wegen Autodiebstahls. Womit sind Sie hergekommen, und wo haben Sie das gestohlene Fahrzeug abgestellt?«

»Zu Fuß. Und davon abgesehen, habe ich keine Ahnung, wovon Sie sprechen.«

»Leeren Sie Ihre Taschen.« Menden deutete unmissverständlich auf die freie Fläche seines Schreibtisches.

Ich gehorchte kommentarlos. Brieftasche, Haustürschlüssel, bisschen Kleingeld, und das war auch schon alles.

»Hufschmidt.«

Der Kommissar trat hinter mich und kickte meine Füße auseinander.

»Arme hoch.«

Er wollte es wohl nicht anders, also hob ich die Arme, so weit es nur ging. Die in den letzten Tagen und Nächten zu voller Blüte gereiften und nun frei meinen Achseln entströmenden sexuellen Lockstoffe hätten einen Moschusochsen in die Knie gezwungen.

Hufschmidt raubten sie hörbar den Atem.

»Mein Gott, Kryszinski«, keuchte er. »Kein Wunder, dass du einsam bist.«

»Ich heb mich eben für dich auf.«

»Dann wirf doch ab und zu mal einen Blick aufs Verfallsdatum.«

Er klopfte mich in fliegender Hast ab und brachte dann zwei Meter zwischen uns, bevor er ein »Negativ« in Mendens Richtung signalisierte.

Der Hauptkommissar besah sich meinen Schlüsselbund, meine Barschaft. Ausdruckslos. Er klappte meine Brieftasche auf. Besah sich lange und mit – wenn das möglich ist – wachsender Ausdruckslosigkeit das billige, in Gold geprägte Fantasiewappen und den mindestens genauso wertlosen Dienstausweis daneben.

»Was … ist … das?«, fragte er dann.

»Geburtstagsgeschenk.« Vermutlich aus einem YPS-Heft. Die Leute schenken mir dauernd so einen Kram, ich weiß auch nicht, warum.

»Und Sie tragen das nun mit sich herum.«

Und es funktioniert. Auch wenn ich das jetzt hier nicht zugeben durfte. Aber die Leute sind es vom Fernsehen her so gewohnt, eine flüchtig unter die Nase gehaltene Lederbrieftasche mit irgendeinem Stern oder Wappen drin mit Staatsgewalt gleichzusetzen, dass keiner je auf die Idee kommt, die Echtheit oder Legitimation zu hinterfragen.

»Aber ich würde das natürlich nie anwenden«, versicherte ich treuherzig, was Menden einen weiteren Seufzer abrang.

»Nun gut«, entschied er. »Wie ich mir aus den Zwischentönen des Gesprächs mit Herrn Vonscheidt zusammengereimt habe, scheint da zwischen ihm und Ihnen ein geschäftliches Zerwürfnis zu herrschen.«

Er sah mich abwartend an, doch ich rührte mich nicht.

»Ich mache Ihnen einen Vorschlag: Ich gebe Ihnen zwei Tage, diese Sache mit Vonscheidt zu klären.«

Hufschmidt war mindestens so überrascht wie ich von dieser Entwicklung, doch im Gegensatz zu mir zeigte er es. Offener Mund. Nicht cool, so was.

»Als Gegenleistung«, fuhr Menden langsam und deutlich fort, »erwarte ich von Ihnen, dass Sie Ihre haltlose Aussage über den Unfallhergang zurückziehen.«

Nicht cool, ich weiß, und doch spürte ich, wie mir die Kinnlade runterfiel.

»Aber Dr. Korthner …«

»Ja, ich habe den ersten Bericht des Pathologen erhalten. Dimitrij Jalnikow ist demnach gestolpert oder hat sich nach etwas gebückt, oder aber er lag auf der Straße und war im Begriff, sich aufzurichten. Was auch immer, nichts davon gab Ihnen das Recht, ihn einfach über den Haufen zu fahren. Ihre Blutprobe ist überraschend sauber, Kryszinski, trotzdem waren Sie laut Gutachten viel zu schnell unterwegs, und ich möchte, dass Sie sich jetzt Ihrer Verantwortung stellen und die paar Monate Fahrverbot hinnehmen, ohne uns hier weitere Scherereien zu machen!«

»Man hat mich als Mordwerkzeug missbraucht, Menden. Das kann und werde ich nicht auf mir sitzen lassen.«

»Okay. Hufschmidt? Sie bearbeiten diesen Fall ab sofort gemäß der Aussage des Tatverdächtigen Kryszinski als Untersuchung aufgrund des Verdachts eines Tötungsdelikts. Ich kläre alles Nötige mit der Staatsanwaltschaft.«

Hufschmidt nickte grimmig.

»Äh, Moment mal«, warf ich ein. »Hab ich richtig gehört? *Er* soll das untersuchen? Und *ich* bin Tatverdächtiger?«

Hufschmidt drehte sich zu mir. »Du hast ihn umgebracht«, knurrte er. »Wie viel verdächtiger hättest dus denn gerne?«

Autohändler Vonscheidt hatte mich also tatsächlich angeschissen und seine kleine Asphaltblase als geklaut gemeldet. Na, mir wars egal. Die Bullen waren jetzt auf der Suche nach einem schwarzen Smart. Und nicht nach einem in einer Farbe, die ich nicht anders beschreiben kann als »verrührtes Eitergrün«, geparkt zwischen lauter ganz genauso lackierten Warzen der City-Rent-Autovermietung.

Die »bunten« Karosserieteile am Smart sind so konstruiert, dass man sie ohne großen Aufwand tauschen kann. Der Gedanke dahinter war gewesen, den supertrendigen Leuten, die diese Autos kaufen sollten, Gelegenheit zu geben, ganz spontan mal die Wagenfarbe zu wechseln. In Wahrheit macht das kein Mensch. Bis auf mich, letzte Nacht, assistiert von Leonid, auf dem Hof der Daimler-Chrysler-Niederlassung.

Ich musste jetzt nur noch rasch die Autoschlüssel aus meiner Wohnung holen, dann konnte es losgehen.

Kommissar Hufschmidt würde keine Hundertschaft bekommen und hatte deshalb, gehörig genadelt von mir und begierig darauf, mich scheitern zu sehen, tatsächlich die Adresse der Wohnwagensiedlung in Walsum herausgerückt. Er lernt es nie.

Nun, ich war entschlossen, dem Kommissar mal anhand der Ergebnisse zu demonstrieren, wie man so eine Befragung durchführt.

Die Eingangshalle zu dem vierundzwanzigstöckigen sozialen Brennpunkt, den ich und weitere 150 Mietparteien unser Heim nennen, ist so ungemütlich, dass selbst die hirntoten Klebstoffschnüffler lieber im Keller abhängen, als sich hier in der Zugluft womöglich einen Schnupfen zu holen. Für gewöhnlich steht hier immer nur ein Kinderwagen oder ein Kofferkuli oder ein Discounter-Einkaufswagen mit jeweils einem fehlenden Rad herum. Sie wechseln ständig, doch das eine fehlende Rad ist allen gemein.

Heute kamen noch drei Typen hinzu.

Ein einseitiges Wiedersehen, kann man sagen. Ich erkannte sie, aber sie kannten mich nicht, was eben der Unterschied ist zwischen Beobachter und Beobachteten. Es waren drei von »Vonscheidts kleinen Scheißern«, und sie waren der lebende, wenn auch ernüchternde Beweis dafür, dass aus kleinen Scheißern doch irgendwann meist große Arschlöcher werden.

Vor allem der, den sie damals schon Pummel genannt hatten, war zu imposanter Masse angewachsen. Er brauchte sie, seine Baggies. Ronnie hatte einen ordentlichen Schuss in die Höhe gemacht und es zu einer fantastischen Anzahl roter Pusteln gebracht, die er unter der Kapuze seines Hoodie zu verstecken hoffte. Nur Piepe, immer schon der Schmächtigste der BMX-Rad fahrenden Kiddie-Gang, schien seither in erster Linie an seinem Ausdruck von Verschlagenheit gearbeitet zu haben.

Sie wollten mies aussehen, was ihnen auch ganz prächtig gelang, und ich unterschätzte ihre Gefährlichkeit keine Sekunde lang. Na, die körperliche.

Sie sahen mich, sie sahen sich an, sie nickten – alle drei – und kamen direkt auf mich zu. Einen Weg an ihnen vorbei gab es nicht, also blieb ich stehen und blickte ihnen fragend entgegen.

»Äh, bist du Kirsinski?«, wollte Piepe wissen. Ich seufzte. Kann man sich noch dämlicher anstellen?

»Wie war der Name noch mal?« Ich hatte mich für den höflichen Approach entschieden. Ist aller Erfahrung nach bei drei gegen einen immer noch das Gesündeste.

»Kirsinski oder so. Soll hier wohnen.«

»Ah, ihr meint Kryszinski. Kristof Kryszinski, hab ich recht?«

»Ja, genau. Der bist du doch, oder?«

»Nein, woher.« Ich schüttelte bedauernd den Kopf, wollte weiter. Pummel hielt mich davon ab, mit seiner Hand auf meiner Brust. Ronnie rückte näher heran.

»Du siehst aber genauso aus«, beharrte der Kurze.

»Na, jetzt hört aber auf.« Ich lächelte bescheiden. »Jetzt macht aber mal halblang. Der Mann ist Schauspieler und *Model.* Schlagt mal die Badehosenseiten im Otto-Katalog auf. Da habt ihr gleich ein Dutzend Fotos von ihm.« Sie glotzten.

»Wir dachten, er wär Privatdetektiv.«

»Ja. Ich glaube, er hat mal einen gespielt, in dieser Vorabendserie. Wie hieß die noch gleich?« Ich dachte nach, kam aber nicht drauf. »Na ja, wie auch immer. Ich kann euch da nicht weiterhelfen.«

Damit verabschiedete ich mich. Wir würden uns wiedersehen, so viel schien sicher, aber wenns nach mir ging, nicht so bald. Kaum außer Sichtweite, nahm ich drei Stufen auf einmal, bis ich mir im siebten Stock beinahe die Lunge auf die Schuhe spuckte.

Ich ließ mich rein, kickte die Tür hinter mir ins Schloss und hängte die Kette vor.

Eigentlich hatte ich sofort wieder losgewollt, brauchte nur noch den Autoschlüssel, aber dann stand ich vor meinem Bett, und plötzlich lag ich drin. Abends, entschied ich, war die beste Zeit, den Illegalen einen Besuch abzustatten. Abends, wenn sie es sich gemütlich gemacht hatten und die Sinne ein wenig abgestumpft waren. Abends.

Bevor ich die Augen schloss, machte ich mir eine geistige Notiz, die nächsten Tage durch den Keller oder die Tiefgarage rein- und rauszugehen. Überflüssig, wie sich kurz darauf herausstellte.

Erst krachte, dann knirschte es. Mit dem Krachen flog das Schließblech aus dem Rahmen, was mich aus dem Schlummer riss, und unter Knirschen löste sich die Verschraubung der Kette vom Türblatt, was mich auf die Beine brachte. Überflüssig, wie sich gleich darauf herausstellte, als Freund Pummel in den Raum gestürmt kam und mir das stumpfe

Ende eines Baseballschlägers in den Magen wuchtete, dass ich zusammenklappte, was Freund Ronnie Gelegenheit gab, mir sein Knie gegen die Stirn zu rammen, womit er mich zurück aufs Bett schickte.

Ich war etwas perplex. Ganz so rau hatte ich mir Vonscheidts Branche nun doch nicht vorgestellt. Dumm von mir.

Freund Piepe schloss die Tür. Er hielt etwas unter seinen Arm geklemmt. Es war, fiel mir auf, ein Otto-Katalog.

»Was ist, Jungs«, ächzte ich und hielt mir die Bauchdecke, »gefällt euch die neue Bademode nicht?«

»Nicht wirklich«, meinte Piepe und nickte seinen Kumpels zu, die mich an der Gurgel und am Gürtel packten, aus dem Bett und in meinen Fernsehsessel zerrten und, ehe ich auch nur ansatzweise wieder hochkommen konnte, mit Klammergriffen um Schultern und Arme fixierten.

»Die Schlüssel liegen alle auf dem Fensterbrett«, gab ich mit großer Bereitwilligkeit preis.

»Gut«, fand Piepe, machte einen Schritt auf mich zu und hieb mir den Katalog gegen die Schläfe, dass ich dachte, es reißt mir den Kopf ab.

»Das war für den Versuch, uns zu verarschen.«

»Soll nicht wieder vorkommen«, versprach ich ernsthaft. Ich versuchte, mich aus der Umklammerung zu winden, doch Pummel grunzte nur, dann packten er und Ronnie noch fester zu. Also versuchte ich zumindest Freund Piepe von den Beinen zu kicken, doch der wich aus und hieb mir den Katalog gegen die andere Schläfe, dass mir kurz schwarz vor Augen wurde und ich eine Paniksekunde lang befürchtete zu erblinden.

»Und das«, erklärte er, »ist dafür, dass du Herrn Vonscheidt beklaut hast.«

Mein Augenlicht kehrte zurück, wenn auch in doppelter Ausführung.

»Ich bereue die Tat außerordentlich«, versicherte ich, doch da klatschte mir die kiloschwere Hochglanzbroschüre schon wieder an den Schädel, was einen solchen Schwindelanfall auslöste, dass es mir hochkam und ich mir hilflos das T-Shirt vollspie.

»Und das war als Warnung für die Zukunft gedacht.«

Überflüssig, wie sich gleich herausstellen sollte.

»Wo parkt der Smart?« Wollte Piepe wissen, während seine Kumpels mich losließen und anfingen, die Schlüsselsammlung vom Fensterbrett zu klauben.

»Auf dem Gebrauchtwagenhof von Daimler-Chrysler an der Weseler Straße«, log ich im fortgesetzten Tonfall eingeschüchterter Kooperation.

Die drei verzogen sich ohne jedes weitere Wort, so froh über ihren raschen Erfolg, dass sie sogar den Baseballschläger mitzunehmen vergaßen, und ich blieb noch ein bisschen im Sessel sitzen, Kotze auf der Brust und alles. Die Doppelsicht ließ etwas nach, doch das Schwindelgefühl blieb, und ein dumpf wie ein Nebelhorn dröhnender Kopfschmerz machte sich zwischen meinen Ohren breit.

Das kommt dich teuer zu stehen, Vonscheidt, dachte ich. Sehr teuer.

Schließlich quälte ich mich hoch, duschte, suchte und fand ein paar halbwegs frische Klamotten und stellte dann fest, dass es höchste Zeit wurde, zu verduften. Die drei Genies dürften inzwischen auf dem Rückweg sein, von der Weseler Straße. Mit nach wie vor dröhnendem Schädel ging ich neben der Heizung auf die Knie runter, hob das eine lose Parkettriemchen an und kramte die beiden Schlüsselpaare aus dem Hohlraum darunter. Das eine gehörte zum Smart, das andere, mit »H1« beschriftet, zu dem riesigen Hummer-Geländewagen auf Vonscheidts Rittergut. Zu dem, der schon verkauft war, ja, ja.

Teuer wird das für dich, Vonscheidt, dachte ich,

klemmte die Tür provisorisch mit einem Stück Bierdeckel zu und verließ das Haus durch den Keller. Sehr teuer.

Ich hatte mir einen Kaffee besorgt und dann doch keinen Bock drauf gehabt, sodass der Becher in meiner Hand immer noch voll, wenn auch längst kalt war, als ich endlich die unkrautüberwucherte Industriebrache in Walsum erreichte. Mir war übel, und irgendwas stimmte mit meiner Konzentrationsfähigkeit nicht. Triviale, überflüssige Gedanken kamen und blieben hängen, fuhren Kreis auf Kreis in meinem Schädelrund wie Steilwandfahrer in ihrer Brettertonne. Teuer wird das für dich, Vonscheidt, dachte ich grimmig, und das dachte ich dann noch hundertfünfzigmal. Es war irritierend. Nervend.

Die Wohn- und Bauwagensiedlung duckte sich ans hintere Ende des riesigen Grundstücks, da, wo es zum Rhein hin abfiel. Nicht schlecht ausgesucht, der Platz. Wer immer sich von der Straße näherte, musste erst mal die große Fläche queren und ließ den Bewohnern somit Zeit, zu entscheiden, ob und wie man den Besucher empfangen oder ob man sich lieber am Fluss entlang aus dem Staub machen sollte.

Ich rollte vorbei, ohne groß hinzusehen, parkte außer Sichtweite, zwängte den Kaffeebecher hinters Lenkrad, killte den Motor und stieg aus. Immer noch ein bisschen schwindelig, verdammt. Teuer, Vonscheidt, teuer.

Wie sich annähern? Nicht mit diesem Auto, so viel war klar. Zu Fuß? Auch heikel, wirkte nicht natürlich in einer so weitläufigen Gegend wie dieser, beherrscht von Industrieanlagen, deren Zäune sich schier endlos beiderseits der Straße hinzogen. Ich ging trotzdem ein paar Schritte, und sei es nur, um meinen Gleichgewichtssinn zu stabilisieren, und stoppte an der Zufahrt zu Western Assembly, einer fensterlosen, mit Trapezblech verkleideten Fabrik. Wendekreis, Pförtnerloge, Bushaltestelle. Und dazu ein überdachter Fahrradständer, leer bis auf ein altes Damenrad, das niemand für nötig befunden hatte abzuschließen. Ich zog es raus, prüfte die Reifen – Luft war drin, wenn auch nicht unbedingt viel –, schwang mich auf den Sattel und war unterwegs. Leicht schwankend, angeschlagen, abgerissen, auf einem Vehikel vom untersten Ende der Skala Fahrzeug, nahezu perfekt ausgestattet für die Rolle, die ich zu spielen gedachte.

Kolya nahm sich meiner an, als ob es das Selbstverständlichste auf der Welt wäre. Er fungierte anscheinend als so was wie der Sprecher der ganzen Bande, bei der es sich, wie es aussah, tatsächlich um Russen handelte. Kolya zumindest war Russe, in der Wolle gefärbt, keine Frage.

Da triffst du jahrelang nicht einen, dachte ich, und plötzlich sind sie überall.

Meine schlingernde Anfahrt mit dem Drahtesel hatte mir tatsächlich einen reibungslosen Auftritt beschert. Von Kolya mal abgesehen nahm kaum jemand mehr als nur flüchtig Notiz von mir. Es war Abendbrotzeit, und jeder schien mit etwas beschäftigt, auf eine ruhige, relaxte Art und Weise. Zwiebeln wurden geschält, Grills gefächelt, Einkäufe aus Tüten gekramt. Irgendjemand holte Wasser vom nahen Fluss für die improvisierte Freiluftdusche, unter der ein nackter Kerl stand und seine knochenharte Muskulatur einschäumte. Sie wohnten in alten Bauwagen, schimmelnden Wohnanhängern, ein paar sogar in Zelten. Dazwischen parkten ausgelutscht wirkende Autos und Transporter, lauter Arbeitspferde ohne Prätention: Nissans, Kias, Fords, allesamt Diesel, die Heckpartien rußgeschwärzt von langen Strecken, müden Einspritzpumpen und billigem, gepanschtem Sprit.

Eine auf den ersten Blick reine Männergesellschaft, die

von der Atmosphäre her an ein Armeelager erinnerte, oder das einer Expedition. Söldner fern der Heimat.

Kolya legte mir seine große Hand auf die Schulter, drückte mich runter auf die Holzbank vor dem langen Tisch. Seltsam altmodische, reichlich abgegriffene Fantaflaschen reihten sich zusammen mit Discounter-Bier und Gläsern voll mit eingelegtem Gemüse die Tischmitte entlang. Ein großer Grill nebelte alles ein.

»Kristof«, sagte Kolya gewichtig, »du sagst, du suchst Arbeit. Warum hier?«

»Nun«, begann ich zögernd, »ich hab da einen Tipp bekommen. Freund von mir, kennt ihr wahrscheinlich: Dimitrij, schmächtiger, blonder Typ, ungefähr so groß …«

»Nein, nein«, unterbrach mich Kolya, stellte ein Zahnputzglas und einen Pappteller vor mich hin. Ich sah vom Pappteller zum qualmenden Grill, auf dem irgendeine Art von Rippchen vor sich hin schmorte. Rippchen, die mich von der Anordnung der Knochen her wie auch von dem Umstand, dass die Enden, gelblich und verschmurgelt, an einem Ende aus dem dunkel verkokelten Fleisch herausragten, stark an die Füße des glücklosen Änderungsschneiders erinnerten und mir damit erheblich auf den eh schon schwachen Appetit schlugen.

»Ich meine: Warum hier? Warum nicht auf dem Arbeitsamt? Geben sie dir keine Arbeit, kriegst du Hartz vier …«

Kolya gabelte ein paar Gurken und Maiskolben aus einem Einmachglas und arrangierte sie auf meinem Teller.

»Die musst du probieren, Kristof. Habe ich selbst eingelegt!« Er wirkte stolz und schlicht und väterlich, ganz Kinn und Stirn und Schultern, doch seine kleinen Augen waren hellwach und schenkten mir eine Menge Aufmerksamkeit.

»Und?«, wollte er wissen, kaum dass ich einen zögernden Bissen von dem sauren Zeugs genommen hatte, und ich nickte voller Anerkennung.

»Ich kriege kein Hartz vier, Kolya. So ist das nun mal. Also brauche ich Arbeit.« Ich hatte mir diesen Weg der Annäherung ausgedacht, weil ich diese Leute unauffällig ausfragen wollte, und der Erste, an den ich geriet, drehte den Spieß um und brachte mich in Erklärungsnotstand. Ich schob es auf diese Scheiß-Kopfschmerzen, doch war das kein wirklicher Trost, und weiterbringen tat es mich auch nicht.

»Hier, probier mal die Paprika, Kristof. So was kriegst du nicht im Supermarkt!«

Also probierte ich die Paprika, obwohl der ganze Essig auf meine Magenwände einwirkte wie Ofenreiniger, und mimte Begeisterung wie ein Werbespot-Darsteller.

»Trotzdem, Kristof, warum ich frage, ist das: Sieh mal, sieh dich mal um. Sag mir: Siehst du hier auch nur einen Deutschen?«

Pflichtschuldigst nahm ich die versammelte Männlichkeit in Augenschein. Ausnahmslos Ost- und Balkanschädel, wenn ich meinen Vorurteilen und/oder meiner Kenntnis der menschlichen Physiognomie vertrauen konnte. Kein einziger französischer Skilehrer darunter, so viel war mal sicher, darauf hätte ich mein, äh, Fahrrad verwettet.

»Nicht auf Anhieb, Kolya.«

»Und willst du wissen, warum? Die Arbeit ist hart, Kristof, die Stunden sind lang, und die Bezahlung ist … na ja. Immer noch besser als zu Hause, sonst wären wir nicht hier. Aber nicht so, dass sie sich ein Deutscher antun würde. Also warum du?«

»Hmmja.« Ich senkte den Kopf, verlegen. »Sagen wirs so: Ich hab ein paar Schwierigkeiten mit den Behörden, und mein Freund Dimitrij sagte …«

Ich ließ das Satzende offen, in der Hoffnung, er möge

den Haken schlucken und wir auf mein eigentliches Thema zu sprechen kommen, doch Kolya biss nicht, wie der Angler sagt. Er besah mich prüfend mit seinen schlauen Schweinsäuglein. Kollegen von ihm gesellten sich zu uns, begutachteten und wendeten das Grillgut, rauchten, unterhielten sich auf Russisch.

»Kannst du schweißen, Kristof?«, fragte Kolya unvermittelt.

»Ja klar«, behauptete ich. »Schweißen, brennen, löten, Schutzgas, Elektro, Plasma, was du willst.«

»Kannst du Eisen flechten?«

»Ha! Sieben Jahre gemacht. Kennst du die Nordbrücke in Mülheim?« Er schüttelte den Kopf. »Heißt jetzt Konrad-Adenauer-Brücke.« Noch mal Kopfschütteln. »Fünfeinhalbtausend Tonnen haben wir da verbaut.« Für eines der idiotischsten Bauvorhaben in der Geschichte der Stadt. Abgesehen vom Straßenbahntunnel unter der Ruhr natürlich. Den toppt so schnell nichts. Obwohl, neue Projekte sind in Planung.

»Also?«, fragte ich, voll der Hoffnung. »Wisst ihr ’nen Job für mich?«

Kolyas Augen wurden schmal, und ein ebenso schmales Grinsen zog ihm die Mundwinkel halb um den kantigen Schädel.

»Schweißen kann er, unser Freund«, meinte er in die breite Runde, »löten kann er, und Eisen flechten kann er. Jetzt bleibt nur noch eine Frage.« Er schob sein Gesicht ganz nah an meines. »Kann er auch trinken?«

Ringsum sah mich plötzlich alles an, als ob es sich dabei tatsächlich um das entscheidende Kriterium handelte.

»Trinken?« Ich grinste. »Ha!«

Im Grunde hätte ich jetzt diese Farce beenden, mich als Detektiv outen und mit dem wahren Grund für mein Kommen rausrücken müssen.

»Das …«, begann ich vielsagend und blickte freundlich von einem zum andern.

Doch stand zu befürchten, dass Ermittler in diesen Kreisen hier nicht wohlgelitten waren, und dann war da immer noch Hufschmidt, dem ich unter allen Umständen ein Ergebnis präsentieren wollte …

»Das …«, wiederholte ich und sah meinen Argwohn bestätigt, dieses Modell von Fanta-Flasche schon länger nicht mehr im Vertrieb gesehen zu haben, als Kolya eine öffnete und begann, mir etwas einzugießen: Was da aus dem grünen Flaschenhals gurgelte und mein Zahnputzglas bis zum Rand füllte, war gar keine Fanta. Dafür war das Getränk eindeutig zu klar.

»Das …«, ich nahm das Glas mit vorsichtigen Fingern, hob es mir unter den Zinken, und der aufsteigende Hauch bleichte mir Wimpern und Brauen, »… das kann ich von allem am besten!« Dann lachte ich wie ein Blödmann in die Runde, und die Runde lachte mit.

Der Schweiß sickerte mir in die Ohren, die Luft war zum Ersticken, das Sonnenlicht schmorte mir die Glocke wie durch ein Brennglas.

Ich schlug die Augen auf, sah erst das Lenkrad, dann in den Himmel, dann kam es mir hoch. Nur mit erheblichem Kraftaufwand bekam ich die Fahrertür weit genug aufgedrückt, um mich rauszulehnen. Hocharomatisches, seltsam dunkel gefärbtes Halbverdautes sprühte an der Wagenflanke entlang nach hinten und pladderte auf ein Asphaltband, das senkrecht in die Höhe und, damit nicht genug, auch senkrecht in die Tiefe ging, und an dem der Smart mit dem Arsch klebte wie ein Popel an der Fensterscheibe.

Die Tür fiel von alleine wieder zu, mein Kopf sackte von allein gegen die Nackenlehne und wilder Schwindel nahm mich mit auf seine ungesund oszillierende Reise.

Ruhig, Kristof, ruhig, ruhig, ruhig, ruhig, ruhig.

Schwarzgebrannter Fusel. Und sauer eingelegtes Gemüse. Alle meine Bedenken, was die gemeinsame Einnahme dieser beiden Erfrischungen anging, ich fühlte sie bestätigt.

Mein Kopf rollte auf die Seite, und ein neuer Schwall bahnte sich seinen Weg nach oben. Und nach draußen. Was ging die Tür so schwer auf, aber so leicht wieder zu? Wieso sah ich durch die Frontscheibe nichts als Himmel? Wieso waren meine Hose und der Sitz so … klamm?

Schritt für Schritt setzte das Begreifen ein: Der Wagen stand auf seinem Heck. Das wars. Das war das eine. Irgendwelche Witzbolde hatten mich ins Auto verfrachtet und dann die Kiste vorne hochgewuchtet und senkrecht gestellt. Und der Becher Kaffee, den ich hinters Lenkrad geklemmt gehabt hatte, der war bei diesem Manöver ausgelaufen, und zwar quer über meinen Balg. Das war das andere. Kaffee auf blauem, verwaschenem Stoff gibt eine der scheußlichsten Farben, die man sich denken kann. Ein widerwärtiges, changierendes Gelb, äußerst unvorteilhaft, vor allem, sobald es sich erst mal, immer noch feucht und auch noch leicht dampfend in der Hitzestrahlung eines weiteren, gottverdammt sonnigen Tages, im Schritt deiner Jeans ausgebreitet hat.

Damit aus dem Wagen zu klettern war undenkbar. In diesem Brutkasten sitzen bleiben zu wollen, bis die Nacht hereinbrach oder ein Wunder geschah, mindestens genauso abwegig. Drüben entstieg gerade die halbe Frühschicht von Western Assembly einem Bus, und obwohl es sich angeboten hätte, ein paar von diesen Leuten um Hilfe zu bitten, mal eben den Wagen wieder auf seine vier Räder zu stellen, war das der unvorstellbarste Gedanke von allen. Fast alles Frauen, obendrein. Ich schloss die Augen und stellte mich tot, bis sie sich alle lang genug an meiner prekären Lage ergötzt hatten und dem Ruf der Stechuhr folgen mussten.

Zu allem Überfluss hatte ich nichts, aber auch überhaupt nichts in Erfahrung gebracht, gestern Abend. Es war nicht zu fassen. Drei Tage und Nächte intensiver Recherche, und alles, was ich erreicht hatte, waren Vergiftungserscheinungen ersten Grades und ein Schädeltrauma. Das Dröhnen wollte und wollte nicht weichen, genauso wenig wie diese lastende, lähmende Übelkeit. Der Wunsch nach Aspirin und trockenen Hosen brachte mich schließlich zum Handeln. Ich drückte die Türe ein weiteres Mal auf und sah nach unten. Die Heckschürze des Wagens war beim Aufrichten zersplittert, so dass die Hinterräder weiterhin Kontakt zum Asphalt hatten. Gut. Der Zündschlüssel steckte. Ich drehte ihn, und das Motörchen sprang tatsächlich an. Wählhebel auf Vorwärts, Gas. Mit dem ausgesprochen hässlichen, schüttelnden Kratzen der über den Straßenbelag scheuernden Heckpartie setzte sich das Auto in Bewegung, bis ich meinte, wir wären schnell genug, und die Handbremse riss und damit den Vorderwagen auf die Räder klatschte, dass es mir den Airbag in die Fresse knallte und die Luft sich mit Talkum und einer plötzlichen Abwesenheit natürlicher Geräusche füllte. Eingepudert wie ein Babyarsch hockte ich einen Moment da in der wachsenden Überzeugung, von nun an niemals wieder einen anderen Ton wahrnehmen zu können als den dröhnenden Gong in meinem Schädel und das neu hinzugekommene, hochfrequente Pfeifen in meinen Ohren.

Mit dem Luftsack schlaff zwischen meinen Knien trat ich die Fahrt nach Hause an. Kaum unterwegs, sah ich mein altes Damenfahrrad im Stacheldraht einer Fabrikeinzäunung hängen, und als mir dann noch der vom Innenspiegel baumelnde, sauber aus Kupferdraht geflochtene Galgenstrick ins Auge fiel, begann mir zu dämmern, dass aus dem erhofften Job als Schweißer wohl auch nichts werden würde.

Teil 2

Alles wäre anders, wenn ich nur hin und wieder mal blind meinen Instinkten gehorchen könnte. Doch nein.

Du hievst dich die letzte Stufe hoch, mehr tot als lebendig, blickst den düsteren Flur hinunter, und da hockt eine schlafende Frau vor deiner Tür. Und sie hat einen Koffer dabei.

Eine eiskalte Hand um die Klötze vermag keinen solchen Schauder das Rückgrat entlangzujagen.

Ich erstarrte, erwartete so halb im Hintergrund noch einen linkisch grinsenden Halbwüchsigen herumlungern zu sehen, der Lederjacke zu Jeans und Basketballschuhen trägt, mit zwölf schon raucht und es bei der Polizei zu einem eigenen Aktenregal gebracht hat.

Ich habe ihn Kristof taufen lassen. Bedeutungsschwangere Pause. *Nach seinem Vater.* Kuhäugiger Blick und abwartendes Schweigen, während du in sprachloser Bestürzung an der fetten Bratze vor dir irgendeine Erinnerung festzumachen versuchst, wann und wo und vor allem warum du sie je bestiegen haben könntest.

Leise umdrehen, schnell die Treppen runter und zwei, drei Tage nicht wiederkommen, war das, was mein Instinkt mir dringend nahelegte. Genau das hätte ich tun sollen, und alles wäre anders gekommen. Doch die Umstände waren gegen mich. Oder was auch immer. Und damit nahm diese Geschichte eben ihren Lauf.

Tatsache war, ich *musste* in meine Wohnung. Ich hatte

es irgendwie von der Tiefgarage bis in die siebte Etage geschafft, ohne jemandem zu begegnen, doch mein Glück würde nicht ewig halten, und mit einer Hose in einem Zustand wie meiner möchte man von niemandem gesehen werden, nicht mal tot. Ich hätte zu Scuzzi ausweichen können, doch mein Freund Pierfrancesco verbrachte den Sommer auf Gomera, wohin auch ich längst unterwegs gewesen wäre, wenn Vonscheidt mich nicht um mein Geld beschissen hätte, und obwohl ich die Schlüssel zu Scuzzis Wohnung besaß und obwohl wir dieselbe Hosengröße haben und es keine dreißig Minuten Fahrt bis zu ihm sind, so hingen seine Wohnungsschlüssel an einem Nagel in meinem Appartement, und das ließ die Zwangslage unverändert.

Okay. Auf leisen Sohlen schlich ich den Flur hinunter. Sie schlief weiter. Und sie war gar nicht fett. Je näher ich kam, desto deutlicher wurde, um was für eine ausgesprochen schmale Person es sich handelte. Rabenschwarzes Haar, was davon zu sehen war.

Sie hatte ihren reichlich altmodischen Koffer so zwischen sich und Tür geklemmt, dass man ihn nicht wegnehmen konnte, ohne sie damit zu wecken. Schlau.

Genauso wenig konnte man allerdings heimlich die Tür öffnen, was mir die letzte Gelegenheit an die Hand gab, doch noch abzuhauen und mein kleines, mieses Dasein wie bisher weiterzuleben.

Aber es besteht eine natürliche Affinität zwischen mir und Trouble, die unwiderstehlich ist und jede Gegenwehr obsolet macht.

Der verdammte Koffer schloss leider auch meine heimlich geschürte letzte Hoffnung aus, nämlich dass nur mal wieder eine der gar nicht wenigen Alkoholikerinnen unseres hochbauenden kleinen Gemeinwesens sich in der Etage oder Tür oder sonstwie geirrt hatte, und, in Erwartung größerer Klarheit nach Abebben des momentanen Rauschzustandes, einfach an Ort und Stelle zusammengesackt war.

Der Koffer passte da nicht ins Bild, genauso wenig wie, bei näherem Hinsehen, ihre gesamte Erscheinung. Sehr zierlich, war der erste Eindruck, und sehr ordentlich, der zweite. Etwas widersprüchlich, der dritte.

Sie trug Jeans, dazu blankgeputzte Schuhe mit flachen Absätzen hinten drunter und ledernen Schleifen vorne drauf. Beine und Füße auch im Schlaf dicht beieinander, Knie angezogen, gehalten von schmalen Händen, die Nägel akkurat gefeilt, aber nicht lackiert. Oder wenn, dann farblos. Zur Jeans trug sie eine schlichte, weiße Bluse, und über der Bluse eine graue Jacke aus, tja. Filz? Loden? Keine Ahnung. Dieses steife Material eben, das im Süden unserer Republik als Synonym für Heimatverbundenheit getragen wird und im Rest des Landes als Bekenntnis zur rechten Gesinnung. Wenn auch eher selten in Kombination mit einer in Rot und Gold gehaltenen Ferrari-Kappe. Der Mützenschirm verbarg das Gesicht meiner schlafenden Türblockade bis auf ihr schmales Kinn und einen Mund mit einer Unterlippe, so prall, so weich, so mädchenhaft, so, tja, *unschuldig*, dass Nabokov wahrscheinlich schon bei ihrem bloßen Anblick spontan in seinen Feinripp ejakuliert hätte.

Vorsichtig beugte ich mich vor. Ein Paar dichter, dunkler Wimpern schmiegte sich um hohe, blasse Wangenknochen. Wer immer diese Frau war, ich kannte sie nicht, hatte sie nie getroffen und schon gar nicht bestiegen.

Was nun? Sie wecken? Hm. Lieber nicht. Nicht jetzt. In einer halben Stunde – vielleicht. Eine halbe Stunde im Bad, eine halbe Stunde Gelegenheit, wenigstens zu versuchen, mich einigermaßen präsentabel herzurichten. Ich hätte Gott weiß was dafür gegeben.

Scheiß drauf, ich probiers, sagte ich mir, drückte mit dem Zeigefinger sachte gegen das Türblatt, der in den Spalt geklemmte Bierdeckel fiel herunter, die Tür schwang auf, der Koffer kippte um, die verdammte Katze jankte los und meine Besucherin erwachte mit einem Ruck, sah zu mir auf und raubte meinen Knien die Statik.

Große Augen vom dunkelsten Braun, tausendfach gesprenkelt mit Kupfer. Augen, in die man den Blick versenken konnte wie in einen neuen, unbekannten Nachthimmel, Augen, in die man eintauchen konnte wie in ein anderes, ein wärmeres Universum als der uns umgebende, fühllose Raum.

Erste Eindrücke prägen für immer, sagt man. Ich weiß nicht, was sie in mir sah – verschwitzt, verquollen, stoppelbärtig, die Glubschkugeln rot geädert und schwarz umrandet, die Hosenfront pissegelb, die ganze Gestalt schwankend wie ein Mast in der Dünung und zittrig wie eine Pflasterramme, fehlte eigentlich nur noch, dass mir der Sabber vom Kinn tropfte – es kann jedenfalls nicht wirklich *vorteilhaft* gewesen sein, doch entlockte ihr mein Anblick erst mal nicht mehr als ein erstaunt klingendes »Oh.« Erstaunt. Nicht abgestoßen, nicht verstört, sondern erst mal nur durchaus milde verwundert. Ganz so, als ob man ihr mich noch wesentlich schlimmer beschrieben hätte. Als ob sie mit Hufschmidt über mich geredet hätte.

Sie machte Anstalten, auf die Füße zu krabbeln, also reichte ich ihr meine Hand und half ihr hoch. Sie wog nichts. Sie war so leicht wie ein zum Vogelflug konstruiertes Wesen und wirkte dabei so zerbrechlich, dass mich spontane Gluckenhaftigkeit überkam, ein unwillkürlicher Wunsch, sie zu füttern, ihr irgendwas zu essen in den Schnabel zu stopfen.

Ein absurder Gedanke bei einem Mann mit gerade mal einer angebrochenen Tube Senf und einem ebenfalls nicht mehr vollständigen Sixpack im Kühlschrank.

»Sind Sie Kristof Kryszinski?«, fragte sie und senkte den Blick auf meine Hand, die immer noch die ihre gepackt hielt. Ich ließ los, nickte mehrfach und wunderte mich derweil, seit wann mir eigentlich die Zunge am Gaumen angewachsen war.

»Sie sehen furchtbar aus«, stellte sie fest. Ohne Vorwurf, ohne Verachtung. Es klang eher … besorgt.

Besorgt. Irgendetwas gab nach, in mir. Wie wenn ein Fundament nachgibt, oder ein Damm, eine Staumauer.

»Ich … ich fühl mich auch furchtbar«, brach es aus mir heraus. »Ich … ich hab vor drei Tagen einen Mann angefahren, und seither läuft irgendwie alles aus dem Ruder, die Polizei glaubt mir kein Wort, ich komme kaum noch zum Schlafen, baue nur Mist, und anstatt den richtigen Leuten die richtigen Fragen zu stellen, anstatt daran zu arbeiten, meine Unschuld zu beweisen, lasse ich zu, dass man mich mit Versandhaus-Katalogen zu erschlagen oder mit Alkohol zu vergiften versucht und mir das Auto umschmeißt, dass mir der ganze Kaffee über die Hose pladdert … und … und jetzt stehe ich hier und babble wie ein Idiot«, kam ich mühsam zum Ende.

»Vielleicht sollten wir hineingehen«, schlug sie vor, und ich nickte wieder und kämpfte mit Füßen, die im Estrich Wurzeln geschlagen hatten. Also ging sie vor und hatte sich schon nach der immer noch penetrant quäkenden Katze gebückt, ehe ich warnend eingreifen konnte. Das hat sie nicht gerne, bei Fremden. »Nicht …«, versuchte ich es doch noch, da hatte sie die Katze schon hochgehoben und – ich sog zischend Luft zwischen den Zähnen hindurch wie der unwillkürliche Zeuge eines nun nicht mehr zu stoppenden Desasters – *rücklings* auf ihren Unterarm gewuchtet. Das hasst sie, das kann man sich nicht vorstellen.

Alles Quäken verstummte, und ich wappnete mich innerlich für Fauchen, Spucken, Bisse, Schwünge mit langen, scharfen Krallen, gefolgt von Schreien.

Nichts geschah.

Stattdessen blickte dieses tückische Mistvieh nur mit halbgeschlossenen Augen einmal vielsagend zu mir rüber und begann, nachdem sie sich vergewissert hatte, dass ich auch alles mitbekam, lauthals zu schnurren.

»Was für ein niedliches kleines Kätzchen«, fand meine Besucherin. Sie war definitiv keine Deutsche und sprach mit einem ungewöhnlichen, schwer zu definierenden Akzent. Harte, geradezu kratzige Rs standen in völligem Kontrast zu den anderen Konsonanten, die weich und rund wie über ein Karamellbonbon hinweg gesprochen daherkamen.

Bestrickend, wie alles an ihr.

»Hat sie auch einen Namen?«

Ich zögerte kurz. »›Miststück‹«, antwortete ich dann. »Und wir … wir hassen uns«, schickte ich hinterher. Denn eins hab ich mir schon immer geschworen: Sollte ich jemals noch mal der Frau meines Lebens begegnen, ich werde vom ersten Augenblick an absolut ehrlich mit ihr sein.

Sie lächelte, ungläubig, als ob ich das gerade unmöglich ernst gemeint haben könnte. Als ob jemand wie ich ja wohl kaum fähig wäre, so ein bezauberndes Pelztier zu hassen. Bevor ich sie in meiner Kampagne absoluter Aufrichtigkeit vom Gegenteil überzeugen konnte, setzte sie die Katze auf dem Bett ab und sah mich ernst an.

»Mein Name ist Anoushka Jalnikowa«, stellte sie sich vor. »Ich brauche jemanden, der mir bei der Suche nach meinem Mann hilft. Er heißt …«

Doch da wusste ich den Namen schon, und ein Blitz entlud sich im Raum zwischen meinen Ohren, während ich nach der Türklinke griff, für Halt.

»… Dimitrij, Dimitrij Jalnikow. Er hat sich seit mehreren Tagen nicht mehr bei mir gemeldet, und ich bin in großer Sorge um ihn.«

Sie nahm es gefasst. Erstaunlich gefasst. Vielleicht hatte sie schon etwas geahnt, befürchtet, vielleicht schon länger. Ich weiß es nicht. Ich weiß nur, dass sie meine erst zögernde, radebrechende, dann ruckartige Offenbarung, dass es ihr Mann war, den ich vor drei Nächten mit dem Auto angefahren und dabei getötet hatte, mit nichts als einem Schlucken und einem ratlosen Blick aus runden, tiefen Augen aufnahm. Ja, das war es. Völlige Ratlosigkeit, komplette, schlagartige, bodenlose Verlorenheit.

Schuldgefühle und Bestürzung überschwemmten mich, drängten mich, etwas zu sagen, etwas zu tun, und lähmten mich zur gleichen Zeit. Da war nichts zu sagen, nichts zu tun, was sie von diesem Schmerz befreien könnte, nicht hier, nicht jetzt. Nicht von mir.

Mitten im lastenden Schweigen drehte ich mich plötzlich um und spie mehrere Schübe einer Substanz, die in Farbe und Konsistenz, wenn auch nicht dem Geschmack nach an Kaffeesatz erinnerte, unter peinvollen Krämpfen in mein Spülbecken.

Irgendwie riss sie das weit genug aus ihrem Schock, um heranzutreten und einen Blick zu riskieren.

»Das sieht nicht gut aus«, stellte sie fest.

Da hatte sie vollkommen recht. Trotzdem wollte ich das mannhaft herunterspielen, da dimmten meine Lichter ab und ich fiel mehr, als dass ich ging, von der Spüle hinüber aufs Bett, und zwar nur Sekunden, bevor es mich runter aufs Parkett gerissen hätte.

»Frau Jalnikowa«, presste ich hervor …

»Anoushka«, korrigierte sie mich ruhig.

»Anoushka, man hat Dimitrij umgebracht. Zwei Männer. Ich werde sie finden, und wenn es das Letzte ist, was ich tue.«

Falls nicht schon diese Äußerung das Letzte ist, was du tust, fügte ein kleiner Teil meines Bewusstseins hinzu, bevor es zur Gänze den Dienst quittierte.

Als ich erwachte, war sie immer noch da. Das war mir in etwa dem gleichen Maße peinlich, wie, tja, lieb.

»Wir müssen los«, sagte ich und richtete mich auf. Der Himmel im Westen glomm im letzten Licht des Tages, zeigte ein verschmiertes Orange, wie Eigelb und Ketchup auf einem leergekratzten Cafeteria-Teller. Erst als ich meine Jeans und Socken über der Balkontür baumeln sah, wurde mir bewusst, dass ich nur noch T-Shirt und Unterhose trug. Das brachte das Gefühl von Peinlichkeit zurück, aber auch das von Erleichterung.

»Wir müssen los«, wiederholte ich blödsinnigerweise. Ich hätte im Moment überhaupt nicht sagen können, wohin.

Anoushka stand an meinem Zwei-Platten-Herd und kippte etwas aus einem Topf in einen Becher, den sie mir rüberbrachte.

»Versuch das«, sagte sie ernst.

»Anoushka, ich möchte, dass du begreifst, dass ich keine Schuld habe an –«

»Trink«, unterbrach sie mich streng. »Aber langsam.«

Es war Brühe, lauwarm. Ich nahm einen Schluck. Er fuhr in meinen Magen wie ein Windstoß in die Glut. Ich keuchte, als die Flammen loderten. Nahm gleich noch einen. Immer schon hart im Nehmen gewesen, ich. Ganzer Kerl. Keiner von denen, die man mit 'ner Tasse Hühnerbrühe über den Jordan schicken könnte.

Die Katze hockte am Fußende des Bettes, betrachtete mich mit klinischem Interesse und sah dann zu Anoushka, als ob sie sich für sie und gegen mich entschieden und deshalb nicht unbedingt etwas dagegen hätte, wenn ich alsbald den Löffel abgäbe.

Kein Fisch mehr für dich, Miststück, dachte ich grimmig und zutzelte tapfer weiter an dem lauen, fettigen Sud herum, während Anoushka meine Jeans ausschüttelte und andersrum wieder aufhängte, um die Trocknung zu beschleunigen. Frisch gewaschen wie die Socken, und über der Heizung hingen auch noch eine Unterhose und ein T-Shirt mit TABU-Absinth-Aufdruck. Die Leute schenken mir dauernd Sachen mit Alkoholwerbung drauf, weiß auch nicht, warum.

Der Becher war leer, und sein Inhalt in mir machte, zumindest fürs Erste, keine Anstalten, wieder hochzukommen. Wundervoll.

»Wir müssen reden«, sagte ich zu Anoushka, und sie nickte. »Doch zuerst sollte ich duschen.«

»Ja«, fand sie mit großem Ernst. »Das ist eine gute Idee.«

Die Klinge war alt und brauchte viel Druck, weshalb mir eine ganze Anzahl von blutdurchtränkten Klopapierfetzen auf Hals, Kinn und Wangen klebten, als ich aus dem Bad trat, doch ich war immerhin rasiert, geduscht, umgezogen und damit so präsentabel, wie es sich im Moment einrichten ließ.

Anoushka stand reglos an der Brüstung, versunken in das, was mein Balkon so an Aussicht zu bieten hatte, und das hieß hauptsächlich die Fassade des Hochhauses gegenüber, ein nahezu identisches Spiegelbild unseres schichtförmig aufeinandergestapelten Ghettos. Sie wirkte gedankenverloren, unempfänglich für die akustische Mixtur aus Gegröle und Gejaule, Geträller und Gezänk, aus durch die Straßen heulenden Martinshörnern und um ihre Gleisbögen kreischenden Straßenbahnen. Dutzende von Grills taten ihr Bestes, die Luft in der Stadt weiter mit Schadstoffen anzureichern, und der aufsteigende Mief machte, dass man alles ringsum durch einen Rauchschleier wahrnahm, wie jemand auf dem Scheiterhaufen.

Anoushka stand reglos, unerreichbar, bemerkte nicht, wie ich hinter sie trat. Ich streckte eine tröstende Hand nach ihrer Schulter aus, und sie fuhr herum und machte einen raschen Schritt zur Seite.

»Nicht!«, warnte sie, und ich zog die Hand wieder ein und kam mir linkisch vor, plump, taktlos, übergriffig.

»Möchtest du etwas essen?«, fragte ich, instinktgetrieben. Sie war so schmal, so zerbrechlich. »Ich könnte eine Pizza kommen lassen.«

Sie dachte nach und nickte dann.

»Aber nichts mit … Fleisch«, bat sie sich aus. Ich zauberte eine abgegriffene Speisekarte von ihrem Platz neben dem Telefon herbei, und sie entschied sich für eine schlichte Margherita, obwohl ich ihr ein halbes Dutzend andere, etwas opulenter belegte Varianten schmackhaft zu machen versuchte.

Wir räumten den Tisch und zwei Stühle raus auf den Balkon, und schon eine Viertelstunde später saß ich ihr gegenüber, nuckelte an einem frischen Becher lauer Brühe und sah ihr dabei zu, wie sie die Pizza in winzige Happen schnitt und konzentriert, fast schon methodisch zu sich nahm. Wie etwas, das man machen muss. Wie man sein Auto tankt. Bing, bing, bing, bis die Zapfpistole schnackt, rein und zahlen und weiter.

Den Blick hielt sie dabei die ganze Zeit auf ihren Teller gerichtet und ließ mir somit Zeit, sie zu betrachten und in Gedanken abzudriften in die Vorstellung, so mit ihr zusammenzusitzen, unter anderen Umständen, an einem anderen, weniger heruntergekommenen Ort, in einem anderen Zustand, in dem mir nicht konstant übel wäre und mir auch der Kopfschmerz nicht weiterhin auf dem Hirn säße wie ein Buddha auf seinem Kissen, und zu einer anderen Zeit, in der ich nicht gerade eben erst ihren Mann getötet und sie damit zur Witwe gemacht hätte.

Fertig mit Essen, legte sie ihr Besteck beiseite, tupfte sich den Mund mit einer Papierserviette und griff zur Cola, die mit der Pizza gekommen war. Sie nahm einen kleinen Schluck und tupfte erneut die Lippen. Ich konnte mich nicht erinnern, wann ich zuletzt jemandem ähnlich hingerissen bei einer ähnlich trivialen Beschäftigung zugesehen hatte.

Sie legte die Serviette beiseite und sah mich an. Am Strand eines tropischen Meeres zu sitzen und eine warme Welle über den nackten Köper spülen zu spüren, muss ein ähnliches Gefühl hervorrufen, könnte ich mir vorstellen.

»Hast du ein … Geschwür?«, fragte sie, vorsichtig in der Wortwahl. Ich zog eines meiner eher unintelligenten Gesichter. Geschwür ist für mich gleich Furunkel, und das sitzt dann, warum auch immer, unweigerlich am Arsch. Und mir mochte es gehen, wie es wollte, doch mit meinem Arsch war meines Wissens alles in Ordnung.

»Das ist Blut, was du da …« Geste.

»… erbrichst«, vervollständigte ich den Satz. »Du meinst ein Magengeschwür.«

Sie nickte. »Du musst zu einem Arzt«, mahnte sie.

»Ja, ja«, sagte ich. »Alles zu seiner Zeit. Erst mal kümmern wir uns jetzt um deinen Fall.« Cool, tapfer, selbstlos, Kryszinski.

Sie senkte Blick und Wimpern. »Erzähl mir alles«, bat sie.

Ich atmete tief ein und versuchte, ihr den Unfall- bzw. Tathergang zu schildern, ohne allzu grafisch, allzu detailliert zu werden dabei. Dann holte ich weiter aus, fing mit Vonscheidt an und hörte mit Kolya und seinen Freunden auf, packte den Brief und die Fotos und den Lada und den kleinen Schlüssel und alles, was mir sonst noch einfiel und durch den Kopf ging, mit hinein. Ich erwähnte den Rosa Lollipop und dass weder ich noch die Polizei bisher herausfinden konnten, wo Dimitrij in den Tagen vor seinem Tod gewohnt hatte. Und dann, völlig aus dem Blauen heraus, fragte ich sie, was ich sie die ganze Zeit schon hatte fragen wollen, nämlich wie sie ausgerechnet zu mir gefunden hatte.

»Ich war zuerst bei einem Jochen … Jochen Fuchs?«

Ajeh, Jochen Fuchs. Lokale Konkurrenz. Unfähig, seine Schuhe zu binden, ohne sich dabei »Über die Brücke und durch den Tunnel« vorzusagen, und doch in geschäftsmäßiger Hinsicht rund zehn- oder hundert- oder von mir aus auch tausendmal erfolgreicher als ich. Mit null kann man ja multiplizieren, wie man will.

»Er sagte, du bist genau der Richtige dafür, meinen Mann zu finden.« Ich wandte ruckartig den Kopf, sah mit gespieltem Interesse über die Brüstung, um das spontan in mir aufwallende Misstrauen nicht mimisch sichtbar werden zu lassen. Was konnte das bedeuten, dass Jochen jemandem wie Anoushka die Tür wies und sie, als Frau wie als Kundin, zu mir schickte, anstatt sie zeitgleich anzusabbern und auszunehmen zu versuchen? Ich drehte den Kopf wieder zu Anoushka, als mir die einzige plausible Antwort dämmerte: Sie hatte kein Geld. Nicht dass das für mich in diesem Fall eine Rolle spielte. Trotzdem typisch, für Jochen.

»Wenn du deinen Mann vermisst, warum bist du nicht erst mal zu den Behörden, zur Polizei gegangen?« Mir war, als ob ich auch die Antwort auf diese Frage schon ahnen konnte.

Sie dachte einen Moment nach. »Es ist so, Kristof«, begann sie dann. »Dimitrij hat unser ganzes Geld mit nach

Deutschland genommen. Um es hier in ein Geschäft zu investieren.« Ich wollte nachhaken, doch sie sprach sofort weiter. »Und, Kristof, ich weiß nicht, *was* für ein Geschäft. Du musst das herausbekommen, oder ich habe kein Geld, nach Hause zu fahren, und auch keins, um … Dimitrij … mitzunehmen.«

Sie drehte den Kopf, sah ins Nichts, schluckte.

»Nun …« Dies wäre jetzt der Zeitpunkt für ein paar wilde Versprechungen gewesen, für eine Demonstration der Zuversicht, doch ich war einmal zur Ehrlichkeit entschlossen und obendrein ziemlich ratlos, also schwieg ich so aufrichtig ich nur konnte.

Für irgendwelche wie auch immer geartete Nachforschungen war es mittlerweile eh ein wenig spät, und die Hühnerbrühe zeigte Entschlossenheit, den Weg zu nehmen, den sie gekommen war, und obwohl im Grunde ebenfalls fest entschlossen, war ich gleichzeitig auch matt, auf eine Art, die wenig Widerspruch duldet, und dann kam die Brühe, und ich stolperte hastig ins Bad.

»Du kannst gerne hier bleiben«, versicherte ich ihr und verwies auf mein Bett, doch sie schüttelte so energisch den Kopf, dass ich keinen zweiten Anlauf unternahm.

»Das geht nicht«, befand sie, und damit war das Thema vom Tisch. Sonst hatte oder kannte sie niemanden im Umkreis mehrerer tausend Kilometer, also griff ich zum Hörer und wählte die Nummer des Handelshofs. Ich geriet an Ernst-Dieter, einen Rezeptionisten von aristokratischer Hochnäsigkeit und mein Sparringpartner aus vielen kleinen, hartnäckigen Auseinandersetzungen. Ernst-Dieter wollte, noch bevor ich überhaupt etwas äußern konnte, cash im Voraus, und es brauchte einiges an verbaler Equilibristik, um ihm klarzumachen, dass das überflüssig sei, da meine Klientin für sich selber zahlen würde, ohne es tatsächlich auszusprechen und damit der neben mir stehenden Anoushka zu Ohren kommen zu lassen.

»Aber es ist nicht wieder so eine wie kürzlich …«

»Nein«, sagte ich.

»Du weißt schon. Wie hieß sie noch …«

»Nein«, sagte ich.

»Die hier gleich am ersten Abend ihren Laden aufgemacht hat …«

»Nein, nein«, sagte ich.

»Und ihre Rechnung bei mir doch tatsächlich in Naturalien bezahlen wollte …«

»Und soviel ich weiß, hat sie das auch«, schnappte ich und meinte, in dem entstehenden kurzen Schweigen die Ohrmuschel am anderen Ende aufglühen zu spüren.

Wir nahmen den Aufzug, umrundeten ein von ausgesprochen räudigen Aussteigern und ihren meist etwas gepflegteren Hunden umringtes Lagerfeuerchen in der Tiefgarage und stiegen in den Smart.

Ich entschuldigte mich für das leicht pittoreske Ambiente meiner häuslichen Umgebung, doch Anoushka meinte nur, da, wo sie herkomme, sähe es kaum anders aus. Das Einzige, was sie wunderte, war, dass bei uns manche Leute offenbar *freiwillig* so lebten.

Ich lieferte sie bei Ernst-Dieter ab, musste mir einen Kommentar zu meinem Aussehen gefallen lassen (»wie ein Rückkehrer von einer Transsylvanien-Reise, haha«), schlug eine von dessen Seite dringend gewünschte Zwiesprache mit Keeper Danny aus, verabschiedete mich von Anoushka, sackte ins Auto, fuhr zurück, erbrach eine erstaunliche Lache Kaffeesatz in den Aufzug, fiel auf die Knie, keuchte eine Weile, zog mich hoch, stolperte zurück in die Tiefgarage, ging erneut zu Boden und musste mir schließlich ausgerechnet von zwei bis zur Reduktion auf gutturale

Lautäußerungen zugedröhnten Autonomen in den Wagen helfen lassen.

An die Fahrt als solche habe ich keine Erinnerung, doch ich weiß noch, dass ich vor der Notaufnahme des Katholischen Krankenhauses die Autotür aufstieß und Kopfsteinpflaster an meiner Schläfe fühlte.

Ein junger Assi, aber immerhin ein Arzt und nicht der übliche Nägel kauende Zivildienstleistende zupfte mir am Morgen des dritten Tages die Schläuche aus dem Wanst, die ganze Zeit rührend besorgt um mein Wohlbefinden.

Ich grunzte und ächzte in tapferer Zurückhaltung, war mit den Gedanken eh woanders.

Anoushka wohnte nicht mehr im Hotel, so viel hatte ich inzwischen in Erfahrung gebracht. Doch das war auch alles.

Und Jochen Fuchs, diese als Privatdetektiv maskierte Null, hatte nicht den geringsten Schimmer, wo sie hergekommen und wo sie hingegangen sein könnte. Wohl noch ein bisschen unter dem Einfluss verschiedener postoperativer Medikamente hatte ich ihm daraufhin ein paar Wahrheiten über sich selbst in den Hörer gespuckt, die unser Verhältnis für den besten Teil der uns verbleibenden Tage belasten dürften.

Nachdem der Arzt gegangen war, desinfizierte und verpflasterte mir Schwester Agnes die Operationsnaht und die beiden Löcher, die die Schläuche hinterlassen hatten.

Ich bat sie, mir auch die Nadel vom Tropf aus der Armbeuge zu ziehen, weil ich endlich aus dem Bett wollte, doch sie drückte mich nur sanft zurück ins Kissen, schnallte mir eine Bandage um den Bizeps, pumpte sie auf und tastete dann eine ganze Weile an meinem Handgelenk herum.

»Mit Ihren Vitalzeichen, Herr Kryszinski, gehen Sie so bald nirgendwohin«, meinte sie dann.

»Was soll das heißen?«, fragte ich, »›Vitalzeichen‹? Ich bin quicklebendig.«

Sie seufzte. »Puls flach, schwer tastbar, tachykard, Blutdruck gerade mal 90/60«, betete sie herunter. »Davon abgesehen, dass Sie knappe drei Tage nach dem Eingriff noch als frisch operiert gelten, sollte es mich wundern, wenn Sie sich überhaupt auf den Beinen halten könnten.«

»Ach, das geht schon«, behauptete ich. Doch sie war nicht zu überreden.

Ich wartete, bis sie weg war, richtete mich dann mit aller Vorsicht auf und schwang die Beine aus dem Bett. Bis auf ein rückenfreies Engelshemdchen war ich nackt. Hm. Der Tropf hing an einem langen Galgen, und der stand auf einem kreuzförmigen Fuß mit vier Rollen dran. Hm, hm. Ich packte die Stange, senkte die Sohlen auf die Fliesen und stellte mich langsam auf. Abgesehen von dem Gefühl, mir damit die Bauchnaht wieder zu öffnen wie einen Reißverschluss, wurde die Luft ein bisschen dünn, rings um mein Haupt, und das Licht ein wenig trüb, doch nach zwei Minuten stoischen Stehens und gleichmäßigen Atmens lichteten sich die Wolken weit genug, dass ich den nächsten Schritt ins Auge fassen konnte. Ich tappte rüber zum Kleiderschrank und fand neben meinen Anziehsachen ein Paar neuer Gummisandalen und einen ausgesprochen hübschen, weißen Bademantel. Ich nahm ihn vom Haken und blickte dann lange sinnend auf die Kanüle in meinem Arm und den Schlauch, der von ihr zum Tropf hochlief. Schließlich schlüpfte ich mit dem linken Arm in den linken Ärmel, warf mir die rechte Mantelhälfte um die Schulter und schnürte mir den Gürtel um die Taille, so gut es nur ging. Trat in die Badelatschen und war fertig, mich wieder in die Arbeit zu stürzen.

»Sie sind überhaupt kein Polizeibeamter, und der Herr Doktor hat mir strengste Anweisungen gegeben, niemanden mehr ohne Prüfung des Dienstausweises vorzulassen!«

Ich seufzte, schwer auf meinen rollenden Begleiter gestützt wie ein müder Hirte auf seinen Stab.

Den Zerberus des L-Hauses, dachte ich so für mich, den passiert man nur in einem einzigen und endgültigen Zustand wirklich problemlos.

Sie war Ende fünfzig, massig, herrisch, mit einer Frisur wie eine aus Haar gewobene Käseglocke. Wehmütig erinnerte ich mich des geradezu jugendlichen Schwungs, mit dem ich mich letztes Mal an ihr vorbeigemogelt hatte. Davon war nichts mehr übrig. Ich konnte heilfroh sein, es überhaupt bis hierher geschafft zu haben.

»Ich komme heute als Patient«, erklärte ich und deutete mit der freien Hand auf Tropf, Bademantel, Latschen. Nur für den Fall, dass ihr meine Aufmachung entgangen sein sollte. »Ich brauche einen medizinischen Rat vom Herrn Doktor.«

Oh, da würde ich mir einen Termin geben lassen müssen wie alle anderen auch.

»Das glaube ich nicht«, sagte ich leise. Sie sah mich über die Ränder ihrer Halbgläser scharf an, und ich sah von der Höhe abwärts die Länge meiner Nase entlang starr zurück und nickte ganz leicht mit dem Kinn dazu, wie jemand, der sich noch im Griff hat, aber drauf und dran ist, gleich gründlich die Contenance zu verlieren.

»Von welcher Station kommen Sie?«, fragte sie dann, immer noch herrisch, wenn auch mit ein paar Fasern von Vorsicht durchwoben, und wandte sich ihrem Monitor zu, Hände wartend auf den Tasten.

»Station *fünf*«, sagte ich, weiterhin leise, kaum hörbar, doch sie bekam es mit. Ihr Mund formte ein O.

»Warum sagen Sie das nicht gleich?« Da war nicht unbedingt Wärme in ihrem Tonfall, aber immerhin Respekt. »Würden Sie mir bitte Ihren Namen geben?«

Ich gab ihn ihr, und sie entschuldigte sich für die Notwendigkeit, ihn noch mal buchstabiert bekommen zu müssen, überprüfte meine Angaben mit einem letzten Funken von Hoffnung, mich noch der Lüge überführen zu können, und wechselte dann ein paar diskrete Worte mit ihrem Telefonhörer, bevor sie auflegte und mir mitteilte, der Herr Doktor erwarte mich.

»Den Weg kennen Sie ja.« Und sie schenkte mir ein Lächeln von Substanz und Dauer einer platzenden Seifenblase.

Ich und mein dünner, vierrädriger Kumpel schoben los den Gang hinunter.

Dr. Korthner war beschäftigt, als ich reinkam. Beide Seziertische waren belegt, dazu noch zwei mobile Bahren. Spuren dicker, auberginefarbener Tropfen zogen sich kreuz und quer über den Kachelboden und wurden von einer Hilfskraft in einen rotbraunen Schmier verwischt.

Irgendwie genug gesehen von dem Zeugs in letzter Zeit, dachte ich so für mich.

»Station *fünf*«, meinte der Doktor verträumt und drehte einer ebenso angesengten wie zerfetzten Leiche den linken Fuß von hinten zurück in die ursprüngliche Position. Ein verhaltenes, halbersticktes Knirschen ertönte dabei.

Mein Magen bewegte sich, rieb an den Nähten wie sich verschiebende Kontinentalplatten und weckte damit den Wunsch in mir, besser nicht hergekommen zu sein. »Tut mir leid, dass ich es nicht mehr geschafft habe, Ihnen den roten Teppich auszurollen.«

»Noch ein paar Spitzfindigkeiten mehr, Doktor, und ich sorge dafür, dass das die letzte Leiche ist, an der Sie hier herumschnippeln dürfen.«

Station 5, muss man wissen, ist den privatesten der Privatpatienten vorbehalten. Im Zimmer links von mir lag der Direktor einer staatlichen Lotteriegesellschaft, im Zimmer rechts ein Saudi, auf dessen Genesung am Düsseldorfer Flughafen ein vierstrahliger Jet wartete.

Ich trat an den Tisch und Doktor Korthner richtete sich auf.

»Gartenteich«, erklärte er und verwies auf den liegenden Körper ohne Hände, Unterarme, ohne Gesicht, ohne Geschlechtsmerkmale. Bauch- und Brustkorbbereich nichts als eine einzige, offene Wunde, einer aufgeplatzten, fauligen Tomate nicht unähnlich.

Ich habe in meinem Leben schon die eine oder andere Leiche gesehen, nicht wenige davon selbst entdeckt, und nicht alle waren wirklich frisch gewesen, schon gar nicht die dicke Frau in der Badewanne. Um es kurz zu machen: Wasserleichen sehen anders aus, also fragte ich zur Sicherheit noch mal nach.

»Gartenteich?«

»Vater, Mutter, Sohn und Schwiegertochter.« Dr. Korthner deutete von Tisch zu Tisch und Bahre zu Bahre. »Dazu eine aus dem Internet gezogene Anleitung zur Herstellung einer nicht wirklich stabilen Mischung aus Düngemittel und Treibstoff und die lustige Idee, wie man sich beim Ausheben einer größeren Grube im Garten eine Menge Arbeit sparen kann. Hat mich jetzt schon drei Tage gekostet, herauszusortieren, was von wem und wer wer ist.«

»Anders ausgedrückt: Zum Fall Dimitrij Jalnikow haben Sie keine neuen Erkenntnisse.«

Er hob den Blick von der blutigen Verwüstung vor ihm. »Anteilnahme ist nicht unbedingt so Ihr Ding, oder?«

Ich dachte einen Moment darüber nach, bevor ich antwortete. »Sagen wirs so: Mein Mitgefühl mit Idioten hält sich in leicht überschaubaren Grenzen.«

Der Doktor schüttelte den Kopf, wenn auch mit einem schmalen Grinsen.

»Also«, sagte ich. »Was ist jetzt mit Dimitrij?«

»Bevor Familie Dynamitska hereingekarrt wurde, habe ich es so gerade noch geschafft, ihn vollständig zusammenzusetzen, zu röntgen und äußerlich zu säubern. Was auffiel, war eine Vielzahl von älteren Vernarbungen. Bis tief ins Gewebe. Torso, Arme, Beine.«

»Und was heißt das?«

Eine Frage, die mir einen eher stumpfen Blick einbrachte.

»Das heißt erst mal, dass der Unfall mit Ihnen wahrscheinlich nicht sein erster gewesen ist.«

»Wieso wahrscheinlich?«

»Weil ein Unfall nur *eine* der möglichen Ursachen für solche Verletzungen darstellt.«

Im ersten Augenblick wollte ich nach den Alternativen fragen, doch dann sah ich einen weiteren stumpfen Blick vorher und kam von alleine drauf.

»Und eine andere wäre … Gewalt?«

»Eine kriegerische oder sonstige Auseinandersetzung mit tödlicher Intention ist nicht auszuschließen. Einen Teil der Narben würde ich als Überbleibsel dessen einschätzen, was der Feldarzt Schrapnellverletzungen nennt. Alles weitere müssen wir sehen, sobald ich mit dem Gartenteich-Projekt fertig bin.« Und er griff sich ein tropfendes Weichteil aus einem Eimer und betrachtete es seufzend.

Ich nickte, fasste meinen kreuzfüßigen Kumpel um die ranke Taille und tapste los, als mir noch was einfiel.

»Ach, Doktor. Meinen Sie, Sie könnten mir ein paar Tramal-Tropfen verschreiben?«

»Ich? Warum fragen Sie nicht eine der Koryphäen auf Ihrer Station? Fünfer-Patienten wird doch normalerweise kaum ein Wunsch verwehrt.«

»Das Problem ist, ich werde mich gleich entlassen. Unter, wie ich jetzt schon vorausahne, wenig harmonischen Umständen.«

Er sah von dem blutigen Klumpen in seiner Hand zu mir und wieder zurück. »Sie wollen uns schon verlassen? Mit einer gerade mal drei Tage alten Operationsnaht?«

Anoushka war auf meine Hilfe angewiesen, und der Gedanke, dass sie sich inzwischen anderswo umgesehen haben oder aber auf Nimmerwiedersehen verschwunden sein könnte, saß mir wie eine Boa im Genick. Und ich meine nicht die mit den Federn.

»Herr Kryszinski, kann das sein, dass Sie ein wenig suizidal veranlagt sind?«

Ich zuckte die Achseln. »Was ist mit meinem Rezept?«

Dr. Korthner wies mit seiner freien linken Hand auf seine beschäftigte Rechte, von der es troff. »Würde es Ihnen etwas ausmachen, nachher noch mal vorbeizukommen?«

Ich schaffte es pünktlich zur nachmittäglichen Ärzteschau zurück aufs Zimmer. Auf Station 5 ist zweimal täglich Visite. Das dient nicht so sehr dem Wohl des Patienten als dem des Chefarztes, der für das kurze Reinschneien und Zähnefletschen erkleckliche Beträge in Rechnung stellen kann. Station 5 gehörte Professor Dr. Dr. Petersen, dem üblichen unentschlossen zwischen Altersmilde und Herrschsucht schwankenden Göttervater, der die Patienten immer nur das Gleiche fragte und bestenfalls einen müden Furz auf ihre Antworten gab.

Ich hockte mich vorsichtig aufs Bett, die Tür flog auf, und »*Wer* hat den Patienten mobilisiert?« herrschte der Oberdoktor die erbleichende Entourage in seinem Abwind an.

Das haben sie nicht so gern, die Herren Chefärzte, wenn irgendetwas sie daran hindert, nur kurz »Na, wie fühlen wir uns?« in den Raum zu werfen und gleich wieder rauszustürmen, ehe der Patient auch nur Zeit zum Luftholen gehabt hätte.

»Ich«, antwortete ich. »Weil, ich würde gerne entlassen werden«, schickte ich hinterher und bereute die Wortwahl augenblicklich. Man sollte immer darauf achten, nie die Selbstbestimmung aus der Hand zu geben.

Dr. Dr. Petersens entrüstetes »Das ist völlig ausgeschlossen« war dann auch die verdiente Antwort.

Ein belegtes Bett ist ein einträgliches Bett, und der Oberarzt musterte mich, als würde er zur Not auch nicht vor Gewalt zurückschrecken, um mich in meins zurückzubefördern.

»Da täuschen Sie sich«, widersprach ich ruhig. »Ich gehe. Jetzt gleich.«

Er blickte verwirrt, geradezu aufgescheucht zur Stationsschwester, die ihm ein Datenblatt unter die Nase hielt und etwas dazu raunte. Das führte zu einem Anfall akuter Heiterkeit bei dem Doktor, die sich sofort auf die ganze weißbekittelte Horde übertrug.

»Das kann ich unmöglich verantworten«, entschied er. »Lassen Sie uns in zehn, vierzehn Tagen noch mal darüber sprechen.« Sprachs und machte kehrt und die Horde mit ihm.

Damit hatte ich rechnen müssen und mir deshalb vorher schon etwas zurechtgelegt, argumentativ.

»Ich bin nicht krankenversichert«, ließ ich ihn halblaut wissen. Sofort verhielt er den Schritt und sein Lächeln erstarb. »Und obendrein vollkommen pleite.«

»Ja, aber, aber«, stammelte er und wies mit hilfloser Geste auf das Datenblatt in Schwesternhand.

»Ich hab ein bisschen geflunkert bei meiner Einlieferung«, bekannte ich, und meiner Entlassung auf eigene Verantwortung stand plötzlich so gut wie nichts mehr im Wege.

»Eigentlich hätte ich ihn abschleppen lassen können«, sagte der Kahlkopf von Pförtner säuerlich und ich nickte. Er hatte den pessimistischen Ausdruck von jemandem, der hier tagaus, tagein die Siechen herumschlurfen sieht und sich selber schon nicht mehr so richtig frisch fühlt. »Normalerweise hätte ich ihn abschleppen lassen *müssen*.«

Ich nickte.

»Da habe ich klare Direktiven, was das vorschriftswidrige Abstellen von Fahrzeugen in der Auffahrt zur Notaufnahme angeht.«

Ich brannte vor Ungeduld, hier wegzukommen, hatte aber gleichzeitig mit dermaßen flackernden Vitalzeichen zu kämpfen, dass mir ein Päuschen hier an der Pförtnerloge regelrecht angeraten erschienen war. Also nickte ich weiter. Lächelte sogar ermutigend. Denn das Päuschen war inzwischen vorbei und meine Vitalzeichen so stabil, wie ich es zurzeit nur erhoffen konnte.

»Doch da ich bei Ihnen ja, wie soll ich sagen, Mutwilligkeit ausschließen konnte, hab ich mal ein Auge zugedrückt.«

Ein bisschen mehr Saft in den Adern und ich hätte ihm liebend gerne das andere auch noch zugeklopft, doch so blieb mir nichts, als erneut zu nicken. Alles, was ich wollte, war die Aushändigung des Schlüssels und eine halbwegs präzise Angabe, in welcher Richtung ich die kleine Scheißkarre suchen musste.

»Ich hab ihn dann selber rumgefahren und im Innenhof abgestellt.«

Okay, das eine haben wir, dachte ich. Mein Lächeln, fiel mir auf, bekam allmählich etwas Glasiges.

»Was ist denn mit Ihrem Airbag passiert?« Das ist jetzt eine dieser Fragen, bei denen jeglicher Ausdruck aus meiner Mimik fällt. Ich meine: Das Ding hängt schlaff aus dem Lenkrad. Was *kann*, nach menschlichem Ermessen, alle Parameter miteinander in Bezug gebracht, wohl damit passiert sein?

»*Peng* und *Pfffft*«, antwortete ich schließlich, wos ihn schon so interessierte.

»Sie werden Ihren Schlüssel haben wollen«, ging ihm nach einer weiteren Pause auf, und ich fragte mich, ob er möglicherweise darauf wartete, dass ich ihm Geld zusteckte. In dem Fall würde ich mir was Bequemes zum Sitzen suchen müssen.

Schließlich griff er aber in eine Schublade und reichte mir ohne weiteres Zeremoniell den Schlüssel rüber.

»Eigentlich sind die Parkplätze im Innenhof ausschließlich fürs Personal reserviert«, ließ er meine Kehrseite noch wissen, und ich sagte »Ja, ja« und trollte mich.

Bestimmte Dinge erledigt man einfach nur deshalb, weil einem die Vorahnung sagt, dass man in absehbarer Zukunft keine Zeit dafür finden wird. Deshalb nahm mein Weg vom Katholischen nach Hause den kleinen Abzweig über die Ruhr nach Broich.

Heiner Sültenfuß hielt eine Zündspule mit gestrecktem Arm und am Ende gespitzten Fingern von sich weg und versuchte, die Seriennummer zu entziffern, als ich reinkam.

»Kristof, Kristof, Kristof«, murmelte er, griff in eine Schublade, holte eine Brille hervor, setzte sie auf, »ist datt 'ne Scheiße, wenn du alt wirss.«

»Na komm, Heiner«, entgegnete ich, »bist doch 'n Mann in den besten Jahren.«

Er las die Nummer ab, notierte sie mittels eines daumenkurzen Bleistifts auf einem Block mit reichlich Altöl-Patina.

»Außerdem sagt Webb Wilder immer: ›Trag eine Brille, wenn du eine brauchst‹.«

»Ja, echt?« Heiner sah mich abwesend an, wollte sich den Bleistift hinters Ohr klemmen, wo der mit dem Bügel der Brille kollidierte, und nahm sie ärgerlich wieder ab. Faltete sie zusammen und steckte sie in die Brusttasche seines grauen Kittels.

»Diesmal, Kristof«, sagte er mit Grabesstimme und setzte sich in Bewegung, raus auf seinen Platz, winkte mir, ihm zu folgen, »diesmal ist es endgültig.«

Und wir wussten beide, wovon er sprach.

»Trotzdem, Heiner.«

»Kristof, jetzt guck doch mal, wo das linke Vorderrad steht, und dann komm hier rum und guck, wo das rechte sitzt. Der Wagen ist krumm, ich sags dir!«

»Trotzdem, Heiner.«

»Damit musst du auf die Richtbank. Weißt du, was das kostet? Von den Teilen ganz zu schweigen.«

»Trotzdem, Heiner.«

»Kristof, wenn das 'ne Celica wäre … Ach, selbst dann. Das ist und bleibt ein uralter Toyota mit 'nem Hammer-Unfallschaden. Da gibt dir keiner mehr 'ne müde Mark für.«

»Trotzdem, Heiner. Das ist ein Klassiker. Den kann ich schon nächstes Jahr mit H-Kennzeichen fahren.«

Heiner blickte in den Himmel und hob auch beide Hände in diese Richtung.

»Kristof, für 'n H-Kennzeichen, da gibt es *Bedingungen*. Und ein Auto wie deins, das nur noch von Prestolit, Klebeband und Rost zusammengehalten wird, das … das …«

»Trotzdem, Heiner.«

Er seufzte. »Also, 'nen Flügel vorne links, den hab ich, glaub ich, selber noch. Aufgehoben. Nur für dich. Und was den Rest der Teile angeht, da kann ich ja mal telefonieren.«

Wir gingen zurück zu seiner Baracke.

»Auch wennse mich mal wieder alle für bekloppt erklären werden.«

Die Tür schwang nach Anstupsen nicht auf. Selbst Dagegenlehnen bewegte sie nicht. Ich war baff. Das musste das erste Mal in der Geschichte dieses meines Mietverhältnisses sein, dass der Hausmeister etwas repariert hatte, ohne dass ich vorher gezwungen gewesen wäre, ihn persönlich an den fettigen Haaren aus seinem Loch und mit dem Säuferzinken bis direkt vor den Schaden zu zerren.

Ich sperrte auf, trat ein, sagte: »Oh, Entschuldigung«, und trat zurück. Da erreichte mich ein Geräusch, das an nasse Kinderfinger auf prallen Luftballons denken ließ, und ich linste noch mal vorsichtig ums Türblatt herum.

Nach der Zwangsräumung meiner vorherigen Wohnung bin ich in dieses Appartement gezogen, weil man irgendwas braucht, wo man pennt, und weil man einen Briefkasten haben muss, damit einen die ganzen Mahnungen auch sicher erreichen. Mir war von Anfang an klar gewesen, glasklar, über jeden Zweifel erhaben, dass es sich nur um einen kurzen Aufenthalt handeln würde, eine Übergangsphase zu einer besseren Zukunft in einer schöneren Umgebung, wo Vögel piepten und Bienen summten und wo sich jemand freuen würde, wenn ich nach Hause komme, jemand, der mehr in mir sieht als nur einen zu unentschuldbarer Trägheit neigenden Dosenöffner und Scheißboxreiniger. So was eben. Was man sich halt so vom Leben erwartet. Ein Gedanke, den ich dabei grundsätzlich von mir fortschiebe, ist der, wie lange genau das jetzt her ist.

Jedenfalls war mir aus den genannten Gründen die Hucke von Anfang an egal, ich hab nie so etwas wie Heimatgefühle oder Besitzansprüche mit ihr verbunden. Wahrscheinlich ganz gut so, bin ich doch schon wesentlich öfter, als es irgendjemandem lieb sein kann, heimgekommen in ein von oben bis unten durchwühltes Chaos.

Ein Novum war, die Tür aufzustoßen und die Wohnung bis zur Unkenntlichkeit *aufgeräumt* vorzufinden. Einzig der Schmelz in der Stimme meines Haustiers gab mir die notwendige Sicherheit, mich nicht in der Etage geirrt zu haben.

Ich sah mich um, erst mal sprachlos vor Wut.

Das Bett – gemacht, bezogen mit einer Tagesdecke, die zu besitzen mir komplett entfallen war. Die Fenstervorhänge – weiß. Und das, nachdem ich kürzlich erst zu der festen Überzeugung gelangt war, sie seien schon am Tag der Anschaffung senfgelb bis bräunlich gewesen. Der Boden – gefegt, gewischt, gewienert. Die Küche: blank. Das Geschirr: nicht nur gespült, sondern weggeräumt. Genauso wie der Müll und das ganze, viele, ach so lange gesammelte Leergut. Selbst Näpfe und Klo der Katze sahen einladend aus, geradezu appetitlich. Ich wagte erst mal gar nicht, ins Bad zu blicken. Keine Socke, keine Hose, keine Zeitschrift lag mehr herum, das Schlachtfeld meines Schreibtischs war reduziert auf das Telefon, einen aufgeschlagenen Notizblock und einen Kugelschreiber, den ich nicht ausprobieren musste, um zu wissen, dass er schrieb, dass er funktionierte, etwas, das es hier schon seit Menschengedenken nicht mehr gegeben hatte.

Ich hätte schreien können. Alle Gemütlichkeit, aller *Charakter* meiner Behausung war zum Teufel. Die Rockkonzert-, Bikes-und-Titten-Poster abgenommen und dafür einen Kunstdruck übers Bett genagelt, und es hätte genauso gut ein Hotelzimmer sein können. Die billige Sorte, irgendwo an der Ausfallstraße einer Stadt, deren Namen man nicht behalten kann oder will. Ich ging zum – geputzten! – Fenster und zog beide Flügel weit auf, um dem abendlichen Stadtmief Gelegenheit zu geben, diesen unerträglich synthetischen Geruch von Reinlichkeit zu verdrängen.

»Du bist es!« Ich fuhr herum, sah Anoushkas Augen aufleuchten und dann nichts als Weiß, weil mir ein Fotoblitz wie zwei spitze Finger in die Pupillen fuhr, und die paar Sekunden von Blendung und Verblüffung, die folgten, gaben mir Gelegenheit, kurz darüber zu reflektieren, dass abrupte Bewegungen momentan überhaupt nicht mit der Naht in meinem Wanst harmonierten, und dann noch, dass Anoushka den von Pummel vergessenen Baseballschläger quer über ihrer rechten Schulter hielt.

»Wir dachten, es wären wieder diese beiden Männer«, krächzte eine Stimme, und mit zurückkehrender Sehfähigkeit nahm ich wahr, wie Anoushka den Basie sinken ließ und links hinter ihr Edna Mohr ihr Ungetüm von einem Fotoapparat. Wäre ich ein Einbrecher gewesen, hätte ich jetzt wahrscheinlich eine Delle im Schädel, und der Untersuchungsrichter bekäme mit mir zusammen gleich noch einen hübschen fotografischen Beweis meines Tuns angeliefert.

Doch Anoushka war da, sie hatte auf mich gewartet, sie brauchte mich noch. Das war es, ging mir auf, das war es in Wahrheit, wofür ich aus dem Krankenhaus abgehauen war. Das war in diesem Augenblick alles, was zählte. Dafür hätte ich sogar einen Hieb auf die Omme in Kauf genommen.

Ich versuchte mich in der seltenen Übung eines Lächelns und ihre Miene verdüsterte sich.

»Du siehst schlimm aus«, fand sie. Ich ließ das mit dem Lächeln wieder. Auch wenn sie wahrscheinlich etwas anderes gemeint hatte. »Wo warst du?«

»Krankenhaus«, antwortete ich.

»Wir dachten, das wären wieder die beiden Männer«,

wiederholte meine Nachbarin. Bis zu ihrem Einsatz gerade als wandelnde Blendgranate war mir Edna Mohr noch nie als etwas anderes vorgekommen als eine ganz reizende alte Schachtel mit einem Gedächtnis wie ein Spülkasten und ganz allgemein nicht viel mehr als einem Pusterohr zwischen den Ohren. Eine rundliche, rosige Rentnerin, die praktisch den ganzen Tag umwabert von fettigem Rauch an ihrem Herd steht und irgendetwas *brutzelt*.

»Sie suchen nach einem Autoschlüssel, haben sie gesagt.«

Der Hummer-Schlüssel! Mein Auge schnellte zum losen Parkettriemchen. Meine letzte Chance, Vonscheidt noch Geld aus dem Kreuz zu leiern, lag entweder darunter oder war zum Teufel. Unter nasalem Grunzen wurde mir bewusst, dass von allen abrupten Bewegungen das plötzliche Bücken am wenigsten ratsam war.

»Ich nehme an, es ist der hier«, meinte Anoushka und hielt mir den für so ein riesiges Auto lächerlich klein geratenen Schlüssel unter die Nase. »Ich hab ihn beim Aufräumen gefunden.«

»Ah ja«, begann ich vorsichtig. »Das Aufräumen …«

»War auch mal höchste Zeit«, mischte sich Nachbarin Mohr, auch liebevoll Möhrchen genannt, ungefragt ein.

»Es gefällt dir nicht.« Anoushka sah sich um und mich dann direkt und ein wenig trotzig an.

»Nun ja.« Ich wusste nicht weiter. Im Grunde war es ja wirklich mal nötig gewesen, daher sollte ich mich dankbar zeigen. Doch dann hat so ein Akt auch immer ein unleugbares Element von Kritik an der Lebensführung des Aufgeräumten, und Kritik, also, wie soll ich sagen? Kritik, da kann ich nicht drauf.

»Wenns aufgeräumt ist«, bekannte ich schließlich, »dann merkt man erst, wie ungemütlich die Hütte eigentlich ist.«

»Kristof«, sagte Anoushka mit großem Ernst und noch

größeren Augen, »ich werde nicht mehr lange hier sein. Danach kannst du es dir wieder so gemütlich machen wie du magst.«

»Bleiben Sie lieber noch ein bisschen«, krähte Frau Mohr und schraubte den Blitzlichtaufsatz von ihrer Kamera. »Er braucht Sie, sehen Sie ihn sich doch mal an. Sieht aus wie der aufgewärmte Tod. Kommt alles von seiner ungesunden Lebensweise. Wenn Sie mich fragen, dann braucht der eine Frau, und zwar eine, die ihn mal richtig an die Kandare nimmt.«

Kinder und Betrunkene, dachte ich, und altersenthemmte Nachbarinnen.

Weder Anoushka noch ich wussten, was zu sagen oder wohin zu blicken. Also gehorchte ich einfach gewissen Notwendigkeiten und ließ mich aufs Bett sinken, mit dem Rücken gegen die Wand.

»Das Hotel war sehr schön«, begann Anoushka zu erklären, etwas schüchtern, etwas entschuldigend, »doch ...«

»Sag nicht, dieser schmierige Rezeptionist hat dich vor die Tür gesetzt!«, wütete ich.

»Nein, aber mein Geld ist sehr knapp. Und als du am Morgen nicht gekommen bist, bin ich zu deiner Wohnung, und da war niemand, nur die Katze, also habe ich gewartet.«

»Und da hab ich gesagt, Kindchen, hab ich gesagt, in so einer Räuberhöhle kannst du nicht wohnen«, erinnerte sich Möhrchen lebhaft. Sie stand immer noch an der Tür, und ich hatte weder große Lust, sie hereinzubitten, noch den Nerv, sie rauszujagen. Oder auch nur ansatzweise Bock, sie über die etwas heikle Natur des Verhältnisses zwischen Anoushka und mir aufzuklären.

»Ja, das ist ein bisschen dumm gelaufen«, bekannte ich. »Aber die Operation musste wohl sein.« Nur eine Stunde später, hab ich mir sagen lassen, und ich wäre in Dr. Korthners Abteilung gelandet. Immerhin in dem halbwegs frischen Zustand, den er sich ausgebeten hatte.

»Und dann war Edna so nett, für mich mitzukochen, und für die Katze auch.«

»Ich wär da vorsichtig«, raunte ich. »Die Katze zumindest kriegt immer Durchfall von Ednas Küche.«

Ein sichtlicher Ruck der Entrüstung ging durch Anoushka, bis ich ihr bedeutete, das nicht so ernst gemeint zu haben.

»Ich geh dann mal«, verabschiedete sich Möhrchen endlich. »Ich hab da noch was auf dem Herd stehen.«

Da warens nur noch wir zwei. Wir zwei und eine plötzliche, unerklärliche Verlegenheit, mitten im Zimmer.

»Sind das Medikamente?« Anoushka wies auf die Plastiktüte mit meinen Apothekenbesorgungen.

»Ja, und irgendwelche Schonkost.« Ich griff mir die Tüte und holte ein Fläschchen Tramal-Tropfen und eine dicke Plastikdose voll Astronautennahrung hervor.

»›Mit warmem Wasser anrühren‹«, las ich ohne jegliche Begeisterung vom Etikett ab und reichte die Dose an Anoushka weiter, die sich unverzüglich an die Zubereitung machte. Mit großem Ernst. So wie alles, was sie tat. Ich beobachtete sie unter halbgeschlossenen Lidern hervor. So schmal, so ernst. Dann musste ich mich daran erinnern, dass sie frische Witwe und wahrscheinlich die ganze Zeit am äußersten Rande ihrer Fassung war, und zwang mich, mein nur unzureichend kaschiertes Glotzen einzustellen.

»Hier.« War ich eingenickt? Na, egal. Anoushka reichte mir ein Schüsselchen voll grünlichem Pamps, ich nahm einen Löffel davon, und ab da hätte man mir jegliche Art von Raumfahrt nicht mal mehr geschenkt andrehen können. Was immer diese Rezeptur beinhaltete, es war gründlich, ja methodisch von jeglichem Reiz bereinigt worden, angefangen beim Geschmack. Trotzdem kochte die Substanz in meinem Magen auf, dass es mich nicht überrascht hätte, Schaum aus meinen Ohren laufen zu spüren.

Und alles, all das, war Vonscheidts Schuld.

Anoushka bückte sich und zog ihren Koffer unterm Bett hervor.

»Wo willst du hin?«, fragte ich alarmiert.

»Ich gehe wieder ins Hotel.«

»Ja, aber … wir könnten noch … sollten noch … ich wollte noch …«

»Du musst ruhen«, entgegnete sie, ihren Koffer in beidhändigem Griff quer vor sich, die Augen dunkel und umwölkt.

Ich wollte nicht, dass sie ging. Ich hatte mich nicht aus dem Krankenhaus hergeschleppt, um sie nur so zwischen Tür und Angel zu erleben. Ich wollte, dass sie blieb, ich wollte, ich *verdiente* eine Gelegenheit, ihr zu beweisen, dass mehr in mir steckte, als was sie bis jetzt von mir zu Gesicht bekommen hatte, diese wilde Mixtur aus krasser Inkompetenz, chaotischer Lebensführung und vorzeitiger Gebrechlichkeit.

»Aber … du kannst doch hierbleiben«, wiederholte ich lahm, was ich schon einmal vorgeschlagen hatte, und erntete das gleiche bestimmte »Nein, das geht nicht«, das zu erwarten gewesen war, und dann klappte die Tür ins Schloss und ich fand mich allein, für die Nacht. Selbst die Katze hatte sich nach nebenan verzogen, wie immer, wenn auch nur die dünnste Chance bestand, dass mir ihre Nähe willkommen sein könnte.

Na, scheiß drauf, wenn schon allein, da kann man dann auch gleich das Beste draus machen, war immer schon meine Philosophie, also schlurfte ich bedächtig raus auf den Balkon, senkte meinen Arsch in Zeitlupe auf das alte Sofa, das ich für solche Gelegenheiten unterm Fenster geparkt habe, und knackte den Verschluss von dem Fläschchen mit Tropfen, die Dr. Korthner so reizend gewesen war mir zu verschreiben.

Ich träufelte mir ein paar auf die Zunge, unverdünnt und gallebitter, und nach einem Weilchen ging es spürbar aufwärts mit mir, der Wundschmerz verlor sich, und die Welt nahm, alles in allem, etwas freundlichere Züge an. Also schluckte ich noch ein paar, die waren schon nicht mehr ganz so bitter, und Gelassenheit stellte sich ein, in Mengen. Was immer mein Haupt umwölkt haben mochte, klärte sich, verschwand wie Dunst, wenn der warme Wind einsetzt. Noch ein paar, nur ein paar, gar nicht mal viele, und selbst der Lärm und Gestank meiner Nachbarn bekam irgendwie heimelige Züge. So ist es halt bei uns im Ruhrpott, miefig, prollig, laut und doch so *menschlich*, und ich lehnte mich zurück und gab mich einem wohligen Seufzen hin, und als ich das nächste Mal die Augen aufschlug, war heller Tag und das Telefon klingelte.

Die Russen wollen, dass wir den Leichnam freigeben.« Menden klang wie immer am Telefon. Als ob er sich jedes einzelne an mich gerichtete Wort gegen erklärten inneren Widerstand abringen müsse.

»Welche Russen?« Ich hielt das Fläschchen ins grelle, von der gegenüberliegenden Fassade reflektierte Licht. So gut wie nichts drin in diesen Endverbraucherpackungen. Ich ärgerte mich, nicht von Anfang an auf Verschreibung eines ganzen Liters von dem Zeugs gepocht zu haben. Und die Wirkung war auch verpufft, und das ärgerte mich noch mehr.

»Das russische Konsulat hat uns eine ganze Delegation auf den Hals gehetzt, denen ich erklären durfte, dass wir den Leichnam nicht freigeben können, solange Sie Ihre blödsinnigen Behauptungen aufrechterhalten. Und, Kryszinski, ob Sies glauben oder nicht, aber das Ganze *nervt* inzwischen.«

»Was wollen die mit der Leiche?«

»Identifizieren und in die Heimat überführen, wie ich es verstanden habe.«

»Da können Sie den Herrschaften ausrichten, dass sie zu spät dran sind. Ich hab hier jemanden, der beides erledigen wird.«

»Wen?«

»Seine Frau.«

»Seine *Frau*?«

»Na ja. Seine Witwe.«

»Seine *Witwe*? Wo zum Teufel haben Sie die her, Kryszinski?«

»Ich ermittle in ihrem Auftrag die Hintergründe der Ermordung ihres Mannes.«

»O nein, nein, nein. Sie können ermitteln, was Sie wollen, Kryszinski, doch zuallererst bringen Sie die Frau mal zu mir. Und zwar noch heute. Haben wir uns verstanden?«

Eine Fragestellung, die eindeutig über das akustisch-intellektuelle Verstehen hinausgeht und infamerweise ein Einverständnis impliziert. Sehr beliebt bei Vorgesetzten und Pädagogen. Weil schwer zu kontern.

Auf dem Notizblock vor mir auf dem Schreibtisch war in kleiner, außerordentlich akkurater und doch femininer Schrift eine Handynummer notiert, darunter ein Name: Vonscheidt. Bitte anrufen, stand dahinter, so akkurat und doch so feminin, und ich ertappte mich dabei, dass ich die Schrift beliebäugelte wie junge Mütter ihre kleinen, blauköpfigen Monströsitäten. Ich riss mich zusammen.

»Okay«, sagte ich. »Doch im Gegenzug bringen Sie mich auf den neuesten Stand Ihrer Ermittlungen.«

»Wir haben keine neuen Erkenntnisse.«

»Und mir erlahmt jegliches Interesse an einer Zusammenarbeit.«

»Kryszinski, von unserer Warte aus gibt es nichts, aber auch gar nichts, woran wir zusammenarbeiten könnten!«

»Ganz mein Reden«, sagte ich und legte auf.

Ich wählte die Nummer vom Handelshof und erfuhr, dass Frau Jalnikowa aus dem Haus gegangen sei und dass sie keine Nachricht hinterlassen habe.

Vielleicht war sie ja auf dem Weg zu mir, also beschloss ich, noch ein Weilchen zu warten, griff mir den Block und wählte die darauf notierte Nummer.

Vonscheidt war erst mal Selbstbeherrschung, Vernunft

und Verhandlungsbereitschaft in Person. Das geriet ins Wackeln, als ich ihm ankündigte, meine Forderung werde sich um den Betrag einer fetten Krankenhausrechnung erhöhen. Dann versuchte er, mich zu leimen, was die Front zumindest auf meiner Seite weiter verhärtete.

»Erst mal *können* Sie mir den Smart überhaupt nicht überlassen, weil Sie ihn schon längst geklaut gemeldet und damit Ihrer Versicherung übereignet haben, zweitens würde ich diese motorisierte Gehhilfe nicht haben wollen, und wenn es das letzte Auto auf Erden wäre.«

»Der Hummer ist *verkauft*!«, brüllte er.

»Ich weiß«, sagte ich sanft.

»Ich muss den Schlüssel haben!«

»Sagen Sie mal«, wunderte ich mich laut, »warum lassen Sie nicht einfach einen nachmachen?«

»Weil das ein H1 ist!«, bölkte er mir ins Ohr. »Erste Serie! Die Schlüssel für diese Autos sind US-Army-spezifiziert! Die muss man in den USA bestellen, beim gottverdammten Verteidigungsministerium, und das kann Wochen dauern!«

»Tja«, sagte ich. »So was auch.«

»Kryszinski, der Käufer dieses Wagens ist ein …«, er senkte die Stimme, »… russischer Geschäftsmann. Muss ich mehr sagen? Sie bringen mir jetzt den Schlüssel, oder ich gebe Ihren Namen an meinen Kunden weiter. Und das wollen Sie nicht, glauben Sie mir.«

Noch ein Russe. Ich sags doch. Plötzlich sind sie überall.

»Ich gebe Ihnen drei Tage, zu zahlen, Vonscheidt. Zweiundsiebzig Stunden, von jetzt an. Danach schmeiße ich den Schlüssel in den Fluss. Und das wollen *Sie* nicht, da bin ich mir vollkommen sicher.«

Und aufgelegt. Als ob es einen Käufer auch nur im Geringsten interessierte, was für einen Ärger der Verkäufer mit jemand Drittem hat. Absurd. So langsam begann ich mich wieder fitter zu fühlen, die alten Reflexe kehrten zurück. Ich blickte auf die Uhr. Anoushka hätte inzwischen eigentlich Zeit genug gehabt für den Weg vom Handelshof hierher, aber vielleicht war sie ja den Verlockungen der zahlreichen Ein-Euro-Shops erlegen, die sich wie Perlen an der Schnur durch unsere Fußgängerzone ziehen, seit die Verwaltungen unserer wie der Nachbarstädte sich in seltener Einigkeit darauf verständigt haben, durch Genehmigung immer größerer Malls in den Randgebieten die Verödung der Innenstädte schwungvoll voranzutreiben.

Ich gab ihr noch eine Viertelstunde und wählte die Nummer des Spracheninstituts, wo man mir nach umständlichen Recherchen mitteilte, Sprachlehrer Gisbinjew habe heute seinen freien Tag, und Privatnummern weiterzugeben sei nicht gestattet. Nicht mal, wenn es aber wichtig ist.

Die Katze erschien und strich mir quäkend um die Beine, bis ich ihr den Napf füllte, und dann war die Viertelstunde um und ich rief noch mal im Hotel an, doch Anoushka war noch nicht zurück, also schrieb ich ihr einen Zettel, klebte ihn an die Tür und machte mich auf die Socken.

Gisbinjew hatte versprochen, die Übersetzung von Dimitrijs Brief an Scuzzi zu mailen, also fuhr ich zu Scuzzis Wohnung, nach Oberhausen. Ein grauer Audi folgte mir ein Stück der Strecke, doch dann bog ich ab, und er verschwand aus meinem Spiegel. Allerdings nur, um kurz darauf von einem anderen grauen Audi ersetzt zu werden. Auch dessen und mein Weg trennten sich schon bald wieder, dann stoppte ich an einer größeren Kreuzung und zählte gleich drei graue Audis vor, hinter und neben mir, und von da an gab ich es auf, weiter darauf zu achten.

Fünf Etagen! Scuzzi wohnt unterm Dach von Oberhausens wahrscheinlich höchstem Gebäude, und ich hätte mir am liebsten etwas angetan, als ich, vom Schopfe bis hinunter zu den Sohlen gehüllt in feinen Schweiß, vor seinem Rechner hockte und mir schwer atmend eingestehen musste, das Scuzzi-typisch unglaublich witzig gemeinte, sackdämliche Passwort vergessen zu haben. Also tat ich das Logische und wählte sein Handy an, wartete, sprach »Ich hasse dich, ich hasse dich, ich hasse dich, du blödes Arschloch, und ich wünsche dir die Krätze an den Hals!« auf seine Mailbox und tappte dann, Stufe für Stufe, die verfluchten fünf Etagen wieder runter.

Da wird jeden zweiten Tag ein neues Kommunikationsmittel auf den Markt geworfen, eins multifunktionaler als das andere, doch wenn du wirklich mal jemanden erreichen willst, kannst du im Grunde genauso gut die Trommel schlagen oder den Qualm eines Lagerfeuers mit einer Wolldecke manipulieren.

Es war dunkle Nacht gewesen und ich nicht unbedingt hellauf nüchtern, als ich Leonid hier heraus an die Duisburger Sechs-Seen-Platte gefahren hatte, doch ich fand den Platz ohne große Schwierigkeiten wieder, diese Ansammlung einförmiger beräderter Hütten, die wie ein Geschwür das eine Ufer und damit im Grunde den ganzen See entstellte.

Wenn es einen Menschenschlag gibt, der mir nie wirklich etwas getan hat, den ich aber trotzdem lieber heute als morgen mitsamt seinen Behausungen in die Kanalisation gespült sehen würde, dann sind das Camper. Dauer-Camper vor allem. Diese Leute haben so eine hirnlos selbstzufriedene Art, sich breitzumachen, in jovialer Gemächlichkeit die Landschaft unter ihren rollenden Dixie-Klos zu ersticken, die das Übelste aus mir herausholt.

Leonid lag im Schatten einer Markise in einer Hängematte, trank Tee, rauchte und las, als ich herantrat. Rings um uns herum waren die anderen Bewohner der Siedlung mit ihrem üblichen Tagewerk beschäftigt. Das heißt, ein Großteil saß, mit dem Arsch wie angewachsen, in Plastikformstühlen vor Plastikformtischen und *verzehrte* irgendetwas, während der andere Teil mit Sortierkörben voll Abwasch vor dem Bauch herumwatschelte. Camper watscheln, *alle*. Ich weiß nicht wieso, aber es scheint Pflicht zu sein, ein unerlässliches Element sozialer Bindung. Wenn du nicht stundenlang sitzen und Nahrung vertilgen und anschließend satt über den Platz watscheln kannst, brauchst du dir um die Anschaffung eines Mobilheims erst gar keine Gedanken zu machen. Du wirst niemals das Herz dieser Gemeinschaft erreichen.

»Kristof!« Leonid klappte sein Buch zu, legte sich die Lesebrille auf den Bauch. »Setz dich! Tee?« Er deutete auf die Stufe zu seinem Wohnwagen, von da zu Kanne und Gläsern auf einem Tablett im ungemähten Gras. Ich brauchte mich nicht umzusehen, um zu wissen, dass alle anderen Grasflächen des Geländes kurzgeschoren waren.

»Sag mal«, fragte ich und goss mir einen Tee ein, »kennst du viele Leute hier?«

Er hustete kurz, zwischen zwei Zügen an seiner Selbstgedrehten. »Nein, Kristof«, antwortete er dann. »Aber glaub mal, alle kennen mich. Und alle reden über mich. Und das«, er grinste mit fleckigen Zähnen, »einzig und allein, weil ich dem Gras seinen Willen lasse.«

Der Tee war ziemlich heiß, und nach einem langen, tiefen Atemzug beschloss ich, mit dem zweiten Schluck besser noch ein bisschen zu warten.

»Du bist blass, Kristof«, beobachtete Leonid und schwang die Füße aus der Hängematte. »Aber ich hab da etwas, das wird dir die Wangen rot machen.«

Ich winkte ab, doch er stand trotzdem auf, verschwand kurz im Wagen und kam mit einer verschnörkelten Flasche aus klarem Glas voll noch klareren Inhalts wieder raus.

Lässig schlackerte er den Tee aus seinem Glas und wollte mit meinem genauso verfahren, doch ich hielt es fest. Er zuckte die Achseln, goss sich ordentlich einen ein, murmelte einen Toast auf die Gesundheit und ruckte sich den Fusel in den Hals.

»Aaah«, machte er wohlig, zupfte eine neue Zippe aus der Hemdtasche und zündete sie an. »Man merkt, dass du kein Russe bist«, stellte er, wenn auch freundlich, fest.

»So richtig hab ich das noch nie bereut«, gestand ich, und er lachte.

»Wer will schon Russe sein?«, feixte er. »Versoffene Verbrecher, einer wie der andere.« Und er kippte sich noch einen ins Glas und anschließend hinter die Binde. »Bist du sicher, dass du nicht doch einen möchtest?«

Ich war. Dann rückte ich damit heraus, warum ich hergekommen war.

»Ah, der Brief.« Leonid ging ihn holen. »Hier. Das ist alles, was auf dem Papier stand, aus einem nicht ganz fehlerfreien Russisch so gut wie möglich ins Deutsche übertragen.«

Ich las. Es war in der Tat nicht übertrieben viel Text.

›Von meinem Haus
In den Morgen gehe ich
Hinunter zum Ufer
Wo mein Nachen wartet
Lass ich mein Herz zurück
Damit es noch schlägt
Für dich
Auch wenn ich draußen bleibe‹

Annette von Droste-Hülshoff hätte das nicht anrührender ins Versmaß zwingen können, dachte ich.

Darunter stand eine nichtssagende Kombination von Zahlen und Buchstaben, gefolgt von der Endung »@ini-web.ru«.

»Sieht aus wie der Entwurf für eine E-Mail«, dachte ich laut. »Bloß – wer geht hin und *entwirft* E-Mails?«

»Wer schreibt schon Liebesgedichte in einem Internet-Café?«, konterte Leonid.

Auch wieder wahr. Trotzdem erschien es mir blödsinnig, mir den halben Tag um die Ohren geschlagen zu haben für ein sülziges Stückchen Poesie. Von den möglicherweise letzten überlieferten Worten eines Ermordeten hatte ich mir etwas mehr Substanz, Drama und vor allem ein paar Namen, Daten und Fakten gewünscht. Obwohl »Auch wenn ich draußen bleibe« schon eine gewisse düstere Prophetie beinhaltete.

Hm. Ich schlürfte meinen lauen Tee, und die Mittagshitze jagte ihn mir gleich durch die Poren wieder raus.

Eine blondierte Mattka mit zwei rosigen, aufgedunsenen Blagen im Schlepptau watschelte vorbei, alle mit Brötchen in gleich beiden Händen, aus denen triefende Bratwürste lugten, und zwischen Bissen verstrickt in einen entnervend schrillen Wortwechsel in einer ruppigen, wie zum Keifen gemachten Sprache, die ich nicht kannte und schon gar nicht verstand.

»Ukrainer«, meinte Leonid düster und spuckte ins Gras. »Wer immer diesen Leuten unsere Atomtechnologie verkauft hat, hätte von Anfang an in Tschernobyl an den Reaktor gekettet werden sollen.«

Irgendwas an dieser Bemerkung brachte meine Gedanken wieder auf Kurs.

»Sag mal, Leonid, wohnen hier eigentlich außer dir noch andere Russen?«

Er schüttelte betrübt den Kopf. »Nur einer. Aber den habe ich auch schon über eine Woche nicht mehr gesehen.«

Viel hätte nicht gefehlt, und ein Ruck wäre durch mich gegangen, ich bekam mich so gerade noch gebremst.

»Mittelgroß, blond, schmale Statur?«, fragte ich. Leonid sah mich erstaunt an und nickte.

Ganz, ganz langsam erhob ich mich auf meine Beine. Kramte den kleinen, abgegriffenen Schlüssel aus meiner Hosentasche, den ich unterm Pedalgummi von Dimitrijs Lada gefunden hatte.

»Komm«, sagte ich. »Zeig mir doch mal, wo er wohnt, dein russischer Freund.«

Der Schlüssel passte. Mein Puls pulste. Unwahrscheinlich, dass jemand daheim war, trotzdem klopfte ich ein paarmal an, bevor ich die Tür öffnete und vorsichtig eintrat. Es war eine dieser großen, kantigen Wohnbaracken, deren winzige Räder nur eine Alibifunktion haben und damit irgendeine bedauerliche Gesetzeslücke ausnutzen, mit einem halben Dutzend Schlafplätzen, Küche, Bad und was es sonst noch braucht. Von den Schaumstoffmatratzen einmal abgesehen, wirkte die Einrichtung so, als sei sie von vorneherein für regelmäßige Reinigungen mit dem Dampfstrahler konzipiert worden. Wände, Decken, Boden, Möbel, sämtliche Oberflächen waren abwaschbar. Alles in allem ein prächtiges Ambiente, um sich ohne Scheu und guten Gewissens die Pulsadern zu öffnen.

Unter Leonids desinteressiertem Blick ging ich einmal gründlich von vorne nach hinten und von oben nach unten durch die ganze Bude, zog alles auf, drehte alles um, verschob und linste unter und hinter alles, was nicht festgeschraubt oder -genietet war. Außer ein paar sommerlichen Anziehsachen und den üblichen Toilettenartikeln fand ich nichts Persönliches, noch nicht mal ein Buch. Ja, einmal abgesehen vom Mietvertrag für die Hütte und einer Quittung für die Miete bis Ende des Monats gab es hier überhaupt nichts Schriftliches. Und erst recht kein Geld oder sonst etwas von Wert, das ich Anoushka hätte mitbringen können. Der einzige Gegenstand von zumindest theoretischem Interesse für mich war klein und schwarz. Ein Ladegerät. Der Firma Nokia. Hm.

Ich trat wieder raus in die Strahlung. Leonid saß gleichmütig im schmalen Schatten der Behausung.

»Der Mann, der hier gewohnt hat, ist derselbe, den ich überfahren habe. Hast du ihn gut gekannt?«, fragte ich.

Er zog ein Gesicht, schüttelte den Kopf.

»Weißt du, als ich hörte, da ist ein Landsmann eingezogen, da hab ich mir sofort ein Fläschchen geschnappt und bin rüber, ihn willkommen heißen, doch – soll ich dir was sagen – er wollte mich noch nicht mal zur Türe hereinlassen. So was, Kristof, so was tut kein richtiger Russe.«

»Vielleicht hatte er etwas zu verbergen? Vielleicht hatte er Besuch?«

Leonid schüttelte wieder das lange Gesicht. »Ich weiß nichts von Besuch. Und es war ein schönes Fläschchen.«

Die Einladung auszuschlagen, sich mit einem bis dato Wildfremden nach flüchtiger Begrüßung unverzüglich gemeinsam von den Beinen zu reißen, schien unter Russen als gesellschaftlicher Fauxpas größeren Ausmaßes zu gelten.

»Er hatte nie Besuch? Wozu hat er dann so einen großen Kasten gemietet? Mit gleich sieben Schlafplätzen?«

Leonid zuckte nur die Achseln, offenbar bis übers Grab hinaus verbittert über die Erinnerung an diesen Affront.

Langsam umrundete ich das Mobilheim in großem Bogen. Es stand am hinterletzten Ende des Geländes, nahe am Zaun und durch diverse windschiefe Flechtzaunelemente einigermaßen vor den Blicken der Nachbarn geschützt.

Die nahe Autobahn rauschte beständig, sorgte für eine eigenartige Form von Stille. Ein schmaler Trampelpfad führte ins Gebüsch, durch ein schmales Loch im Zaun und mäanderte von da aus mehr oder weniger direkt auf das Rauschen zu. Keine zweihundert Meter weiter endete der Pfad an einem obskuren, ungepflegten, wenig besuchten und offenbar nur hin und wieder als Freilufttoilette genutzten Autobahnparkplatz.

Raus aus dem Auto, rein ins Gebüsch und nach denkbar kurzem Fußmarsch hinein in einen diskreten Wohncontainer.

Mir war, als ob Dimitrij im Begriff gewesen wäre, eine Art Beherbergungsbetrieb aufzubauen. Auch illegal eingeschleuste Personen müssen schließlich irgendwann mal irgendwo schlafen, bevor es für sie weitergeht an ihre Bestimmungsorte. Oder vielleicht plante er, ein Autobahn-Bordell zu eröffnen?

Doch warum sollte ihn das eine oder das andere das Leben gekostet haben? Vor allem, noch bevor der Betrieb überhaupt angelaufen war?

Ich bahnte mir meinen Weg zurück, vorsichtigen Schrittes die fliegenumsurrten Scheißhaufen umkurvend.

Leonid hatte sich inzwischen verzogen, wahrscheinlich zurück zu Hängematte, Buch und Fläschchen, und ich ließ mich noch mal ein in die triste, brütend heiße Behausung. Sah mich um. Tatsache war, dass überhaupt nichts auf die bevorstehende Unterbringung von Leuten hindeutete. Im Kühlschrank fanden sich gerade mal drei Eier, ein Stück Schafskäse und zwei Flaschen Cola.

Mir ging mein Irrtum auf. Mir ging auf, dass die Anzahl der Betten einfach nur Zufall war, etwas, das in der Bude herumstand, ohne notwendigerweise zur Entscheidung für die Anmietung beigetragen zu haben. Das ganze Ding hier war einfach ein unauffälliger Ort mit fußläufiger Anbindung direkt an die Autobahn. Perfekt für konspirative Treffen oder zur Zwischenbunkerung handlicher Materialien in überschaubaren Mengen. DROGEN war, was sich mir als erster Gedanke aufdrängte. Narben am ganzen Körper der zweite. Dimitrij hatte in etwa das richtige Alter, um einst wie üblich direkt von der Schulbank in die Uniform und ab nach Afghanistan gewehrpflichtet worden zu sein. Viele dieser, wenn überhaupt, dann häufig traumatisiert und desillusioniert zurückgekehrten Rekruten machten sich später die im Feindesland geknüpften Kontakte zunutze und fingen an, das einzige in nennenswerter Menge und Qualität hergestellte Produkt der Region am Hindukusch nach Russland zu importieren. Und von da aus weiterzuverschicken …

Und noch während ich darüber grübelte, wo ich an Dimitrijs Stelle in dieser Hütte ein paar extrem wertvolle Kilos sicher unterbringen würde, bekam ich aus dem Augenwinkel mit, dass draußen jemand, mehr oder weniger meinen Fußstapfen folgend, durch das Gebüsch geschlichen kam.

Es war ein abgerissener, hagerer alter Knochen mit kurzgeschorenem weißem Bart, einer Gesichtshaut wie eine Alpenkarte in einem Schulatlas und einer knapp den Hinterkopf bedeckenden Pudelmütze, die aussah, als ob er sie seit zwanzig Jahren nicht mehr abgenommen hätte. Er versuchte, sich möglichst natürlich zu verhalten, doch kannte er meine Beobachtungen zum Thema Watscheln nicht, und eine gewisse, lauernde Vorsicht war ihm nur allzu deutlich anzumerken. Die Frage, wonach genau er wohl suchte, beantwortete mit einiger Plausibilität die blaue Mülltüte in seiner Hand. Wahrscheinlich ein Pfandflaschensammler, wahrscheinlich harmlos, aber trotzdem im Begriff, ausgerechnet da herumzustöbern, wo ich selbst bis jetzt noch nicht nachgesehen hatte, und das war der offen liegende Bereich hinten unter dem Aufbau. Da, wo sich naturgemäß der häusliche Krempel ansammelt wie Treibgut an der Flutlinie.

Also ging ich raus, umrundete die Hütte und scheuchte den Greis auf, gerade als er dabei war, einen staubigen Kasten mit leeren Bierflaschen zu inspizieren.

Eine davon pfiff mir am Ohr vorbei und zerbarst an einem Baum, ohne dass ich den Akt des Werfens als solchen registriert hätte. Der alte Knochen war schnell, der Blick seiner schmalen Augen scharf, und obwohl mir leise schwante, dass er meine Omme *mit Absicht* verfehlt hatte und mir der nächste Wurf den Kussmund plätten könnte, schwoll mir einfach nur der Kamm. Es braucht mehr als einen flaschenschleudernden Rentner, um Kryszinski von der Spur einer interessanten Menge Opiats abzulenken.

»Okay«, schnappte ich, zog meine Brieftasche aus der Hosentasche, ließ das blödsinnige Wappen aufklappen und fragte nur: »Papiere?«

Der Alte spuckte auf den Boden, fluchte kehlig, machte auf der Hacke kehrt und rannte mit flappenden Sandalen den Trampelpfad hinunter und außer Sicht.

Für einen Moment stand ich da und wusste nicht recht, wie ich mich fühlen sollte, dann steckte ich die Brieftasche weg und widmete mich einfach wieder meinem Vorhaben.

Die Ansammlung von Krempel war noch einigermaßen überschaubar. Ein paar Klappstühle, ein ausgebleichter Sonnenschirm, der erwähnte Bierkasten, ein paar Kunststoffkanister, die unvermeidiche Kühlbox und die ebenfalls unausweichliche Anzahl rostiger Holzkohlengrills gammelten vor sich hin, alles dick bedeckt mit dem Staub eines langen, trockenen Sommers. Dazu kamen noch zwei große Gasflaschen in ihrem Ständer, und das wars auch schon. Das jetzt alles auseinanderpflücken zu wollen war weder einladend noch besonders sinnvoll. Schichten von Staub kann man nicht restaurieren. Das ganze Zeugs hier war eindeutig seit Monaten nicht mehr bewegt worden, die Staubdecke unberührt, mit Ausnahme der der Bierkiste.

Und, wie mir nach längerem Stehen und Starren auffiel, einer kleinen ovalen Stelle oben an der Wölbung der rechten der beiden Gasflaschen. Dort glänzte matt der graue Lack. Ich trat heran, drückte meinen Daumenballen auf die Fläche, und er passte genau. Also drückte ich ein wenig fester, und die stählerne Flasche kippte nach hinten, bis gegen die Barackenwand. Ich beugte mich hinunter, tastete mit spitzen Fingern und zog einen flachen Gefrierbeutel unter dem Gasbehälter hervor. Ich hob ihn ins Licht. Er enthielt einen braunen Briefumschlag und ein Handy der Firma Nokia.

Gleichzeitig überkam mich dieses unerklärliche Gefühl, beobachtet zu werden.

»Ein grauer Audi« ist als Beschreibung ähnlich überfrachtet wie einer Billardkugel das Attribut ›rund‹ mitgeben zu wollen. *Alle* Audis sind grau, mit Metalleffekt. Die Skala reicht dabei von hell bis dunkel, doch wie gesagt, ausnahmslos in Schattierungen von Grau, was die Parkplätze der Niederlassungen dieser Marke häufig wie unbewusste Kopien des Berliner Holocaust-Mahnmals erscheinen lässt.

Warum mir ausgerechnet dieser A6 auffiel, war deshalb im ersten Augenblick nicht zu sagen. Doch zum einen parkte er in direkter Nachbarschaft zu meinem Wohnhaus, um das ich eine vorsichtige Runde drehte, auf Ausschau nach einem Parkplatz wie nach abgestellten Autos mit wartenden Grobianen. Zum anderen waren da die nicht besonders kunstvoll mit Folien abgedunkelten Scheiben, eher etwas für weniger seriöse Fahrzeuge deutlich älterer Baujahre. Und schließlich, wo ich schon mal darauf aufmerksam geworden war, die völlig vermackten Alus. Äußerst ungewöhnlich. Würde man eine repräsentative Zahl deutscher Autofahrer mit der Frage konfrontieren, was ihnen mehr am Herzen liege, die Gesundheit ihrer Kinder oder die Unversehrtheit ihrer Alufelgen, ich bin mir sicher, die meisten würden ins Stammeln geraten.

Dieser A6 war ein besonders hart oder besonders bedenkenlos gefahrenes Auto. Mit Düsseldorfer Kennzeichen, was an sich noch kein Verbrechen darstellt, doch ohne wartende Insassen, was immer das zu bedeuten haben mochte. Ich versuchte, mich an Details des Wagens zu erinnern, mit dem Dimitrijs Mörder abgehauen waren, doch alles, dessen ich mir wirklich sicher sein konnte, war, dass es sich um einen grauen Audi gehandelt hatte, und damit hätte es jeder sein können.

Die einzigen freien Parkplätze kosteten selbstverständlich Gebühren, unverschämt hohe dazu, wie geschaffen zur endgültigen Vergraulung der letzten Kunden der Innenstadt-Geschäfte. Gebühren, deren Entrichtung mit fanatischem Übereifer kontrolliert und sanktioniert wird, und ich wollte schon weiterfahren, hinab in unsere verharmlosend als »Mieter-Tiefgarage« beschriebene Brutstätte des Vandalismus, als mir einfiel, dass dies ja nun wirklich nicht mein Auto war und mir die Ordnungsamtspedanten deshalb so viele Tickets, wie sie nur schafften, unter den Wischer klemmen konnten.

Einen Augenblick später parkte der Smart kurz vor der Tiefgarageneinfahrt halb im Halteverbot und halb auf dem Gehweg.

Mein an Anoushka adressierter Zettel hing noch an der Appartement-Tür. Mich erfasste eine nagende Sorge, gemischt mit, wie ich mir eingestehen musste, leichter Frustration. Schließlich kam ich mit ersten Ergebnissen, einem ersten Beweis, dass mehr in mir steckt als nur ein zu alkoholischen Exzessen neigender Schlonz.

Der braune Briefumschlag hatte einen Personalfragebogen der Firma Hardcor Security enthalten, einzige ausgefüllte Zeilen bisher Dimitrijs persönliche Daten. Dazu dann noch den Computerausdruck eines Ausweises derselben Firma, versehen mit Dimitrijs aufgeklebtem Passfoto. Das Blatt wirkte ein bisschen wie der ungelenke Rohling einer geplanten Fälschung. Oben im Briefkopf des Fragebogens gab es unter dem Hardcor-Logo eine Aufzählung der gebotenen Dienstleistungen, von der Objekt-Sicherung über Event-Security bis zu Geld- und Werttransporten.

Dimitrijs Pläne begannen mich mehr und mehr zu interessieren.

Meine Bude war leer, nicht mal die Katze haarte irgendwo herum. Ich hatte meine gesammelten Fundsachen im Wagen gelassen, wollte sie nicht mit mir herumtragen, nicht mitten in einer Fehde wie der zwischen mir und Vonscheidt und nicht, solange ich möglicherweise munter dabei war, mit meinen Nachforschungen das Interesse von Dimitrijs Mördern auf mich zu ziehen. Ein das Blut kühlender Gedanke.

Ich trat auf den Balkon, um kurz zu checken, ob eventuell jemand um den Smart herumschlich. Blödsinn natürlich – was wollte ich von der Höhe herab schon daran ändern –, aber man macht das trotzdem. Starten ließ sich das Ding auf jeden Fall nicht, nicht mal mit Schlüssel – ich hatte die Sicherung für die Zündbox mitgenommen – und die Sachen, die ich im Innern gebunkert hatte, befanden sich im unangreifbarsten Versteck, das uns die Fahrzeugtechnik der Neuzeit beschert hat.

Ich blickte also gerade recht selbstzufrieden hinab auf die gallegrüne kleine Scheußlichkeit, da klingelte es an der Tür. Ich versicherte mich, dass der Basie außer Sicht und trotzdem griffbereit lag, ging zur Gegensprechanlage und nahm den Hörer ab. Im gleichen Moment klopfte es, also linste ich durch den Spion. Soweit es die Fischaugenoptik erkennen ließ, warteten draußen im Flur zwei, tja, Behördentypen. Dezent gemusterte Hemden mit halbem Arm, die Hemdkragen offen, die Krawatten gelockert. Der eine war etwas älter, füllig und bebrillt, und trug eine dünne Aktenmappe unter dem Arm, der andere war entsprechend jünger, schlank und stabil, trug das Hemd über der Hose und seine Anzugjacke lässig über der Schulter. Ich kannte keinen von beiden.

Nach kurzem, ergebnislosem Abwägen, was ich zu gewinnen oder zu verlieren hätte, öffnete ich einfach die Tür und fragte: »Ja?«

Die Typen draußen im Flur machten erst mal keine Anstalten, sich mir aufzudrängen. Der mit Brille und Aktenmappe lächelte gewinnend, doch der mit der Jacke über der Schulter blickte drein, als ob man ihn direkt von einer schönen Frau herunter zum Mitkommen gezwungen hätte und er insgeheim mir die Schuld dafür gäbe. Der Erste blickte hoffnungsfroh, überzeugt, etwas aus mir herausholen zu können, sein Partner sah sofort, dass bei mir jeder Versuch zwecklos war.

Öffne zwei solchen Gestalten die Tür und du weißt, was immer jetzt kommt, es wird im besten Falle lästig.

»Herr Kryszinski?«, fragte der Bebrillte lächelnd und hielt mir seine Rechte hin, bevor ich bestätigen oder verneinen konnte. »Es freut mich sehr, Sie zu sehen.«

Wenn ich seinen Akzent auf die Windrose hätte setzen müssen, er wäre beim O gelandet. Wie von selbst korrigierte sich meine Einschätzung von ›Behördentypen‹ zu ›Geschäftsleute‹.

»Dürfen wir eintreten?«

»Nein«, antwortete ich, »wie kommen Sie darauf?«

Brille lachte, wie man über einen nicht wirklich neuen Kinderscherz lacht, also halb bemüht und halb ermutigend, und vertraute mir dann an, er und sein Partner hätten dringend etwas Geschäftliches mit mir zu besprechen, das nichts für fremde Ohren sei.

Vollkommen nichtssagender, hohler Quark, wenn man nur eine Sekunde drüber nachdenkt, trotzdem hatte ich sie nur Sekunden später beide in der Bude, wobei Brille sich ungefragt auf den Drehstuhl vor meinem Schreibtisch hockte, während Partner an der Tür stehen blieb.

An der Tür und damit im Weg.

Sollte jemand herein wollen.

Oder hinaus.

Ich hockte mich aufs Fensterbrett, mit einem leichten Windhauch im verschwitzten Rücken.

Brenzlig, aber nicht gefährlich, durchaus kontrollierbar, so schätzte ich die Situation ein.

»Bitte nennen Sie mich Tshukev«, bat Brille, als ob ihm etwas dran läge. »Oder Sushi, wie meine Freunde, wenn Sie möchten.«

Roher, kalter Fisch, dachte ich. Zauberhafter Spitzname.

Er schien es mit einer Charmeoffensive versuchen zu wollen, etwas, auf das ich genauso leicht hereinfalle wie auf Werbeversprechen von Nulltarifen.

»Und mein Partner hier … Ach, der tut erst mal nichts zur Sache.«

Partner blickte ungerührt und tat wie angekündigt erst mal nichts.

»Ich denke mal, Sie ahnen, wer uns schickt, und damit, was wir von Ihnen wollen?« Tshukevs Deutsch war geschliffen, doch ich war mir noch unsicher, ob eher scharf oder glatt.

»Nun, ich kanns mir denken«, antwortete ich. »Und ich weiß, was ich von Ihnen will«, fügte ich mit fester Stimme hinzu. »Beziehungsweise von dem, der Sie zu mir geschickt hat: Geld.«

Tshukev nickte, als wäre das das Vernünftigste, was er seit langem gehört hatte. »Wie viel?«, wollte er wissen.

Was immer er rausforkte, er würde Vonscheidt die Summe vom Kaufpreis abziehen, also ging ich aufs Ganze.

»Zehntausend.« Zu meiner Verblüffung nickte er wieder, wenn auch mit einem leichten Seufzen.

»Damit war zu rechnen«, meinte er säuerlich, öffnete seine Aktenmappe, und hinter mir hätte Osama Bin Laden persönlich einen Airbus ins Nachbargebäude steuern können, ich hätte nicht den Blick von Tshukevs Hand gewandt und was sie da wohl hervorzaubern würde. Es war ein Schrieb. Nichts als ein blöder Schrieb. Meine Laune sackte um eine Oktave.

»Wir haben uns erlaubt, hier schon einmal etwas zu formulieren, das Sie dann nur noch unterschreiben müssen«, meinte er und reichte mir das Papier. Ich war, ehrlich gesagt, etwas konsterniert. Schlüssel gegen Bares, dafür brauchte es bestenfalls eine Quittung. Ungeduldig schnappte ich mir den Wisch und überflog den Text.

… nehme ich hiermit meine Aussage den Unfallhergang in der Nacht vom … betreffend zurück und gestehe, aufgrund von Übermüdung den Fußgänger zu spät bemerkt …

Geschäftsleute, mein Huf. Mein erster Eindruck war also doch richtig gewesen. Auch wenn erst mal völlig unklar war, und vermutlich auch bleiben sollte, von welcher Behörde die beiden wohl kamen.

»Also, mal langsam«, sagte ich, sah auf und verstummte, als Tshukev einen fingerdicken Stapel grüner Scheine aus seiner Mappe holte und auf meinen Schreibtisch legte, und dann noch einen.

Scheiß drauf, durchschoss es mich fiebrig, sollen sie die verdammte Leiche doch abholen. Und was sind schon ein paar Monate Fahrverbot. Die kannst du auf Gomera am Strand aussitzen. Oder -liegen.

»Zehntausend«, meinte er sachlich. »Und den gleichen Betrag noch mal …«, *flapp*, noch ein Packen. Amtlich banderoliert, akkurat gebündelt, absolut knitterfrei. »… wenn Sie uns den Aufenthaltsort der Frau nennen.«

Es ist immer wieder verblüffend, wie ruckartig die Adrenalinzufuhr unter bestimmten Umständen hochschießt. Und wie rasch man vom luftigen Wunschbild eines Canarenstrandes wieder auf dem festen Grund der City an der Ruhr landen kann.

»Welche Frau?«, fragte ich und brauchte meine Überraschung nicht zu spielen. Ich war völlig von den Socken.

Tshukev gab das freundlich-sachliche Getue auf, nahm die Brille ab und starrte mich bohrend an. Seine Augen waren hart und inquisitiv, wie die eines erfahrenen Bullen. »Die Frau des Toten«, sagte er langsam und betont und ließ mich spüren, wie weit er mir voraus war und wie sehr ich seine Geduld in Anspruch nahm. Manche Leute setzt das unter Druck, doch ich kenne das und war eh abgelenkt, heftig mit der Frage beschäftigt, wie ich die beiden loswerden und gleichzeitig daran hindern könnte, die ganzen Moppen wieder mitzunehmen.

»Ich weiß von keiner Frau«, behauptete ich. »Aber ich kann gegen eine dem Aufwand entsprechende Pauschale gerne ein paar Nachforschungen in dieser Richtung für Sie anstellen. Sie müssen wissen, das ist mein Beruf …«

»Was wir wissen müssen, ist, wo sich die Frau aufhält.« Tshukev griff schon wieder in seine Mappe, nur dass er leider kein weiteres Geld hervorzog. Sondern einen Gummiknüppel, mit dem er ohne Zögern, ohne Drohen, augenblicklich zuschlug, direkt auf meine Schläfe gezielt.

»Wo ist die Frau?!«, brüllte er und hieb daneben, weil ich mich zur Seite warf, und dann machte er einen überraschten Schritt rückwärts, weil ich mit dem Baseballschläger in der Hand wieder hochkam, und bellte einen Befehl, worauf sein Partner eine abgegriffen und vielbenutzt aussehende Pistole aus seinem Hosenbund rupfte.

Brenzlig, aber nicht gefährlich, durchaus kontrollierbar, echote es in mir, und ich ließ den Schläger zu Boden und mich selbst rücklings aus dem Fenster fallen, wo ich draußen übers Sofa abrollte. Mit einem Satz war ich wieder auf den Füßen und mit einem weiteren, jodelnd vor Schmerz, übers Geländer und um die Sichtblende herum auf Edna Mohrs Balkon gekraxelt.

Tshukev brüllte irgendwas auf Russisch, und ich wusste, der Fluchtweg über den Hausflur war versperrt, dann flog Ednas Balkontür auf und ausgerechnet Anoushka sah mich mit großen Augen an, was die Lage weiter verkomplizierte, sodass mir mit einem Schlag nichts anderes blieb, als erst mal Anoushka in Ednas Wohnung zurückzudrängen und dann kehrtzumachen und mich der Musik zu stellen, wie es der Angelsachse so humorvoll ausdrückt. Dabei ist Heldentum noch nie meine Stärke gewesen. Ich war immer schon lieber der, der in stiller Bescheidenheit den Streuselkuchen mümmelt, als der, den man bewundert und beweint ins Loch hinablässt und verscharrt. Doch mir blieb keine Wahl. Partner kam schon um die Sichtblende herum, Waffe zuerst, Kopf und Oberkörper als Nächstes, und ich – mit leeren Händen, irgendeine Form von Waffe inmitten von Ednas Topfblumen nicht auszumachen – schnappte mir den nächstbesten Gegenstand, einen offenen Plastikeimer, halb voll mit Guano, und schleuderte Partner den Inhalt ins Gesicht, dann war Anoushka neben mir und hieb dem Kerl eine Fleischgabel ins Handgelenk, die Pistole klapperte zu Boden und ich sprang beiseite, um nicht von einem sich selbst lösenden Schuss erwischt zu werden. Doch nichts knallte, nur Partner stöhnte, spuckte, keuchte, sackte, Lunge und Augen voll feingemahlener Vogelscheiße, hinter die Sichtblende zurück, und ein kurzer Moment von schreckstarrem Triumph verging sofort wieder, weil sich jemand von außen wuchtig gegen Ednas Wohnungstür warf. Anoushka fiel auf die Knie und kam mit der Pistole in Händen wieder hoch, hob sie beidarmig auf Augenhöhe und feuerte über den Kopf unserer Gastgeberin hinweg durch das Wohnungstürblatt, direkt neben dem Spion. Der harte Knall sang in meinen Ohren, der scharfe Pissegestank des Kordits stach mir in die Nase, und wer immer sich im Hausflur befand, überdachte sein Vorhaben, gewaltsam in diese Wohnung eindringen zu wollen. Falls er dazu noch in der Lage war. Zu denken, meine ich. Aber gesetzt den Fall, er war, hieß das, er kontrollierte die ganze Länge des Hausflurs. Das ließ uns nur den Fluchtweg über die Fassade. Und das bedeutete zunächst mal eins:

»Wir müssen rüber auf meinen Balkon«, flüsterte ich Anoushka zu, die die Waffe hatte sinken lassen, aber immer noch in beidhändigem Griff hielt, mich voll Schrecken und Konzentration anblickte und nickte.

»Soll ich die Polizei rufen?«, bot Edna an, erstaunlich ungerührt durch das ganze Geschehen bis hin zu einer über ihren Scheitel hinweg gefeuerten Pistolenkugel, doch ich schüttelte nur den Kopf. Bis die Bullen einträfen, wären Brille und Konsorten eh wieder weg. So oder so. Und noch hatte niemand Anoushka gesehen, war ihre Verbindung zu mir nur eine Vermutung.

Vorsichtig schob ich Bein und Kopf um die Sichtblende herum. Partner hockte hustend auf dem Boden, immer noch blind vor Puder, hielt die aus seinem Unterarm ragende Fleischgabel gepackt und ließ ein tiefes Stöhnen hören, als er sie sich unter Mühen selber aus dem Fleisch zog. Mich schauderte. So jemanden, also jemand, der so etwas vermag, anstatt wie ein normaler Mensch damit ins Krankenhaus zu wanken und winselnd um Narkose zu bitten, so jemanden möchte man nicht zum Gegner haben. Für einen Sekundenbruchteil dachte ich darüber nach, ihm mit dem Basie den Rest zu geben, solange ich im Vorteil war, doch dann setzte das Realitätsempfinden wieder ein, und ich stieg über ihn hinweg, schlich zur Wohnungstür, warf sie mit der Schulter zu und kickte den Türkeil drunter.

Ich bin kein Killer. Ich bin Flüchter. Und als solcher, wenn ich das mal so sagen darf, gar nicht mal unbegabt.

Anoushka war inzwischen ebenfalls auf meinem Balkon angekommen, mitsamt ihrem Koffer, Pistole auf den weiterhin sitzenden, keuchenden, an seinen Augen herumwischenden Partner gerichtet, während ein Knirschen hinter mir ahnen ließ, dass jemand versuchte, meine Wohnungstür aufzuhebeln.

Anoushka blickte gehetzt, setzte zu einer Frage an, doch ich bedeutete ihr nur, still zu sein, griff hinters Sofa und zog mein selbstgebautes Fassaden-Rettungsmodul hervor.

Ich sags doch, ich bin Flüchter. Wir denken voraus. Und wenn man wie ich in einem chronisch sozialschwachen Hochhaus wohnt, dicht an dicht mit solch illustren Nachbarn wie Süchtigen jeglicher Couleur, die bevorzugt mit brennender Kippe in der Hand in ihre Dämmerzustände sacken, mit Gothics, Grufties und Satanisten, denen das Sonnenlicht abträglich und das elektrische nicht stimmungsvoll genug ist und die deshalb rund um die Uhr der flackernden Wachskerze vertrauen, mit Einwanderern aus den, sagen wir mal, *einfacheren* Gegenden des Südens und Ostens, die ihr Fleisch gerne noch eigenhändig abkehlen, um es dann auf dem aus der Heimat gewohnten, an Wintertagen auch zur Minderung der Heizkosten sehr beliebten, gusseisernen Holzofen zu garen, und nicht zuletzt mit Scharen vereinsamter Rentner, die das Anstecken der Fenstervorhänge als probates Mittel betrachten, die Welt auf sich aufmerksam zu machen, dann sollte man begreifen, dass man auf einem Großbrand in Lauerstellung sitzt und kann anschließend entweder sein Leben in die Hände der Feuerwehr legen oder eben selber Vorsorge tragen.

Als schon am Tag meines Einzuges nur vier Wohnungen weiter eine flammende Fritteuse bekämpft werden musste, war mein erster Gedanke der an die Anschaffung einer sieben Etagen langen Strickleiter gewesen. Mein zweiter, wie die Stricke im Fall der Fälle schon unter dem Gewicht von sechs Etagen panischer Mitmieter ächzten, bevor ich auch nur ein Bein über die Balkonbrüstung geschwungen hätte.

Das Re-Design, wenn man so will, das ich nun handhabte, bestand aus zweieinhalb Metern Aluminiumleiter mit zwei stabilen Haken am oberen Ende. Der Nachteil dieser Konstruktion ist, dass man damit immer nur von Etage zu Etage weiterkommt, ihr Vorteil, dass sie in beiden Richtungen funktioniert. Runter genauso wie hoch.

Mit einem einzigen Handgriff hatte ich sie an der Brüstung des Balkons über mir eingehakt und Anoushka gewunken, die unverzüglich, ohne auch nur das geringste Zögern, die Sprossen erklomm. Ich reichte ihr ihren Koffer hinterher – so leicht, es war unglaublich – und sah mich noch einmal kurz um. Partner war auf allen vieren unterwegs ins Bad, auf der Suche nach einer Spülung für seine Augen. Edna blickte um die Sichtblende herum. Sie trug eine Schüssel im Arm, in der sie unaufhörlich rührte, und dazu eine durchaus kritische Furche zwischen ihren Brauen. Ich versuchte ihr zu signalisieren, dass sie sich zurückziehen sollte, doch ist unser Möhrchen schon mal etwas unwillig, zu verstehen.

»Das bedeutet wohl, dass ich mich die nächste Zeit mal wieder um Ihre Katze kümmern muss«, beobachtete sie mit mildem Vorwurf.

Es mag mit meinem Beruf zusammenhängen, schon mal auch mit meinem Privatleben, jedenfalls ist es ab und an mal ratsam für mich, ein paar Tage und Nächte außer Haus zu verbringen. Die Katze zieht in solchen Fällen mittlerweile schon automatisch nach nebenan.

»Und wenn jemand fragt, soll ich wieder sagen, Sie wären nach Wangerooge.«

Ich nickte, legte noch mal den Finger auf die Lippen und winkte ihr, bis sie sich endlich verzog.

Man erzählt sich, dass bei der Wangerooger Touristeninformation Handzettel mit dem Text »Ein Herr Kristof Kryszinski ist auf der Insel nicht bekannt« ausliegen. In fünf Sprachen und vierzehn Schreibweisen meines Namens. Möhrchen, muss man wissen, ist fantastisch im Wiederholen und vor allen Dingen völlig überzeugend.

Einigermaßen beruhigt hangelte ich mich in die Höhe und schließlich in der achten Etage über die Brüstung. Kaum hatte ich die Leiter hinterhergehievt, als ich meine Wohnungstür bersten hören konnte und dann hastige Schritte und verhaltene, hektische Stimmen.

»Sie suchen nach dir«, raunte mir Anoushka zu, die, hinter die Brüstung geduckt, lauschte. »Aber sie haben keine Ahnung, wo wir sind.«

Die Tür zum Appartement hinter uns war auf Kippe gestellt. Ich schirmte meine Augen ab und linste durch die Scheibe. Die Wohnung war leer, unbewohnt.

Na also, dachte ich, sank still in mich zusammen. Bis hierher wären wir. Ich blickte runter auf mein T-Shirt und legte eine Hand auf das, was ich sah.

»Der eine soll jetzt Treppenhaus und Aufzüge kontrollieren, der andere bleibt erst mal draußen.«

Womit wir hier festsaßen, da sich weitere Fassadenkletterei definitiv nur dem empfahl, der unbedingt ein zweites, flatschneues Loch in den Arsch gebrannt bekommen wollte.

Zehn Minuten, zeichensprachte ich, und Anoushka nickte und kam zu mir rübergekrabbelt. Sie zog mir die Hand vom Bauch für einen Blick auf meinen Verband, in dessen Mitte sich ein feuchter, roter Punkt abmalte. Resultat der vorangegangenen Turnübungen.

»Aber, Kristof!«, flüsterte sie alarmiert. »Damit musst du schnell zu einem Doktor.«

»Zehn Minuten«, flüsterte ich zurück.

Sie nickte wieder, setzte sich hin, Füße ordentlich parallel gestellt, Knie zusammen, sah mich an und fragte: »Kristof, was wollten die Männer von dir?«

Fast hätte ich gelacht. *Fast.* Dann korrigierte ich vorsichtig ihren Irrtum, teilte ihr mit, dass *sie* es war, auf die es die beiden Schlipsträger abgesehen hatten, und stieß auf Unglauben.

»Aber niemand weiß, dass ich hier bin.«

Ich ließ mir das durch den Kopf gehen, registrierte das kurze Aufblenden des Namens Jochen Fuchs, kombiniert mit dem Wunsch, ihn so bald wie möglich anzurufen und ihm nach kurzem Verhör ein paar Deutlichkeiten an den Kopf zu werfen. Doch dann entsann ich mich, genau das schon im Krankenhaus getan zu haben, begriff plötzlich, wer Anoushkas Existenz in die Welt hinausposaunt hatte, und bekam einen Hitzeschub.

»Das ist nicht ganz richtig«, korrigierte ich sie kleinlaut. »Ich selbst habe der Polizei von dir erzählt.«

»Aber wieso das?« Sie wirkte erstaunt und enttäuscht. Von *mir* enttäuscht.

»Ja, wieso denn nicht?«, verteidigte ich mich. »Das russische Konsulat erhebt Anspruch auf Dimitrijs Leichnam, also musste ich irgendwas sagen, um die Aushändigung erst mal zu verhindern, oder?«

Sie ließ sich das durch den Kopf gehen und nickte sehr ernsthaft.

»Das darf nicht passieren«, sagte sie.

»Dann wäre es wahrscheinlich ganz gut, wenn du zur Polizei gehst und …«

Sie schüttelte den Kopf. »Mein Visum ist abgelaufen. Erst muss ich wissen, was genau Dimitrij hier gemacht hat, verstehst du? Hast du schon etwas herausgefunden?«

»Tja. Was auch immer, es hat nicht den Anschein, dass es sich dabei um legale Geschäfte handelte.«

»Siehst du. Wir müssen erst das Geld finden, Kristof. Dann gehe ich zur Polizei, und dann können sie mich und Dimitrij von mir aus nach Hause schicken.«

Wir. *Wir* müssen. Und wenn *wir* es finden, das Geld, haut sie ab, und ab da heißt es wieder *ich*. Traumhafte Aussicht.

»Wenn Sie den Herrn Kryszinski suchen, der ist nach Wangerooge«, kam es von unter uns, quittiert mit einem Grunzen, gefolgt von der Frage: »Wo ist die Frau?«

Edna Mohr machte »Oh«.

Und mir wurde es erneut heiß um den Scheitel und eng um den Kragen. Da war einfach keine Zeit gewesen, um mit Edna irgendetwas wegen Anoushka abzusprechen.

»Ich wiederhole: Wo ist die Frau?« Es war Tshukev, der sprach, während das schwach, hohl und weit entfernt klingende Schniefen, Keuchen, Spucken seines Partners ahnen ließ, dass der den Flur unter Beobachtung hatte.

»Oh«, machte Edna noch mal so knapp wie spitz. »Zu seinen Frauengeschichten werden Sie Herrn Kryszinski schon selber befragen müssen. Da weiß ich gar nichts drüber. Die gehen bei ihm ja nur so ein und aus. Wie in einem Taubenschlag. Und es sind immer andere.«

Ich spürte einen bohrenden Blick an meiner Seite, wandte mich Anoushka zu und schüttelte vehement den Kopf, ließ meinen Zeigefinger ein paarmal um meine Schläfe kreisen und deutetet dann damit nach unten, in Richtung auf Ednas kippelige Stimme.

Und sie lächelte. Anoushka, meine ich. Senkte die Wimpern und sah mich darunter hervor außerordentlich skeptisch an, aber lächelte dabei. Wenn auch nur kurz.

»Und bitte machen Sie die Tür hinter sich zu. Die Katze läuft sonst in den Flur.«

»Noch fünf Minuten«, flüsterte ich. Und fuhr dann fort: »Anoushka, wenn wir alle Umstände von Dimitrijs Ermordung klären wollen, dann kann das *dauern*. Und damit wächst das Risiko, dass das Konsulat sich durchsetzt und die Leiche ausgehändigt bekommt.«

»Kannst du das nicht verhindern, Kristof?« Fragend, bittend, es schien ihr wirklich viel zu bedeuten.

»Ich kann es versuchen.«

Wir nahmen den Weg durch das leerstehende Appartement und dann den Aufzug bis runter zur Garage. Immer schon ein würgendes Gefühl, diese Fahrt in der fensterlosen, engen Kabine, doch doppelt beklemmend, wenn man nicht weiß, ob zwei übellaunige Bewaffnete tatsächlich das Haus verlassen haben oder noch irgendwo lauern, einen fetten Daumen auf dem Rufknopf des Lifts.

Ich hielt den Atem an, als sich die Türen öffneten, und stieß ihn genervt aus, als Ronnie, Pummel und Piepe sich von der Säule lösten, gegen die gelehnt sie hier unten herumgelungert hatten.

»Jungs«, sagte ich und trat aus der Kabine, sah mich rasch nach allen Seiten um – wir waren allein – »ein andermal, ja?«

Piepe stellte sich mir in den Weg, Pummel tat es ihm gleich, Ronnie kratzte an seinen Pickeln herum und begaffte Anoushka. Es gab kein Vorbei, nicht in meiner Verfassung.

»Den Schlüssel, Krisinski.« Piepe hielt fordernd die Hand auf, Pummel ballte die Faust, Ronnie bemerkte, dass ihm der Mund offen stand. Kryszinski schluckte. Ich denke mal, ich hätte ihn jetzt ausgehändigt, doch ich hatte ihn gar nicht bei mir. Und ich wusste nicht recht, ob mich das jetzt freuen sollte oder nicht.

»Wer sind die drei?«, fragte Anoushka in meinem Rücken.

»Halt dich raus«, sagte Piepe zu ihr, und zu seinen Kumpels: »Packt ihn euch und zieht ihm die Taschen auf links.«

»Stopp«, befahl Anoushka, und Piepe gluckste, als er die irgendwie zu große Waffe in der Hand dieser dafür irgendwie zu kleinen Frau bemerkte, und er griff danach und uns allen wurde wieder mal bewusst, was für ein biestiges, einschüchterndes Geräusch, was für ein akustischer Rasiermesserschnitt so ein Pistolenschuss doch ist. Selbst wenn er nur zur Warnung abgegeben wird.

»In den Aufzug mit euch«, befahl ich, während der Nachhall noch durch die Katakomben irrte.

Sie murrten ein bisschen und sie drohten ein bisschen, wie sie es alle tun, doch sie stiegen in die Kabine, die Türen schlossen sich, die Kabine ruckte an, und wir gingen zum Wagen.

»Was werden die drei jetzt machen?«

»Sie rennen zu ihrem Auto und warten an der Ausfahrt der Tiefgarage, in der Hoffnung auf eine zweite Chance.«

»Und was machen wir?«

»Wir haben an der *Ein*fahrt geparkt. Ganz andere Gebäudeseite.«

Und sie legte den Kopf schräg und sah mich wieder so an. Wie vorhin schon.

Ich machte Boden gut, sagte mir eine kleine innere Stimme.

»Hey, hast du den Sack wieder zurück in das Lenkrad bekommen?«

»Nicht wirklich.« Abgesäbelt und weggeschmissen, war die Wahrheit. Jetzt müsste ich nur noch das Warnlicht neben dem Tacho abknipsen, und niemand käme auf die Idee, hinter der Blende inmitten des Lenkrades könne sich irgendetwas anderes verstecken als ein an eine nervöse Sprengladung gekoppelter Airbag. Perfekt. Man möchte schnurstracks los und es an der Zollfahndung ausprobieren.

»Sag mir, was ich tun muss.« Die junge Russin zeigte sich nicht recht vertraut mit den technischen Eigenheiten des Smarts. So wie ich mit der Ausstattung. Es dauerte, bis ich endlich den Verbandskasten gefunden hatte.

»Einfach starten und Gas geben.«

»Ah-ha!«, sagte sie, als das Ding losputterte, und grinste vergnügt. »Du sagst, wohin ich fahren soll.«

Ich dirigierte sie noch mal kurz um den Parkplatz. Der graue Audi mit den vermackten Felgen war fort.

»Fahr mal hier links und dann den Schildern Richtung Duisburg hinterher.«

Ich öffnete den Verbandskasten, griff mir die Schere, schnippelte mir den Verband vom Balg und begann, mich neu und möglichst stramm zu verpflastern.

»Duisburg?«

»Ja. Ich glaube, ich habe gefunden, wo Dimitrij gewohnt hat.«

Niemand folgte uns. So viel war schon nach nur wenigen Kilometern hundertprozentig sicher. Niemand hätte es vermocht.

Trotzdem war es ein Fehler gewesen, ein massiver, grenz-letaler Missgriff, Anoushka die Schlüssel zum Smart anzuvertrauen. Binnen kürzester Zeit war sie mit dem Wagen verwachsen wie eine Tyrannin mit ihrer Macht. Den Schirm ihrer Ferrari-Kappe tief über die von einer Pilotenbrille verschatteten Augen gezogen, stellte sie sich dem Verkehr mit der grimmigen Attitüde einer Kampfmaschine, die ein Schlachtfeld zu queren hat. Vom Augenblick des Anrollens an ging es nur noch darum, so viel Fahrt wie möglich aufzunehmen und das erreichte Tempo dann unter allem Umständen zu halten. Wer immer sie zwingen sollte, die Bremse auch nur zu berühren, musste dafür *leiden*.

Es ist eine Sache, den Facettenreichtum einer Frau zu bewundern, aber eine völlig andere, daneben zu sitzen und hilflos mit ansehen zu müssen, wie sie einen Schulbus in den Gegenverkehr zu drängen versucht.

So sanft, so zurückhaltend im Gespräch, so nervenstark in Notsituationen, so präzise im Umgang mit der Schusswaffe und eine absolute, rabiate Furie am Steuer. Man kam und kam nicht umhin, sich zu fragen, wie sie wohl im Bett sein mochte.

Ein Ortsfremder setzte zu einem etwas unsicheren Wechsel auf unsere Fahrbahn an und musste sich mit Licht und Schall anhupen, barsch zurück in seine Spur pushen und mit den rüdesten Gesten und in den rauesten Tönen beschimpfen lassen.

Das Furchtbare ist, dass man diese Leute dann grundsätzlich an der nächsten Ampel neben sich stehen hat.

In Schweiß gebadet, beide Hände in den Sitz verkrallt, suchte ich hastig nach einer Strategie, die meine Fahrerin ablenken, besänftigen könnte, bevor sie uns beide an den nächsten Brückenpfeiler schmierte. Ein paar Worte schienen ratsam. Ich klärte meinen trockenen Hals.

»Was mir, äh, aufgefallen ist, Anoushka: Du bist sehr gut, im Umgang mit, äh, Schusswaffen.«

Achselzucken. Unverändert hohe Drehzahl.

»Ich hab mich nur gefragt«, entgegnete sie, »warum du dir die Pistole nicht genommen hast.«

»Ich? Ich wüsste nicht, wo vorne und hinten ist. Alles, was ich damit treffen würde, wäre höchstwahrscheinlich mein Fuß.«

»Aber du bist doch ein Detektiv, oder?«

Ich nickte.

»Und da trägst du keine Waffe?«

»Nein. Nie.« Mal abgesehen davon, dass ich niemals in diesem Leben einen Berechtigungsschein dafür bekäme, nicht mit einem Vorstrafenregister, einem Blutbild und einem Rechtsempfinden wie dem meinen, wäre der Besitz sinnlos, weil eine Anwendung undenkbar. Egal wie die Situation aussähe, in der das nötig werden könnte, im Hintergrund stünde immer die Frage: Kann ich meinen Notwehr-Status im Nachhinein auch wirklich und einhundertprozentig beweisen? Denn das muss man, sonst machen sie einen fertig. Und bis du mit diesem ablenkenden kleinen Gedankenspiel durch bist, hat dein Opponent alle Zeit der Welt gehabt, dir so viel Blei wie es ihm behagt in den Wanst zu jagen.

»Du musst sehr mutig sein«, meinte Anoushka und wechselte das dritte Mal in zwanzig Sekunden die Spur.

Ich schüttelte den Kopf, mehr denn je vom Gegenteil überzeugt.

»Meiner Ansicht nach zieht man mit einer Schusswaffe eh nur das Feuer auf sich.«

Sie wog das ab und bog in einen Kreisverkehr, ohne vom Gas zu gehen oder dem übrigen Verkehr auch nur einen müden Blick zu gönnen. Reifen kreischten und irgendetwas schepperte blechern in unserem Kielwasser.

Die fährt ja schlimmer als ich, ging mir auf, mit der ganzen absorbierenden Faszination, die Nahtoderfahrungen so mit sich bringen. Ich begann mich zu fragen, ob irgendjemand irgendwo irgendwann jemals tatsächlich dieser Frau einen Führerschein ausgestellt hatte. Doch ich wusste es besser, als das jetzt zu äußern. Stattdessen fragte ich sie, wo sie das Schießen gelernt habe.

Anoushka nahm sich die Zeit, eine Frau mit Kinderwagen vom Zebrastreifen zu verscheuchen, bevor sie antwortete.

»Ich bin Lehrerin«, sagte sie, als erklärte das alles, und meine Vorstellung von den Zuständen im russischen Schulsystem verdüsterte sich dramatisch. »Lehrerin für deutsche und englische Sprache. Doch weil meine Familie arm war, brauchte ich, um studieren zu können, ein Stipendium. Das gab es damals nur von der Armee. Und um das Stipendium zu bekommen, musste ich erst der Armee beitreten und eine Ausbildung als Soldatin machen.«

»Hast du da Dimitrij kennengelernt?«

Sie blickte nach vorn, nachdenklich, ob eine rote Ampel an einer stark befahrenen Kreuzung wirklich einen Grund zum Anhalten darstellt oder nicht, entschied sich dann für ja, verzögerte widerwillig und sagte: »Nein.«

»Ich frag nur, weil dem Pathologen zahlreiche Narben an Dimitrijs Körper aufgefallen sind. Mögliche Kriegsverwundungen, wie er meint.«

Die Ampel sprang um, und Anoushka grub das Gaspedal wieder in den Teppich.

»Also, war Dimitrij im Krieg?«

Ihre Züge verhärteten sich, der Mund mit der ach so üppigen Unterlippe wurde schmal, das ganze Thema schien ihr – begreiflicherweise – nicht zu behagen. Doch Verdrängung brachte uns bei den anstehenden Problemen nicht weiter.

»War er?«

»Ja.«

»Afghanistan?«

Nicken.

»Hat er … noch Kontakte nach Afghanistan? Geschäftliche Beziehungen vielleicht?«

Schweigen. Ansatz zu einem Überholmanöver, im letzten Moment abgebrochen angesichts eines auch mit der Lichthupe nicht am Entgegenkommen zu hindernden Tanklastwagens. Dann: »Kristof, hast du je einen Krieg erlebt? Ich meine wirklich, nicht im Fernsehen?«

»Nein.« Nichts in meiner an gewalttätigen Auseinandersetzungen nun wirklich nicht unbedingt armen Vergangenheit lässt sich mit einem Krieg vergleichen, deshalb diese klare Antwort.

»Es gibt zwei Arten, das dort Erlebte zu verarbeiten: Die einen sprechen darüber, die anderen nicht.«

Und das war das, für den Moment.

Wir fanden den Rastplatz, parkten. Der Verkehr rauschte unablässig vorbei, doch das Gelände als solches war leer, ungenutzt, kein anderes Fahrzeug stand herum.

Anoushka wirkte gefasst und nervös zugleich.

»Es ist ein Wohnwagen«, erklärte ich ihr. »Sehr gut und sehr unauffällig von hier aus zu erreichen.«

Wir stiegen aus, schlossen den Smart ab, und ich ging voran.

Nach etwa hundert Schritten war wie auf allgemeinen Konsens hin plötzlich Schluss mit den Arrangements aus Kacke und Tempotüchern. Dafür wurde der Pfad enger, das Gebüsch dichter. Galant, wie ich bin, hielt ich Anoushka die Zweige aus dem Weg, so gut ich konnte, atmete den Duft ihres Haares, wenn sie sich an mir vorbeidrückte, bevor ich wieder die Führung übernahm. Sie bewegte sich leise und angespannt, stoppte mehrmals, um zu lauschen.

Ich fragte mich, was sie erwartete, wurde gleichzeitig aber angesteckt von ihrem raubtierhaften Verhalten, so dass ich unwillkürlich flüsterte, als die niedergetrampelte Stelle im Maschendrahtzaun des Campingplatzes in Sicht kam.

»Gleich sind wir da«, raunte ich, machte einen Schritt

nach vorn, und Anoushka schrie auf, packte mein Bein und riss mich seitwärts ins Unterholz.

Noch ehe ich etwas äußern konnte, machte sie sich von mir los, drehte sich kniend und zitternd in unglaublicher Vorsicht zum Trampelpfad, beugte sich vor und blies den Staub von etwas, das ich erst beim zweiten Hinschauen erkannte. Eine runde, dickwandige Hülse aus Messing, etwa im Format eines Flaschenhalses, die vielleicht einen Zentimeter oder so senkrecht aus dem Sand herausragte.

»Das ist eine Markierung, ein Vermessungspunkt«, erklärte ich, und Anoushka entspannte sich mit einem Seufzen. »Wahrscheinlich noch vom Bau der Autobahn«, laberte ich einfach weiter, bis mir dämmerte, was sie gedacht hatte, worauf ich da um ein Haar getreten hätte.

Ich rappelte mich hoch in eine sitzende Position, staubte mir den Ärmel ab. Sie richtete sich auf, sah mich an, erleichtert und entschuldigend zugleich.

Stille senkte sich über uns, breitete sich aus wie verschütteter Honig.

Jemand klopfte mit dem Taktstock auf ein Pult, vierundzwanzig Geiger hoben ihre Bögen …

»Das … tut mir leid«, sagte sie.

Ich wiegelte ab. »Stell dir vor, du hättest recht gehabt …« Und nichts getan, so ging der Satz weiter, dann hätte der gute Kristof jetzt keine Beine mehr. Und keine Eier.

Der Dirigent ließ den Taktstock sinken, die Geiger ihre Bögen. Alle sahen mich an. Ein andermal, Jungs.

»Du warst auch im Krieg«, stellte ich fest.

Sie richtete sich auf, reichte mir ihre Hand, zog mich hoch. So schmal, so kräftig.

»Alles für dein Stipendium?«

»Wenn du in der Armee bist, Kristof, dann bist du in der Armee.« Und das war das, mal wieder.

Der Wohnwagen stand verlassen, der Krempel an seiner Rückseite seit meinem letzten Besuch unverändert. Wir gingen rein, und Anoushka blickte sich ratlos um. Ich hatte den Umschlag und das Handy aus dem Lenkrad des Smart gefummelt und mitgenommen.

Als Erstes gab ich Anoushka den Umschlag. Sie zog die Bögen heraus, glättete sie und betrachtete sie mit gerunzelten Brauen. Ich fragte sie nach dem plump gefälschten Security-Ausweis, und sie zuckte nur die Achseln. Nein, ihr war weder bekannt, dass Dimitrij einen Job gesucht hätte, noch was er mit einem solchen Ausweis vorgehabt haben könnte. Schließlich gab ich ihr Gisbinjews Übersetzung des in Tatortnähe gefundenen Schreibens zu lesen.

Ja, es war ihre E-Mail-Adresse, aber das Gedicht als solches hatte sie nicht mehr erreicht.

Schickte Dimitrij öfter solch poetische Mails?

Seufzen. Von Zeit zu Zeit.

Fand sie nicht auch, dass die letzte Zeile irgendwie düster prophetisch klang?

Ja.

Hatte sie wirklich keine Ahnung, worauf sich das beziehen könnte?

Nein. Sie faltete den Zettel zusammen, dann noch mal, dann noch mal. Verschloss ihn fest in ihrer Faust.

»Und das ist alles, Kristof? Alles, was du von seinen Sachen noch gefunden hast?«

Ich schüttelte den Kopf, reichte ihr das Handy und ihre Augen leuchteten auf.

»Das muss wichtig sein«, meinte ich, »sonst hätte er es nicht so sorgfältig versteckt.«

Sie scrollte neugierig im Speicher herum, konnte mit den notierten Rufnummern aber so wenig anfangen wie ich.

»Wir könnten ja einfach alle mal anrufen«, schlug sie vor.

»Okay, aber dann von einem neutralen Apparat aus. Falls du ein bisschen allein sein willst, gehe ich eine Telefonzelle suchen. Okay?«

Sie nickte, doch von dem Handy wollte sie sich nicht mehr trennen, also notierte ich mir die Nummern auf der Rückseite des braunen Umschlags und zog ab.

Das Kreischen planschender Kinder schallte vom See herüber, ansonsten sielte der Campingplatz in einer wie erstickt wirkenden Ruhe vor sich hin.

Das einzige öffentliche Telefon hing zwischen den beiden Eingängen an der Wand des Toilettenhauses. Und direkt gegenüber, ich meine *direkt*, in Sicht-, Hör- und Riechweite, hatte sich ein Duisburger Ehepaar mit ihrem Wohnwagen niedergelassen, die Bestuhlung davor so ausgerichtet, dass sie ohne Mühe beobachten konnten, wer so alles zum Scheißen kam und ging, und aus ihren trotzigen Mienen war klar herauszulesen, dass sie dieses Privileg mit allen Mitteln zu verteidigen gedachten.

Sie gabelte gerade Koteletts aus einer Pfanne, der man ansah, dass sie nur selten Zeit zum Auskühlen fand, während er Kartoffelsalat aus einer putzeimergroßen Plastikschüssel auf die Teller schaufelte. Dann begannen sie mechanisch zu essen, wobei sie mich nicht eine Sekunde aus den Augen ließen.

Dimtirij hatte nur etwas mehr als ein Dutzend Nummern abgespeichert gehabt – fast ausnahmslos Festnetznummern, wie mir auffiel – und nur Initialen zur Identifizierung verwendet.

Ich hatte keine Ahnung, was für Gespräche gleich zustande kommen würden, hier am luftig überdachten, doch ansonsten schutzlos den Elementen wie den Blicken wie den Lauschern des Duisburger Paares ausgesetzten und damit buchstäblich öffentlichen Fernsprechers, deshalb wählte ich erst mal eine Fantasienummer, bis mir eine Automatenstimme genau diesen Fakt bestätigte.

»Was?«, fragte ich, und legte eine Spur von Alarm in meine Stimme. »Hör zu«, forderte ich, und die beiden Duisburger fühlten sich sichtlich angesprochen, »mach jetzt bitte keinen Fehler!« Er spülte einen Bissen mit Bier herunter, sie nahm sich noch mal Kartoffelsalat nach. »Da wirst du mit Salbe nichts erreichen«, belehrte ich die Sprechmuschel, volltönend, »ein Geschwür wie dieses muss man *aufschneiden*.«

Der Duisburger und die Duisburgerin beobachteten mich mit Faszination und mahlenden Kiefern.

»Ja, aufschneiden. In einem Rutsch. Hast dus?«

Sie nahm sich den Knochen ihres Koteletts vor, benagte ihn und beäugte mich dabei, er wiederum war nun an der Reihe, sich noch ein paar Kellen vom Salat auf den Teller zu hieven.

»Natürlich quillt jetzt der Eiter. Das ist doch der Sinn der Sache. Ja, und Blut auch. Völlig normal. Lass das ruhig alles ablaufen. Was? Maden? Was du mit den Maden machen sollst? Erst mal alle rauspulen aus der Wunde. Und dann einzeln ausquetschen, natürlich.«

Die Duisburger unterbrachen ihre Nahrungsaufnahme aber auch nicht für eine Sekunde.

»Und zwar von vorne nach hinten. Auf die Art bringst du ihren Verdauungstrakt zum Platzen und …«

Die Duisburgerin stand auf. »Willst du auch Torte zum Nachtisch?«, fragte sie ihren Gatten, der nickte, und ich hängte ein, kramte meine Liste und einen Kugelschreiber hervor, drehte den beiden den Rücken zu, versuchte, sie so gut es ging zu vergessen, und machte mich an die Arbeit. Manchmal kann man nicht gewinnen.

Um irgendwie eine Ordnung herzustellen, nahm ich mir die Festnetznummern als erste vor. Wies aussah, waren sämtliche Vorwahlen hier aus der Region. Und unter den antwortenden Teilnehmern fand sich gleich vornweg das russische Konsulat in Düsseldorf, gefolgt von einem Catering-Service, einem Gebäudereinigungsunternehmen und einem Limousinen-Vermieter. An Anrufe eines gewissen Dimitrij Jalnikow wollte sich allerdings niemand erinnern. Trotzdem notierte ich mir alle Namen und Adressen für mögliche weitere Recherchen.

Wählte die nächste Nummer an.

»Hardcor Security.« Geld- und Werttransporte dachte ich und entschied mich spontan für ein Pseudonym.

»Gisbinjew«, sagte ich. »Könnte ich die Personalabteilung sprechen?« Noch war nicht geklärt, was genau Dimitrij bei Hardcor vorgehabt hatte. Und auch nicht, ob es nicht immer noch durchzuführen wäre. Theoretisch, versteht sich.

Ein Herr Homberg meldete sich.

»Herr Homberg, Gisbinjew hier, ich fungiere als Dolmetscher für Herrn Jalnikov und möchte mich in seinem Namen erkundigen, wie es mit seiner Anstellung bei Ihnen weitergehen soll.«

»Jalnikow?«

»Ja. Dimitrij Jalnikow.«

»Ah, ja. Ich erinnere mich. Nun, wie ich ihrem Klienten schon am Telefon gesagt habe, muss er zuerst einmal einen Deutschkurs absolvieren. Sie werden verstehen, dass wir kein Security-Personal einsetzen können, das einen Dolmetscher braucht.«

»Ja, das ist klar. Dann soll ich noch fragen, ob er einen speziellen Führerschein braucht, um den Geldtransporter zu fahren.«

»Geldtransporter? Da muss ein Missverständnis vorliegen. Herr Jalnikow wollte sich auf eine Stelle als einfacher Wachmann bewerben.«

Hm. Ich bedankte mich und versprach, das zu klären.

Wachmann. Dimitrij wollte als echter oder falscher Wachmann irgendwo rein, wie es schien.

Bei den Handynummern geriet ich dann auf steinigeres Terrain. Die meisten Teilnehmer meldeten sich nur mit Einsilbern oder Grunzlauten und ließen sich auch unter Aufbietung all meines Telefonstimmencharmes nicht dazu verleiten, ihre Namen oder sonstige Vertraulichkeiten herauszurücken. Bei manchen, war ich mir fast sicher, verkomplizierte auch noch eine erhebliche Sprachbarriere unsere Kommunikation. Fast alle diese Gespräche endeten damit, dass entweder ich oder der Angerufene die Geduld verlor und einhängte.

Ich warf meine letzten Münzen ein und wählte ohne große Hoffnung die letzte Nummer in meiner Liste, bei Dimitrij unter Z abgespeichert.

»Ja?« Rau, herrisch, ungeduldig. Männlich, deutsch. »Ja?«

Schon mal streift mich ein Impuls, und schon mal lasse ich mich davon leiten.

»Ich hab das Zeugs«, raunte ich als Ergebnis eines solchen.

»Wer spricht da?« Rau, herrisch, ungeduldig, *misstrauisch*. Aber so was von.

»Dimitrij«, antwortete ich, in gleichbleibendem, vertraulich leisem Tonfall. »Dimitrij Jalnikow.«

»Bleib dran«, gefolgt von den unverständlichen Lauten, die noch durchdringen, wenn jemand mit der Hand auf der Sprechmuschel jemand anderen aus dem Raum schickt.

»So. Na, das ist ja mal ein Anruf, wie man ihn nicht alle Tage bekommt.«

Darauf wusste ich jetzt nichts zu sagen.

»Ein Anruf aus dem *Jenseits.*« Ein wenig Hohn hatte sich in das anfängliche Misstrauen gemischt. Allerdings ohne es, wie soll ich sagen, zu verwässern.

»Okay, also, dann eben Dimitrijs Rechtsnachfolger«, improvisierte ich mit meiner normalen Stimme.

»Dann pass mal hübsch auf, Rechtsnachfolger«, kam es mit einiger Schärfe. »Ich kenne keinen Dimitrij, ich weiß von keinem Zeugs, und wenn du mich hier zu ficken versuchst, dann mach ich dich kaputt, verstanden?«

»Aber ich hab Dimitrijs Lieferung«, warf ich ein. »Ich dachte, wir machen ein Geschäft.«

»Okay. Wie heißt du?«

»Das spielt doch erst mal keine Rolle. Ich meine, ich weiß bis jetzt ja auch nicht, mit wem ich telef…«

»Wo bist du? Wir kommen raus und, äh, holen dich ab.«

Dieses »äh« hatte dann doch etwas Verräterisches, wie ich fand.

»Ich würde da vorher lieber das eine oder andere klären.«

»Gut, klären wir. Sag das Wort.«

Das *Wort*? Na also. Bis hierhin hatte mein Gesprächspartner nur versucht, mich in die Ecke zu drängen und auszuhorchen. Dies war das erste Zeichen, dass ich einen Treffer gelandet hatte, dass hier tatsächlich etwas ablief.

»Welches Wort? Dimitrij hat mir nur diese Nummer gegeben und gesagt …«

»Wenn du das hast, was du behauptest, dass dus hast, dann hast du auch das Wort, und wenn du das Wort nicht hast, dann hast du gar nichts, und das heißt, du versuchst mich hier zu ficken. Und willst du wissen, was ich mit solchen Leuten mache?«

»Gern. Und möglichst detailgenau«, bat ich. Wer mir drohen will, sollte mich bei der Gurgel haben. Und nicht am Telefon.

»Die lehre ich eine komplett neue Art von Schmerz. Ist das detailgenau genug?«

Eigentlich, genau betrachtet, nein, doch noch ehe ich etwas Entsprechendes äußern konnte, war die Leitung tot.

»Das hätten Sie gerade hören sollen«, ließ ich die beiden Duisburger wissen, und sah ehrliches Bedauern in ihren Mienen.

Ich unterstrich die Nummer auf meinem Zettel, merkte sie mir vor als eine dieser raren, die man zu jeder Tages- und Nachtzeit anrufen kann. Wenn man mal sein Herz ausschütten möchte oder so.

Ich sagte: »Aber du kannst doch wieder ins Hotel gehen.«

»Nein, Kristof.«

»Was die Rechnung angeht, da fällt mir schon was ein.«

»Nein, Kristof.«

»Dann komm mit mir. Wir ziehen in die Wohnung eines Freundes, der hat viel Platz.«

»Nein, Kristof.«

»Ich meine, der hat zwei Schlafzimmer, so dass du …«

»Nein, Kristof.«

»Dann bleibe ich mit dir hier.«

»Nein, Kristof. Du weißt, das geht nicht.«

Etwas in ihrer Art, in ihren Augen sprach das krasse Gegenteil, doch aus welchem Grund auch immer ›ging es‹ eben nicht, und dagegen kann man nicht anargumentieren. Versuchen schon.

»Aber du kannst doch nicht ganz alleine …«

»Doch, Kristof.«

Und so ging es noch eine Weile hin und her. Anoushka bestand darauf, in Dimitrijs Wohnwagen zu übernachten, und zwar allein, und obwohl ich den Gedanken hasste, sie so zurückzulassen, unbewacht, war sie nicht umzustimmen, verwies auf die Pistole, die sie bei sich trug, und auf das Handy, mit dem sie mich zu rufen versprach, sollte ihr irgendetwas nicht ganz geheuer vorkommen.

Ich fragte sie noch nach dem »Wort«, doch sie konnte sich auch keinen Reim drauf machen.

Schließlich schob ich ab. Auf dem Weg zum Wagen stoppte ich noch kurz bei Leonid, wollte ihn bitten, ein Auge auf meine Klientin zu haben, doch der Übersetzer hatte seinen freien Tag genutzt, sich mindestens ein schönes Fläschchen einzutrichtern, und war stier jenseits jeder Ansprechbarkeit.

Ich lungerte noch eine Weile herum, suchte die Umgebung des Platzes nach verdächtigen Fahrzeugen ab, inspizierte einen im Gebüsch parkenden Opel, schreckte damit ein Pärchen beim Rammeln auf und musste mich als Wichser beschimpfen lassen, bis mir irgendwann klar wurde, dass, sollte Anoushka bei Scuzzi anrufen, ich besser auch da wäre, um abzunehmen. Also stieg ich ins Auto und fuhr in die beginnende Nacht nach Oberhausen.

Noch keuchend vom Aufstieg griff ich mir Scuzzis Telefon und wählte meinen Anrufbeantworter an.

»Ann-*ruf* (Die Ansagestimme meiner Bandmaschine wirkt, als ob man dafür extra einen menschenähnlichen Roboter gebaut und ihm dann äußerst mühsam das Sprechen antrainiert hätte) Numm-mer *eins*:« Jaulen eines Elektrogeräts, feucht-fettige Schlürfgeräusche wie von einer Kröte, die Pudding schlabbert. »Jaa, Dr. Korthner hier, Katholisches Krankenhaus. Rufen Sie mich doch mal zurück, Herr Kryszinski. Ich möchte Ihnen da etwas zeigen.« Das elektrische Jaulen verebbte. Die Schlürfgeräusche gingen unvermindert weiter. Freisprecheinrichtung über dem Seziertisch, vermutete ich. »Wird Sie interessieren.«

Die nächsten fünf Aufnahmen gaben nichts wieder als

jeweils rund eine halbe Minute schweren Atmens. Ich war richtig froh, als im nächsten Mitschnitt Mendens Stimme ertönte, auch wenn er nur in einem flachen, genervten Monoton meinen sofortigen Rückruf verlangte.

Schließlich brachte ich noch den zu erwarten gewesenen Schwall von Drohungen hinter mich, den Vonscheidt auf Band hinterlassen hatte, dann kam noch dreimal der schwere Atmer, dann war Schluss, ich legte auf und zuckte zusammen, als das Telefon bimmelte.

»Ey, Kristof, mein Junge, schön dich am Apparat zu haben, ewig nicht gesehen, warst du das, der mir da heute Mittag auf die Mailbox gequatscht hat? Was's denn mit dir los? Schlecht drauf oder was?« Scuzzi. Er klang gleichzeitig stoned wie ein Rastafari, aufgekratzt-euphorisch wie ein Raver und angesoffen wie … wie irgendwas für gewöhnlich Angesoffenes, das mit R anfängt. Also eigentlich wie immer. »Was machstn bei mir?«

»Ausweichquartier. Sag mir mal dein Passwort«, verlangte ich.

»Passwort?«

»Ja, dein Passwort. Für deinen Rechner.«

»Ach so. Passwort.«

»Ja, dein Passwort. Ich warte.«

»Mann, ich sag doch, Passwort.«

Alles verschossen, dachte ich. Das ist es, das ist die Wahrheit über jahrelangen, wahl- und bedenkenlosen Drogenkonsum. Irgendwann ist da oben alles weggeblasen, und ab da kannst du die einfachsten Fragen zur Person nicht mehr beantworten. Erschütternd.

»Als da stand: ›Tragen Sie hier Ihr Passwort ein‹, da hab ich eben ›Passwort‹ eingetragen, verstehst du?« Und er lachte ein bisschen, wie man das so macht, wenn man sich witzig findet, und ich verstand, endlich, doch zum Mitlachen wars mir irgendwie nicht lustig genug.

Drogen. Weiß echt nicht, was ich da früher dran gefunden habe.

»Mann, du solltest herkommen, dann würd dir die miese Laune vergehen. Ich hab mich hier mit diesen beiden Barmädels angefreundet, Spanierinnen, also die besorgen mir alles, einfach *alles*, und als du angerufen hast, da waren wir noch … bist du noch dran?«

»Ja, aber ich muss Schluss machen, kann sein, dass jemand anr…«

»*Hey*, da fällt mir ein, letzte Tage waren wir wandern, hörst du das? Dein Freund Pierfrancesco und *wandern*. Ha! Und es war geil, echt geil, die Gegend ist zwar scheißbergig, aber … *geil*, ja, und Tropical ist gar kein übles Bier, kann man sich dran gewöhnen, und die Luft hi…«

»Sag mal eben, was für ein Netz hat die Vorwahl 0178?«

»E-Plus, und die Luft hier – hör mal, wieso weißt du so was nicht? Weiß doch jedes Kind – die Luft hier, Kristof, ehrlich, die Luft hier, die ist zum Schlürfen, und die Mädels und das Meer – hab ich das Meer schon erwähnt? Brandung, Kristof, unglaublich, da möchte man Surfer sein und Sonnenuntergänge, da setzt du dich auf den Arsch, und dann, du müsstest sie *sehen*, Kristof, dir würden die Augen rausfallen, die eine tanzt auch, weißt du? Semi-professionell, und die andere, die hat ein Paar …«

»Ich hasse dich«, unterbrach ich ihn. »Ich hasse dich, du blödes Arschloch, und ich wünsche dir und auch deinen semi-professionellen Thekenschlampen die Krätze an den Hals.« Und ich legte auf, doch nicht, bevor ich ihn nicht noch selig auflachen gehört hatte. Arschloch.

Wahrscheinlich bumst er sie noch nicht mal, dachte ich. So wie ich den kenne, labert er ihnen nur nachts an der Bar einen an die Backe und geht tagsüber mit ihnen *wandern*. Trotzdem Arschloch.

Ich warf Scuzzis Rechner an, schaffte es, E-Plus aufzurufen und mich bis zum Kundenservice durchzukämpfen, wo ich dann wie immer am System scheiterte. Alles, was ich wollte, war A: erfahren, ob mein ach so misstrauischer Gesprächspartner von vorhin namentlich registriert war, und B: mich erkundigen, ob es eine Möglichkeit gab, eine Liste sämtlicher von Dimitrijs Handy aus angewählten Rufnummern einzusehen. Doch nein. Sich bis zu den Feuerknöpfen amerikanischer Atomraketensilos durchzuhacken wäre wohl einfacher gewesen.

Ich gabs auf und wählte die Nummer des Katholischen Krankenhauses. Mein Freund der Pförtner verband mich ohne Umschweife mit der Pathologie, wo Dr. Korthner genauso zügig dranging.

»Ah, Kryszinski. Kommen Sie doch mal eben rasch vorbei, wenn Sie Zeit haben. Ich muss Ihnen etwas zeigen.«

»Hören Sie, Doktor, können wir das nicht am Telefon erledigen? Ich hatte einen langen Tag und …«

»Ich auch. Trotzdem wate ich auch um diese Uhrzeit immer noch putzmunter und ohne mich zu beklagen bis zu den Knien im Blut. Also. Kommen Sie her oder nicht?«

»Ja, ja. Bin unterwegs.«

»Schön.«

Ich wollte schon gehen, als mir in den Sinn kam, dass Anoushka mich ja in der Zwischenzeit zu erreichen versuchen könnte. Rechts vom Schreibtisch hing Scuzzis zweites, sein »Business«-Handy an der Lade.

Ich rief ihn noch mal an und ließ mich von ihm Schritt für Schritt durch die Umstellung seines Anschlusses auf Rufumleitung führen.

»Wann kommst du eigentlich nach?«, wollte Scuzzi noch wissen.

»Sobald ich das ganze Zeugs vertickt habe, das du hier in deinem Schreibtisch bunkerst.«

»Ah, toll. Nur mach mir bloß die Preise nicht kaputt.«

»Was ist das für ein Geknalle bei dir?«

»Feuerwerk. Wundervoll. Gigantisch. Riesenfete unten am Hafen. Gehen wir auch gleich hin. Fressen, saufen, quarzen, feiern bis in den Morgen. Echt schade, dass du nicht dabei sein kannst.«

»Arschloch.«

Kein Fressen, kein Saufen, kein Feiern für Kryszinski, kein Feuerwerk über der Ruhr City diese Nacht. Nur eine auch lange nach Einbruch der Dunkelheit kaum gemilderte Hitze und eine Luft, die sich einem auf die Atemwege legte wie verdampftes Schwermetall.

Ich ließ den Wagen rollen, gedachte gallig all der Dinge, die mir das Leben zurzeit vorenthielt, und als ich mit der Liste durch war, die mit Alkohol begann und nach ein paar ausgedehnten, sich eng um den Oberbegriff Erotik schmiegenden Warteschleifen mit Zigaretten endete, kam der Smart auch schon wie selbstverständlich im Innenhof des Katholischen Krankenhauses zum Stehen. Ich stieg aus, klopfte an die Hintertür der Pathologie, und wer öffnete mir? Menden.

Obwohl ich es für gewöhnlich nicht zeige, bin ich irgendwie nie wirklich entspannt, wenn ich dem Hauptkommissar begegne. Muss was damit zu tun haben, dass ich mir häufig der Legitimität meiner jüngsten Handlungen nicht ganz sicher sein kann, und wird nicht besser, wenn er mich schon länger sprechen will und ich seinen Wünschen um Rückruf nicht nachgekommen bin.

»Ach du Scheiße«, entfuhr es mir deshalb.

»Ganz meinerseits«, knurrte der Hauptkommissar und winkte mich ungeduldig herein.

»Haben Sie mich dem hier ans Messer geliefert?«, meckerte ich Dr. Korthner an, noch bevor die Tür hinter mir ins Schloss gefallen war, »oder war das Zufall?«

»Schon wieder zurück von … Wangerooge?«, fragte Menden in meinem Rücken.

»Absicht«, antwortete der Doktor. »Wir haben ein Problem.«

»Ach, bleiben Sie mir doch weg mit Ihren Problemen«, murrte ich, und sei es nur, um mir ein bisschen Luft zu machen. »Alles, was mich interessiert, ist, ob Sie irgendetwas Neues zum Fall Dimitrij beizusteuern haben. In der Erwartung bin ich hergekommen.«

Dr. Korthner hob die Brille in die Stirn und rieb sich die geröteten Lider.

»Um ehrlich zu sein, habe ich den ganzen Tag noch nicht mal einen Blick auf Ihren Toten geworfen«, meinte er müde. »Erst einmal hatten der Hauptkommissar und ich das Opfer eines ›Ehrenmordes‹ zu begutachten.« Er verwies auf den einen Seziertisch, unter dessen grüner Abdeckung ein weiblicher Torso auszumachen war. »Kein islamisches Umfeld übrigens, ehe Sie etwas Falsches denken. Fatal geendetes Aufbegehren gegen eine im Süden unseres EU-Partners Italien von einem römisch-katholischen Priester geweihte Zwangsehe. Und nun das.« Damit trat er an den anderen Tisch, dessen grünes Tuch eher eine Haubitze als einen menschlichen Körper zu verhüllen schien.

Dr. Korthner schlug das Tuch zurück, und eine Faust wrang meinen Magen wie einen nassen Lappen, während der ganze Raum eine stärkere Turbulenz durchflog.

»Kumpel von Ihnen?«, fragte Menden ungerührt.

»Hätten Sie mich nicht zumindest vorwarnen können?«, blaffte ich den Doktor an, kaum dass ich wieder halbwegs Herr meiner körperlichen Reaktionen war.

»Sorry. Aber nachdem Sie beim Anblick von Familie Dynamitska und dem verkokelten Änderungsschneider nicht mit der Wimper gezuckt haben, dachte ich, Sie wären nicht zu schrecken.«

Ich schüttelte mich. »Die vier Gartenteich-Hirnis haben sich selbst im Zeitraum eines Fingerschnippens ausgelöscht. Und Brandleichen haben immer etwas Abstraktes, ein bisschen was von Geisterbahn. Aber das hier …«

Mit dem Magen erneut in der Mangel trat ich an den Seziertisch, auf dem ein angegrauter Biker kniete, weit nach vorne gebeugt, Kinn auf dem Edelstahl. »Das hier ist … bestialisch.«

Das angespitzte Ende eines Holzpflocks ragte ihm aus dem Rachen, das stumpfe gut einen Meter aus dem Spalt zwischen seinen Hinterschinken. Bei allem Grauen auch grotesk, das Hirn weigerte sich, das aufzunehmen. Ich war nur froh, den Typen nicht zu kennen beziehungsweise gekannt zu haben.

»Einer aus Ihrem Verein?«, hakte Menden noch mal nach, und ich schüttelte den Kopf. Dies war kein Stormfucker, doch welchem Club er sonst angehört haben könnte, war nur zu ahnen, denn die »Farben« hinten auf seiner Weste waren abgerissen. Genauso wie – erneutes Schaudern, trockenes Würgen – die Haut seiner Arme.

»Sie sind auch Biker?«, fragte der Doktor.

»War.« Nicht ganz richtig, denn eigentlich bin ich bei den Stormfuckers nie ausgetreten, aber das und den Unterschied zwischen aktiver und passiver Mitgliedschaft zu erklären war mir jetzt zu lang und zu blöd.

»Können Sie sich einen Reim auf das Ganze machen? Haben Sie sich die Arme angesehen?«

»Ja. Danke. Hab ich. Tattoo-Entfernung, wenn Sie mich fragen. Ist er schon identifiziert?«, wandte ich mich an den Hauptkommissar. Der schüttelte den Kopf.

»Die Fingerkuppen sind auch weg. DNA-Auswertung dauert immer.«

Ich beugte mich vor.

»Er ist frisch haftentlassen«, sagte ich. Hochsommer

und bleich wie ein Grottenolm. »Hat fünf Jahre abgesessen.« Fünf eintätowierte Punkte unterm linken Auge.

Menden nickte, ging ein paar Schritte in eine Ecke des Raums und hielt sich sein Handy ans Ohr.

»Wo haben sie ihn gefunden?«, fragte ich den Doc.

»Unterhalb der Hardenberg-Brücke. Der Pfahl war senkrecht eingegraben, so dass man sich vorstellen könnte, das Opfer wäre von der Brücke herunter draufgesprungen, aber die Tatortspuren haben das eigentlich sofort ausgeschlossen.«

Kaum raus und schon tot. Da hatte sich jemand fünf lange Jahre auf diesen Typen hier gefreut.

»Sie hatten recht«, meinte Menden, trat heran und hielt mir sein Handy-Display mit einem erkennungsdienstlichen Foto unter die Nase. »Fred Fuhrmann, 44, sechs Vorstrafen, vorgestern auf freien Fuß gesetzt nach Verbüßung einer fünfeinhalbjährigen Haftstrafe wegen Bandenkriminalität in Zusammenhang mit der Düsseldorfer Abteilung der Hell's Angels.« Er ging rüber zur Leiche, verglich das entstellte Gesicht mit dem auf seinem Display und wirkte ganz zufrieden.

»Ich dachte, die Hell's Angels wären aufgelöst?«

Ich sah den Doktor an und fragte mich, ob er das ernst meinte. Es schien so.

»Man hat ihnen den Status eines eingetragenen Vereins aberkannt«, bestätigte ich. »Das hat sie natürlich bis ins Mark erschüttert, doch abgesehen davon, kann man die Angels nicht ›auflösen‹.«

»Wir haben sie als kriminelle Vereinigung verboten«, mischte sich Menden mit einigem Nachdruck ein.

»Scheißegal. Solange es Behörden gibt, die das versuchen, wird es Angels geben, die sich dagegen auflehnen. Es hält sie am Leben.«

Menden umrundete die aufgespießte Leiche, blickte skeptisch drein. »Wofür halten Sie das? Teil des seit Jahren schwelenden Bandenkriegs mit diesem anderen Verein, den ›Banditos‹?«

»Schwer zu sagen. Ich bin schon länger raus aus diesen Kreisen.« Meine Stormfuckers waren in alle Winde verstreut, und wenn du aufhörst, mit Bikern abzuhängen, dann kriegst du auch diesen ganzen Biker-Tratsch nicht mehr mit. Wer wen vermacht/abgestochen/niedergeschossen hat, wer mit wem noch eine Rechnung offen hatte, wer wessen Alte fickte, um wem was heimzuzahlen, dieser ganze, übliche Scheiß. Ich war da überhaupt nicht mehr auf dem Laufenden.

Nicht, dass ich es groß vermisste.

»Wenns das dann war …« Ich wandte mich zur Tür.

»Nein, da wäre noch etwas. Aber das können wir draußen besprechen.«

Die Nachtluft umspülte uns wie abgestandene Seifenlauge. Ich ging vor, lehnte mich mit dem Arsch gegen den Smart und verschränkte die Arme vor der Brust. Defensiv.

Doch anstatt mich mit Vorwürfen zu attackieren und mir mit Freiheitsentzug und was sonst noch zu drohen, holte Menden nur einmal tief Luft und blickte zur Seite.

Das konnte nur bedeuten, dass er sich etwas abzuringen hatte. Und das ist wörtlich zu nehmen. Niemand tut sich schwerer damit als er.

»Also, Kryszinski, machen wirs kurz«, begann er nach einem weiteren geräuschvollen Atemzug. »Wir beide wissen, wie schwierig polizeiliche Ermittlungen im Biker-Milieu sind.«

»Einen Grund dafür haben Sie gerade da drinnen gesehen«, meinte ich.

»Deshalb wäre ich froh, wenn Sie uns bei diesem Fall ein wenig mit Ihren Kontakten unterstützen könnten.«

Da, er hatte es getan. Er hatte tatsächlich Kristof Kryszinski um Unterstützung gebeten. Und bei Jupiter und all seinen Monden, es war ihm nicht leichtgefallen. Jetzt erwartete er etwas dafür.

»Damit ich schon morgen oder übermorgen hier eingeliefert werde wie er da drin? Mit einem Holzspieß durch den Balg wie ein Rollmops? Aber nie im Leben!«

»Die Düsseldorfer Razzia damals war ein großer Schlag. Doch das ist eine ganze Weile her, und wie das so ist, kommen die meisten Inhaftierten jetzt schrittweise wieder auf freien Fuß. Wir beobachten das aus verschiedenen Gründen mit Sorge. Wir befürchten tatsächlich ein Wiederaufflackern des alten Bandenkrieges, mit härteren Methoden als je zuvor. Bei der Auflösung des Hauptquartiers der Hell's Angels haben wir Tonnen von Waffen und Munition beschlagnahmt. Doch – und das bleibt unter uns, Kryszinski – was der Staatsanwalt damals wohlweislich verschwiegen hat, war die Tatsache, dass es sich bei den Funden nur um einen Teil der vorher aus Armeedepots geraubten Kriegswaffen und Sprengmittel gehandelt hat. Prinzipiell haben wir nichts dagegen, wenn sich diese Kriminellen gegenseitig umbringen, Kryszinski. Was uns Sorge macht, ist, dass eine größere Zahl von Unbeteiligten dabei zu Schaden kommen könnte.«

»Und je weiter man sich als Unbeteiligter von diesen Vereinen fernhält, desto größer ist die Chance, unbeschadet zu bleiben. Deshalb: ohne mich.«

Menden nickte zufrieden. »Ich wusste, Sie würden sich nicht lange bitten lassen, und danke Ihnen, auch im Namen der Abteilung. Bitte scheuen Sie sich nicht, mich persönlich daran zu erinnern, sobald Sie das nächste Mal in Schwierigkeiten mit meiner Behörde geraten.«

Nicht »falls«, sondern »sobald«. Als wäre es nur eine Frage der Zeit. Und wir beide wussten, dass er mit dieser Einschätzung richtig lag.

»Nun zu etwas anderem«, fuhr er fort. »Die Delegation, von der ich Ihnen erzählt habe, die vom russischen Konsulat, die hat inzwischen beim Polizeipräsidenten vorgesprochen. Der konnte denen auch nichts anderes sagen, als dass aufgrund Ihrer Aussage der Fall noch nicht als abgeschlossen erklärt werden kann. Nun sind die Herrschaften auf dem Weg zum Staatsminister des Inneren, soviel ich weiß. Das Ganze entwickelt sich zu einem Politikum, Kryszinski, und wie sich das auf meine Karriere und damit auf meine Haltung Ihnen gegenüber auswirken kann, brauche ich Ihnen wohl nicht zu schildern.«

»Zwei Typen, wahrscheinlich Russen, haben mir sogar Geld geboten, wenn ich meine Aussage zurückziehe.«

»Warum haben Sie es nicht angenommen?« Menden klang, als wäre er am Rande seiner Geduld. »Mit dem Geld hätten Sie sich mühelos einen Führerschein in Tschechien kaufen können, und wir alle wären frei, uns wieder in Ruhe auf unsere Arbeit zu konzentrieren.«

»Wann werden Sie endlich begreifen, dass es mir hier nicht um meinen blöden Lappen geht?«

Irgendwo über uns ging ein Fenster auf und eine verhalten angepisste Stimme fragte, ob es nicht auch ein wenig leiser ginge.

»Diese Typen wollen nicht nur die Leiche. Sie wollen die Witwe.«

»Ah, die Witwe. Ihre mysteriöse Auftraggeberin. Die außer Ihnen noch niemand zu Gesicht bekommen hat.«

»Deren Existenz aber ausgerechnet Sie schon überall hinausposaunen.«

»Was heißt hier hinausposaunen? Ich habe mittlerweile gleich drei übergeordneten Stellen Berichte abzuliefern!«

Scheinbar aus dem Nichts heraus ging ein Wasserschwall zwischen uns nieder. Ein Fensterflügel klappte zu.

»Dann fragen Sie sich doch mal, warum die Russen so

ein Tamtam machen. Warum wollen die die Leiche unbedingt in die Finger kriegen? Was genau soll da vertuscht werden?«

Menden sagte nichts dazu.

»Der Tote war Geschäftsmann im weitesten Sinne. Unter den abgespeicherten Rufnummern in seinem Handy ist auch die des Düsseldorfer Konsulats.«

»Handy? Was für ein Handy? Kryszinski, wenn Sie mir Fakten vorenthalten …«

»Hat Dimitrij Jalnikow möglicherweise mit denen Geschäfte gemacht? Illegale Geschäfte?«

»Wo ist das Handy, Kryszinski?«

»Bei seiner Witwe. Was will das Konsulat vertuschen? Was sollen die deutschen Behörden nicht herausbekommen?«

Menden schnaubte. »Sie steigern sich da in etwas hinein, Kryszinski. Kann es sein, dass Sie unter den Einfluss dieser Frau geraten sind, wenn es sie tatsächlich gibt? Was wissen Sie über sie? Ein einziger vollständiger Satz als Antwort genügt. Also?«

Also, tja … Hm. Als Heiner Sültenfuß vor ein paar Jahren seinen neuen Elektromagneten gekriegt hat, musste er ihn mir sofort vorführen. Hat ihn am Kran über einen schrottreifen Benz geschwenkt und eingeschaltet, und der Wagen ist daraufhin mit einem regelrechten Hechtsprung in die Höhe, um sein Dach unter den Magnetteller zu schmiegen.

Diese Anziehungskraft, sie ist nichts im Vergleich zu der, die ich spüre, wenn Anoushka ihre Augen auf mich richtet.

Das hätte ich Menden gerne gesagt, unterließ es dann aber aus Gründen vermuteter mangelnder Begeisterungsfähigkeit des Hauptkommissars für lyrisch angehauchte Schrottplatz-Allegorien.

»Ich erwarte Sie beide heute Vormittag bei mir im Präsidium«, ließ Menden mich wissen.

Der Mercedes ist damals geradewegs in den Schredder gewandert, erinnerte ich mich dann noch nebenbei, als von irgendwoher die Melodie eines Whitney-Houston-Hits zu zirpen begann, und ich brauchte einen Moment, bis ich realisierte, dass das aus meiner Hosentasche kam. Scuzzis Handy, natürlich.

Toll, dachte ich und fummelte es hervor, entschlossen, den Anruf sofort wegzudrücken, sollte es einer von seinen Kunden sein. Das fehlte noch, hier direkt unter Mendens Augen und Ohren Verhandlungen über eine Unze Koks oder ein Pfund Gras oder sonst was aus Pierfrancescos reichhaltigem Sortiment zu führen.

Doch es war Anoushka. Sie flüsterte, war kaum zu verstehen. Die Stromversorgung war unterbrochen, der ganze Campingplatz lag im Dunkeln, und sie hatte das Gefühl, jemand umschleiche den Wohnwagen.

Was rät man in solch einer Situation? *Halte durch. Schließ die Tür ab. Lass niemanden herein, der eine Strumpfmaske trägt oder eine Machete schwingt oder sich sonst wie auffällig gebärdet?*

»Ich bin unterwegs«, sagte ich und saß im Wagen, ohne noch einen Gedanken an Menden verschwendet zu haben.

»Moment mal«, bellte der Hauptkommissar und riss die Fahrertür wieder auf. »Sie glauben doch nicht allen Ernstes, dass ich Sie hier mit einem gestohlenen Fahrzeug vom Hof fahren lasse?«

Ein erneuter Schwall von Wasser kam herab und erwischte Menden voll, und das gab mir die Sekunde, den Rückwärtsgang reinzuhauen und das Gas zu kicken. Nach kurzem jaulendem Sprint riss ich den Wagen mit Lenkung und Bremse herum, knallte die Tür und beschleunigte auf die Toreinfahrt zu. Dann sah ich noch einmal kurz in den Innenspiegel, bevor ihn Mendens Blick mit Raureif überzog.

Teil 3

Sie können da nicht durch«, sagte der Polizist, stolperte und fiel rücklings über die eigene Absperrung, während ich weiterhastete, auf das ganze Blaulichtgeflacker zu. Und den Feuerschein. Mit einem Doppeldonnerschlag explodierten zwei Gasflaschen und ließen die Funken nur so in den Nachthimmel stieben.

»Bleiben Sie zurück«, sagte der Feuerwehrmann, ich blickte ihn an, er schluckte, machte einen Schritt zur Seite und fügte hinzu: »Aber behindern Sie meine Leute nicht bei der Arbeit.«

Selbst wenn ich gewollt hätte, gabs da nicht mehr viel zu behindern. Zum Missvergnügen aller Umstehenden hatten die Einsatzkräfte die Situation sehr rasch im Griff. Das Lodern der Flammen erstarb, die Glut verzischte. Zurück blieb im Licht eines einsamen Scheinwerfers ein äußerst dürftiges, schwarzes Gerippe.

»He, Sie! Polizei! Stehen bleiben! Lassen Sie uns vor! Wir müssen erst Spuren sichern! He! Sie! Stehen bleiben! …«

Ich machte mich auf das Schlimmste gefasst und erklomm die beiden Stufen. Dampf umwaberte mich, Scherben knirschten unter meinen Sohlen, der ätzende Geruch verschmorten Plastiks füllte meine Stirn, das abkühlende Stahlskelett knackte leise in meinen Ohren. Das Dach des Wohnwagens war komplett verschwunden, so wie große Teile von Wandbeplankung und Inneneinrichtung. Zusammengeschmolzen oder in Rauch aufgelöst. Ich ging einmal auf, einmal ab durch die nasse, schwarze Verwüstung, dann stoppte mich ein Polizist in Zivil.

»Das ist er!«, hörte ich einen Uniformierten rufen, und ein erwartungsvolles Raunen ging durch die Menge der Gaffer.

»Hier ist niemand«, sagte ich zu dem Zivilen, »kein Körper, nichts.« Ein Knoten löste sich. Bei mir. Irgendwo auf Höhe des Brustbeins.

»Was haben Sie denn erwartet?«

»Das ist der, der mich tätlich angegriffen hat«, fuhr der Uniformierte fort, zur spürbaren Enttäuschung der Gaffer.

»Eine … eine Freundin von mir hat hier gewohnt. Doch wies aussieht, war sie wohl nicht zu Hause, als das Feuer ausbrach.« Noch mit dem Aussprechen der Worte beschäftigte mich die Frage, wo sie wohl dann war, Anoushka.

Der Zivile leuchtete noch ein bisschen mit seiner Taschenlampe in alle Ecken.

Meine Erleichterung wich recht flott einem Wust beklemmender Vorstellungen.

»Schön und gut«, fand der Kriminalbeamte. »Lassen Sie Namen und Adresse bei dem Kollegen. Auch den Ihrer Freundin. Wir melden uns, sobald die Brandursache geklärt ist und falls wir noch Fragen haben sollten.«

»Folgen Sie mir!« Der Uniformierte schnappte sich meinen Personalausweis und stolzierte zu seinem Streifenwagen, gab den Ausweis an den Kollegen weiter, der träge im Beifahrersitz hing.

»Überprüf mir den mal.« Dann, an mich gewandt: »Eine Anzeige wegen tätlichen Angriffs auf einen Polizeibeamten haben Sie auf alle Fälle an der Backe.«

Ich schwieg, wie man zu solchen Albernheiten schweigt, ärgerte mich, das Handy im Wagen vergessen zu haben, und wusste, ich saß in der Kacke, als der Kollege aus seinem Beifahrersitz sprang und von mir verlangte, die Hände auf das Wagendach zu legen.

»Haftbefehl«, freute er sich, »gerade reingekommen! Wegen Autodiebstahls!« Nur Sekunden später hatte ich die Hände hinterm Rücken und Stahl um die Gelenke.

Die Feuerwehr packte ihren Kram zusammen, irgendwer bekam den Strom zum Laufen, die Gaffer zerstreuten sich, watschelten grüppchenweise zurück vor ihre endlich wieder aufflackernden Fernsehbildschirme.

»Vermutlich Brandstiftung«, informierte mich der Zivile und meinte dann noch: »Sie haben Glück. Mülheim kommt Sie holen.«

Ich sah Menden seinen Passat stoppen, sah ihn aussteigen, sah den Ausdruck in seinen Augen und bekam stille Zweifel über das Ausmaß meines Glücks. Nicht dass ich scharf darauf gewesen wäre, mir von der uniformierten Mimose eine Zelle anweisen zu lassen.

»Machen Sie ihn los«, forderte Menden und nickte den Duisburger Kollegen nur kurz zu, bevor er auf der Hacke kehrtmachte. Ich folgte ihm, auch ohne Aufforderung.

»Steigen Sie ein.« Ich ließ mich auf den Beifahrersitz fallen.

»So, das wars für Sie, Kryszinski«, knurrte Menden und zog seine Tür ins Schloss. Er hatte das Hemd gewechselt, doch sein Haar war noch feucht, fiel mir auf. »Ich buchte Sie ein.«

Anoushka war weg, ihr Wohnwagen gerade einem Brandanschlag zum Opfer gefallen, ich hatte nicht die geringste Ahnung, wo sie sich befand und wie es ihr ging, und alles, woran diese beamteten Klotzköpfe denken konnten, war, mich wegen eines Bagatellvergehens hinter Gitter zu bringen. Nur mit Mühe konnte ich mich daran hindern, Menden anzubrüllen.

»Okay«, sagte ich stattdessen. »Ich mache es.«

Er sah mich fragend an. »Sie ziehen Ihre Aussage zurück

und geben zu, dass es sich um einen normalen Verkehrsunf…«

»Nein, nein! Was ich meinte, ist, ich kriege für Sie heraus, wer diesen Biker gepfählt hat.«

Irgendjemand wird sich mit der Tat brüsten, das ist immer so. Man musste nur die Ohren offen halten. Vorzugsweise die von jemand anderem.

Er rührte sich nicht.

»Doch dafür brauche ich natürlich meine Bewegungsfreiheit.«

Menden knuffte etwas Luft durch die Nase, sein Äquivalent eines Ausbruchs von Heiterkeit.

»Sie glauben allen Ernstes, ich lasse Sie nur auf so ein dünnschissdünnes Versprechen hin noch mal vom Haken? Nachdem Sie mich vorhin erst wie einen Idioten haben dastehen lassen?«

»Natürlich können Sie auch Hufschmidt in eine Kutte stecken und ihn auf eine der BMWs aus dem Fuhrpark setzen.«

Wir beide nahmen uns einen Augenblick Zeit, dieses Bild zu visualisieren. Und den passenden Steppenwolf-Soundtrack zu akustisieren.

»Sie verhalten sich konspirativ, Kryszinski. Sie haben sich der Beschlagnahme des gestohlenen Fahrzeugs durch Flucht entzogen und lassen an Ihrem Wohnort behaupten, sie befänden sich auf einer Nordseeinsel. Das heißt, ich kann Sie nicht auf freien Fuß setzen, selbst wenn mir wider jeden Instinkt danach wäre.«

»Ich meine, ich sehe schon, wie Hufschmidt mit der Nagelschere die Aufschrift POLIZEI von einer grünen Lederkombi schnippelt, um sich unauffällig unter die Angels mischen zu können.«

»Außer«, fügte Menden mit gespieltem Gleichmut hinzu, »Sie sagen mir gegenüber aus, dass Vonscheidt

Ihnen den Wagen *geliehen* hat. Damit stünde dann erst mal Aussage gegen Aussage.«

»Aber Herr Hauptkommissar«, versicherte ich ihm mit dieser Stimme und Miene tiefer Aufrichtigkeit, die ihn unter normalen Umständen schon mal einen Halbmond aus seiner Kaffeetasse beißen lässt, »wie sonst sollte ich wohl in den Besitz der Autoschlüssel gekommen sein?«

»Trotzdem muss ich das Fahrzeug selbstredend beschlagnahmen.«

Na, von mir aus, dachte ich, doch dann fiel mir Scuzzis im Wagen zurückgelassenes Handy ein und der im Airbag-Fach versteckte Hummer-Schlüssel, und ich spreizte mich, innerlich.

»Was von den Düsseldorfer Angels übrig ist, sollte noch irgendwo in der Region zu finden sein, aber die Banditos haben sich fast komplett nach Skandinavien abgesetzt. Und ich werde mit beiden Seiten sprechen müssen«, behauptete ich. Blödsinn, natürlich. Das fehlte gerade noch, als Polizeispitzel in die Hände eines der beiden härtesten Vereine der westlichen Hemisphäre zu fallen oder gar zwischen ihre Fronten zu geraten. Außerdem hatte ich mit dem Mord an Dimitrij wirklich genug am Hals. Ganz zu schweigen davon, dass ich immer noch nicht wusste, wo Anoushka abgeblieben war. Und anstatt mich endlich auf die Suche zu machen, verdödelte ich meine Zeit hier mit Hauptkommissar Menden.

»Kryszinski, ich *kann* Ihnen das Fahrzeug nicht überlassen! Sind Sie bescheuert?«

»Das hab ich mir gedacht«, log ich flott und entschieden. »Deshalb möchte ich, dass Sie zu Protokoll nehmen, dass ich den Wagen bis zur Klärung des Sachverhalts vor dem Polizeipräsidium an der Von-Bock-Straße abgestellt habe.«

Der Hauptkommissar blickte gerade vor sich hin, sein

Gesicht so beredt wie ein glattes, weißes, leeres Blatt Papier.

»Schlüssel und Fahrzeugschein sind im Briefkasten.«

Menden startete den Motor, und ich beeilte mich, auszusteigen.

»Sie bringen mir Ergebnisse, oder Sie haben bei mir für den Rest Ihrer Tage verschissen«, knurrte er noch, dann klappte ich die Tür zu, und er fuhr los, ließ die Scheinwerfer aber ausgeschaltet, bis er den geparkten Smart ein gutes Stück hinter sich gelassen hatte.

Ich sah ihm nach, hörte Whitney Houston zwitschern und war mit zwei Schritten beim Auto und hatte das Handy am Ohr. Es war Anoushka, und ich sank in den Sitz.

»Wo bist du?«, fragte ich und stand augenblicklich wieder – sie wusste es nicht.

»Ich bin irgendwo im Wald, Kristof.« Sie klang verwirrt, verängstigt. »Ich bin einfach gelaufen, als die Männer kamen, einfach weg, und ich habe einen Schuh verloren, und eine Zeit lang konnte ich noch das Feuer sehen, doch jetzt ist es überall gleich dunkel, und ich weiß überhaupt nicht mehr, wo ich bin.«

Doch Kristof weiß Rat. Kristof weiß immer Rat, weiß immer, was zu tun ist.

»Sag mir, was du siehst.«

»Nun, Bäume.« Tolle Frage, tolle Antwort, Kristof, mein Junge.

»Bist du auf einem Weg?«

»Nein, ich bin mitten zwischen vielen Bäumen. Und ich habe einen Schuh verloren.«

Der Schuh machte ihr spürbar zu schaffen, und ich hätte in diesem Moment wer weiß was dafür gegeben, ihn ihr wiederzubesorgen.

»Okay, dann sag mir, was du hörst.«

Perplexes Schweigen.

»Ich meine, hörst du die Autobahn?«

»Ja.«

»Gut. In welche Richtung bist du geflüchtet? Quer über den Platz oder direkt hinter dem Wohnwagen in den Wald?«

»Direkt in den Wald.«

»Super. Hörst du das?«

Ich presste die Hupe, doch nichts kam. Ich fluchte, fummelte den Schlüssel ins Schloss.

»Nein.«

»Warte!« Hastig schaltete ich die Zündung ein, presste den Hupknopf erneut, und der Smart entließ ein gequetschtes Quäken, ein unter den gegebenen Umständen völlig unadäquates Geräusch. Dieses Auto und ich, wir waren nicht füreinander gemacht.

»Ja, ich höre etwas.«

Ich startete den Motor und rollte an, ließ beide Scheiben gleichzeitig runter.

»Gut, ich fahre jetzt los und hupe ab und zu, schalte Licht und Warnblinker ein, und du sagst sofort Bescheid, wenn du mich siehst.«

»Kristof, mein Akku ist fast leer.«

»Dann mach aus und ruf mich erst wieder an, sobald du mich siehst.«

»Gut.«

Sie war nach Süden geflüchtet, also suchte und fand ich den ersten halbwegs befahrbaren Waldweg in dieser Richtung, ließ den Smart über die Wurzeln und Steine kraxeln, Scheinwerfer weit aufgerissen, alle Blinker blinkend, Hupe in regelmäßigen Abständen aufquakend.

Es dauerte keine fünf Minuten, bis Whitney in meiner Faust aufpiepte, und dann noch vielleicht anderthalb, bis ich hart auf die schmale Gestalt im Scheinwerferlicht zu beschleunigte und mit knurrendem Pedal stoppte.

Sie hielt ihren Koffer mit beiden Händen vor sich und blickte blinzelnd ins Licht, bis ich Licht und Motor ausmachte und ausstieg.

Ihr Haar war aufgelöst, ihre Hände, Knie und Füße waren lehmverschmiert, der eine nackt, der andere nach wie vor in seinem flachen Schuh mit Schleife drauf.

Meine Erleichterung brach sich Bahn in sinnlosem Gebabbel entlang der »Mann, Mann, Mann, was machst du denn für Sachen«-Linie, an das keiner der Beteiligten sich je erinnern wird, und das ist ein Segen.

Was ich eigentlich wollte, war, sie in die Arme nehmen, sie an mich drücken, sie fühlen, riechen, wenn möglich schmecken, doch der Koffer stand zwischen uns. Der Koffer und dann noch die eine oder andere nicht sichtbare Barriere.

»War das der Wohnwagen, der da gebrannt hat?«, fragte sie mit einer vagen Geste in die Richtung, aus der ich gekommen war.

»Ja.«

Die Autobahn rauschte entfernt, wie in allen Wäldern der Ruhr City irgendwo eine Autobahn rauscht, meist zu weit weg, um sie sehen, immer zu nah, um sie vergessen zu können, während Anoushka und ich uns der Konsequenzen meiner Bejahung klar wurden. Ich war es schließlich, der es aussprach.

»Wir müssen davon ausgehen, dass das ein Anschlag war. Und dass er dir galt. Irgendjemand versucht, dich zu töten, Anoushka. Wir müssen hier weg und dich verstecken.«

»Aber, Kristof, es wusste doch niemand, wo ich bin!«

Es klang fast flehend und endete mit einem unausgesprochenen, trotzdem nachhallenden: »Außer dir.«

Ich ließ die Ereignisse und vor allem die Gespräche der letzten 24 Stunden vor meinem inneren Auge und Ohr abspulen und stoppte den Film, wenn man so will, inmitten der verkohlten Trümmer des Wohnwagens. Der Bulle in Zivil war der Einzige, zu dem ich etwas im Zusammenhang von Anoushka, beziehungsweise »einer Freundin«, und dem Wohnwagen gesagt hatte, und selbst wenn, war das immer noch *nach* dem Anschlag gewesen.

»Die einzige Erklärung, die mir dazu einfallen will, ist die, dass uns jemand gefolgt ist.«

»Die Männer aus deinem Appartement?«

»Vermutlich, auch wenn ich mir nicht erklären kann, wie. Ich hab die ganze Fahrt hierher nach hinten gesehen, und …« Ich verstummte. Ein Motorengeräusch, ein Fahrzeug schlich heran, über den Weg, den ich gekommen war. Ein Fahrzeug ohne Licht.

»Hast du die Pistole noch?«, fragte ich hastig.

Sie schüttelte den Kopf. »Sinnlos. Die Munition war alle.«

»Ins Auto!«

Wer immer da näher kam, war noch außer Sicht. So wie wir für sie. Mit ein bisschen Glück … Ich trat aufs Gas. Ließ die Scheinwerfer aus, verzögerte mit der Handbremse, um uns nicht durch das Bremslicht zu verraten, und stach in einen Reitweg, nur eine Sekunde oder so, bevor unsere Verfolger alle Heimlichkeit aufgaben und die Gegend mit ihrem Fernlicht bestrichen.

Der Smart wühlte sich durch den losen Boden, peitschte durchs Geäst, rumpelte über das Wurzelwerk und wollte in jeder gottverdammten Kurve geradeaus, es war entnervend. Ich ging vom Gas, als das weiße Gleißen in meinem Spiegel roten Punkten wich, sah auch die verschwinden und lachte leise und nervös. Abgehängt.

»Was lachst du?«

Der Reitweg mündete in einen breiten Wanderpfad, und ein Schild wies uns den Weg zu einem Parkplatz. Perfekt. Rasch, aber leise und ohne unnötiges Drama steuerte ich den Parkplatz und damit die nächste Straße an.

»Also, was ist so lustig?«

»Als ich noch klein war, wollte ich immer der Fluchtwagenfahrer einer Bankräuberbande werden, und in manchen Augenblicken habe ich das Gefühl, das war gar keine schlechte Id…«

Das Licht aus vier voll aufgedrehten Xenon-Scheinwerfern traf mich an der Schläfe wie ein Hieb mit einer Kohlenschaufel. Das war ein großes Auto, das sich da rasend schnell näherte. Auf der Straße hätten wir dagegen nicht die geringste Chance. Weder zu entkommen noch irgendeine Form von blecherner Gegenwehr zu leisten. Also gab ich es auf, den Parkplatz erreichen zu wollen. Stattdessen riss ich das Steuer andersherum, die verdammte Scheißkarre wollte wieder geradeaus, nur mittels rabiatesten Einsatzes von abwechselnd Gas und Handbremse bekam ich sie in die Richtung gezwungen, in die ich wollte, in die wir mussten. Unsere einzige Chance.

»Mülheim 13,8 km« stand in roter Schrift auf dem weißen Hinweisschild mit dem kleinen, roten Fahrrad drauf.

»Suche und finde den Vorteil in den Mitteln, die du hast«, hat irgendein berühmter Stratege mal formuliert und »anstatt zu lamentieren« höflich weggelassen.

Unser Auto ist klein, dachte ich, dieser Weg ist ein Radweg, und um nach Mülheim zu kommen, muss er die Autobahn queren. Überqueren, wie ich nur ein paar vollgasige hundert Meter später feststellen durfte, mittels einer außerordentlich schlank gestalteten Brücke. Zu schlank, war mein erster Eindruck, viel zu schlank mein zweiter, der an Deutlichkeit nicht zu überbietenden Beschilderung nach obendrein ausschließlich Radlern und Fußgängern vorbehalten, was noch die Frage der Tragfähigkeit in die Waagschale warf, und ich wollte eigentlich Gas wegnehmen für einen Moment des Innehaltens, des Nachdenkens über mögliche Alternativen, einen Moment, den wir nicht hatten, nicht mit den Verfolgern nun direkt im Genick, weshalb mein Gasfuß sich auch nicht hob, nicht mal, als beide Außenspiegel des Smarts an den Geländerstäben der Brücke entlangschnarrten wie einst die Eisstiele an den Speichen meines Fahrrades, damals, als ich noch Fluchtwagenfahrer werden wollte. Als ich noch nicht ahnte, was für ein gottverdammter Stress das unter Umständen ist.

»Meinst du, wir sind sie los?«

»Ja«, sagte ich, nach einem Blick in den als einzigem verbliebenen Innenspiegel. Der Strahlenkranz der Scheinwerfer unserer Verfolger schien unbeweglich in den Himmel, sie waren entweder zwischen den Geländern stecken geblieben oder hatten vorher angehalten, doch wie auch immer: »Sie müssen jetzt einen Weg auf die andere Seite der Autobahn suchen, und bis sie den gefunden haben, sind wir über alle Berge.«

Falls der Sprit reicht, dachte ich im Stillen nach einem Blick auf die Anzeige, und wo immer das sein mag, rätselte ich, über alle Berge, denn mal abgesehen von Scuzzis Wohnung wollte mir nichts, aber auch gar nichts einfallen, wohin wir uns flüchten könnten.

»Kristof, meinst du, wir haben Zeit, mal eben kurz anzuhalten?«

Ich sah sie an, begriff und sagte: »Klar.« War vielleicht gar keine schlechte Idee. Noch waren wir inmitten des Duisburger Waldes, könnten uns mitsamt Auto in die Büsche schlagen und eine Weile versteckt bleiben, bis unsere Verfolger sich endgültig verzogen hatten. Irgendwie war mir nicht danach, gerade jetzt ohne Sprit liegen zu bleiben, und den Nerv, eine neonhelle Tankstelle anzusteuern, den hatte ich auch nicht.

Also bog ich in einen stillen, asphaltierten Waldweg ab,

von da in einen noch stilleren nicht asphaltierten, nahm eine kleine Brücke über einen Bach und rollte schließlich auf eine grasbewachsene Lichtung, wo ich unter den Ästen einer alten Eiche parkte. Kuschelig. Leise Musik, drei konisch gewickelte Blättchen, suchende Finger an Knopfleisten, sachtes, ermutigendes Keuchen im Ohr …

Anoushka hatte es jetzt eilig, aus dem Auto zu kommen.

»Lass doch den Koffer hier«, schlug ich vor, praktisch veranlagt, wie man ist als Mann, doch nein, sie nahm ihn natürlich mit. Wie man so ist als Frau.

Die Nacht war vorbei, ging mir auf, der Himmel plötzlich milchig-hell, und ich spürte meine Lider, die sich rau anfühlten und drückend, wie Sandsäcke auf den Augäpfeln. Eine frühe Biene summte durchs eine Fenster herein und, nach einer kurzen Inspektionsrunde, durchs andere wieder raus. Die Waldvögel begannen zu lärmen, irgendwo rauschte eine Autobahn, und ich wollte gerade aussteigen und meine verkrampften Glieder lockern, als ich das Motorengeräusch wahrnahm.

»Anoushka!«, hallte noch von den Baumreihen wider, da saß sie schon wieder neben mir, und der Dreizylinder knurrte auf.

Sie waren, wie vermutet, wie jetzt zu erkennen war, zu zweit. In einem grauen Audi A6. Mit schwarz getönten Scheiben und vermackten Felgen. Letzteres konnte ich nicht sehen, aber ahnen, anhand der Art, wie der bebrillte Fahrer den Wagen über Stock und Stein prügelte, während der Beifahrer seinen Ellenbogen aus dem Fenster und etwas in der Hand hielt. Etwas, das ich nicht näher erkennen konnte. Und wollte.

Ich war so was von vor den Kopf geschlagen, so vollkommen überrascht, dass ich keinen klaren Gedanken zu fassen bekam, sondern von meinen Instinkten getrieben wurde, und die wollten blindlings zurück zur Autobahn, zurück zu der Fußgängerbrücke, den Stunt von vorhin wiederholen, obwohl alles, was wir damit erreicht hatten, ein Aufschub gewesen war, bevor …

»Aber wie konnten sie uns hier finden, Kristof?«

Hitze packte mich, zusammen mit dem Begreifen. Mit dem Begreifen, nicht entrinnen zu können.

»Wir haben einen Tracker am Auto, einen gottverdammten Scheiß-Tracker!«

»Was ist das?«

»Ein Sender! Die Typen finden uns über Satellit!«

Sie hatten mich vorgeschickt, Anoushka zu finden, und jetzt wollten sie uns beide fertigmachen.

Der hochaufgeschüttete Fahrbahndamm der A3 kam in Sicht, und die vollkommen nutzlose Information, dass es einen Tunnel braucht, um ein Auto mit Ortungssender zu verstecken, blinkte auf im Chaos meiner Gedanken, vollkommen nutzlos, wenn die Verfolger in Sichtweite hinter einem sind und aufholen.

Und ich finde die blöde Brücke nicht wieder, wurde mir mit diesem bleiernen Gefühl des Versinkens klar, als mein suchendes Auge in eine Öffnung tauchte, eine Öffnung im Fahrbahndamm, einen ha! Tunnel, einen – ich fuhr schon drauf zu, schlingernd im Schotter – Tunnelchen, eher, einem Serviceschacht, sehr schmal, viel zu schmal, doch scheiß drauf, wir …

»Kristof, das ist zu eng!«

»Ach was, wir haben es einmal geschafft, wir schaffen es auch ein zweites …«

»Kristof!«

Knuff. Knirschsch.

Ich hob mein Gesicht vom Lenkrad und ein bisschen Blut lief mir ins Auge. Die Airbag-Abdeckung war abgefallen. Automatisch griff ich mir den versteckten Schlüssel.

Ich sah Anoushka an. Sie schien okay, bis auf eine flammend rote Wange, wo sie mit dem Gesicht gegen den Koffer auf ihrem Schoß geklatscht war.

Feuchte Tunnelluft schlug uns entgegen, durch die breite Öffnung, die bis gerade eben noch von unserer Frontscheibe verdeckt gewesen war. Bevor der Aufprall sie am Stück herausgehauen hatte.

»Los, raus!«, kommandierte ich, und wir krabbelten durch den Windschutzscheibenrahmen nach vorn ins Halbdunkel der Röhre, begannen sofort zu rennen. Auf halbem Weg sah ich noch mal zurück. Der Smart verstopfte den Tunneleingang wie ein Korken einen Flaschenhals.

»Diesmal«, sagte ich, »diesmal sind wir sie los. Versprochen.«

Ich fühlte ihre Hand in meine und ihren Blick an mir hochgleiten.

»Kristof«, sagte sie leise, »wenn ich Bankräuber wäre, dann müsstest du unseren Flucht…«

Wir zuckten beide zusammen, als die Heckscheibe des Smarts unter einem wuchtigen Schlag zerbarst. Ein wandernder, suchender, leuchtender, roter Punkt erschien auf Anoushkas Brust und wir fielen gleichzeitig in eine Öffnung in der Tunnelflanke, einen Treppenaufgang, wie es aussah. Betonsplitter stachen mir in die Haut und ein Querschläger heulte, ohne dass man einen Schuss gehört hätte, und wir krabbelten auf allen vieren die Treppe hoch, ins Licht und in das alle anderen Geräusche überdröhnende Rauschen gleich zweier gegenläufiger Verkehrsströme: Wir fanden uns auf dem begrünten Mittelstreifen der A 3 wieder, buchstäblich mitten im Verkehr, und da befänden wir uns wahrscheinlich noch heute, nur mit etwas Blei im Schädel, wenn nicht 500 Meter weiter und einige Zeit früher ein paar Autofahrer die Umsicht gehabt hätten, miteinander und der Leitplanke zu kollidieren, sich damit den Tag zu versauen und Anoushka und mir das Leben zu retten.

Der Abschleppwagenfahrer blickte überrascht, angepisst, verstehend, einsichtig. Alles binnen eines Fingerschnippens. Doch er sagte kein Wort. Stattdessen schwang er sich in seinen Sitz, knallte die Tür und startete den Motor. Sah noch mal zu uns rüber, zusammengepfercht auf dem einen Beifahrersitz, sah Anoushka an, barfuß, abgerissen nach einer Nacht auf der Flucht, ihren von Bindfäden zusammengehaltenen Koffer umklammernd wie einen letzten Halt in einer Welt ohne Boden, mich mit meiner schwellenden, blutenden Stirn, registrierte unsere gehetzten, immer und immer wieder nach hinten wandernden Blicke und fuhr einfach los.

»Ich komme aus dem Kosovo«, sagte er, als er uns an einer S-Bahn-Haltestelle rausließ, und wünschte uns Glück.

»Nein, Kristof«, beharrte sie, stur und vollkommen unerreichbar für Argumente, wie die Katze, wenn ihr das verdammte Futter nicht passt.

Wir hatten alles, einfach alles durchgekaut, alle Möglichkeiten, die uns einfallen wollten, besprochen, wieder und wieder, bis wir beide heiser waren, doch wir kamen nicht weiter mit der Frage, wen um Himmels willen sich Dimitrij dermaßen zum Feind gemacht hatte, dass seine Mörder nun auch noch seine Witwe umbringen wollten. Die bekannten Fakten waren einfach zu dünn, um irgendwelche Rückschlüsse zuzulassen.

Das andere war das leidige Thema des gemeinsamen Übernachtens.

»Nein, Kristof. Das geht nicht.«

Ich war müde, ich war alle, fertig, platt, und wenn sie

partout nicht mit mir unter einem Dach schlafen wollte, hier, in Scuzzis Wohnung, dann musste ich sie irgendwo anders unterbringen, und wenn es mir noch so widerstrebte. Gegen Katzen und Frauen ist unter bestimmten Umständen kein Ankommen.

»Immer hübsch rein in die gute Stube!« Von allen denkbaren Frauenrollen hatte Tina sich die der Mutter ausgesucht, der Über-Mutter, wenn möglich. »Tässchen Kaffee? Stückchen Kuchen? Gott, ihr seht ja vollkommen *verhungert* aus!« Gehüllt in einen knapp gehaltenen seidenen Morgenmantel, einen pinkfarbenen Handtuchturban um den Kopf gewickelt, trippelte sie auf – tja, ich hatte so was noch nie gesehen, Badelatschen *mit Absatz* – vor uns her in ihr Wohnzimmer, in, *oha*, Eiche, Perser und Brokat. Es ist und bleibt mir unbegreiflich, warum sich gerade die schrillsten Gestalten so oft mit den absolut spießigsten Wohnungseinrichtungen umgeben.

»So, setzt euch, machts euch gemütlich, ihr nehmt doch beide Milch und Zucker? Oder lieber Süßstoff?«

Was mir auch nicht in den Schädel wollte, war, warum mit mir unter einem Dach zu nächtigen »nicht gehen« sollte, zusammen mit einem gerade mal obenrum zur Frau gewandelten ehemaligen Maurerpolier aber schon. »Anoushka«, stellte ich vor, »das ist Tina, die We…«

»Eine Silbe«, schnitt mir Tina die ›…bpelzschabracke‹ schon im Ansatz ab, ihr geflötetes Falsett abgerutscht in einen knurrenden Bass, »nur eine Silbe weiter, und du trägst deinen Kopp unterm Arm nach Hause!«

Andererseits, hatte ich mir gesagt, ist es besser, Anoushka nicht allein zu wissen, wenn ich unterwegs war.

»Ich bin also die Tina«, zwitscherte unsere Gastgeberin ansatzlos fröhlich weiter, »und du musst Anoushka sein! Krüschel hat mir schon so viel über dich erzählt!«

»Das ist doch Blödsinn«, widersprach ich. »Alles, was ich dir gerade am Telefon gesagt habe, ist …«

»Krüschel erzählt mir *immer* alles«, gurrte Tina und ignorierte mich vollkommen.

»Das stimmt doch gar nicht«, versuchte ich mich zur Wehr zu setzen. »Das ist doch Bockmist.«

»Ach *ja*? Und was war neulich? Hm? Bei unserer kleinen *Sause*?« Spitz und streng und besserwisserisch.

Mir wurde ein wenig feucht, unterm Schopf. Was sollte denn da gewesen sein? Alles, was mir von dieser Nacht geblieben war, war ein spontan einsetzendes Unwohlsein beim schieren Gedanken an das Wort »Stößerchen«.

»Er hat mir sein *Herz* ausgeschüttet«, wandte Tina sich wieder an ihre neue, frischgebackene Vertraute. Die, das muss man mal erwähnen, dabei mich ansah. Fragend. Unter einer leicht gefurchten Braue hervor.

»So, aber ihr müsst jetzt unbedingt mal ein Stückchen von meinem Pflaumenkuchen probieren, mit ordentlich Sahne, und keine Widerrede.« Tina schnitt und verteilte Kuchenportionen von Telefonbuch-Format, schüttelte die Sprühflasche, und Anoushka sah mich immer noch an. Ich machte eine ratlose Geste.

»Krüschel?«, meinte sie dann unvermittelt, und ich verdrehte die Augen zur Decke und bereute es, hergekommen zu sein.

»Sein *Herz* hat er mir ausgeschüttet, unser *Krüschel*, und wenn wir zwei nachher alleine sind, muss ich dir *alles* über ihn erzählen …«

Und die beiden, hols der Teufel, grienten einander verschwörerisch an. Während ich mir die Stirn mit einer mit Spitzen verzierten Papierserviette abwischte und voller Entschlossenheit einem Restleben in Abstinenz entgegensah.

Tina brachte mich zur Tür.

»Du wirst ihr keinen Scheiß über mich erzählen, hast du gehört?«

»Werde ich nicht? Hmm, hmm, hmm …« Die Lippen geschürzt, die Nase hoch, trippelte sie herum und summte ein Liedchen.

Ich packe normalerweise keine Frauen am Hals und schüttle sie durch, aber manchmal, muss ich gestehen, ist mir danach.

»Und du passt auf sie auf, verstanden? Das Mädchen ist in *Gefahr*, kapier das bitte! Wenn euch irgendetwas seltsam vorkommt, ruft mich an, ja?«

»Aber ja. Nun lass uns Mädels mal machen.«

Ich winkte Anoushka noch mal zum Abschied, und sie winkte zurück, ihr Lächeln so verloren, als wäre dies ein Abschied für immer und nicht nur für eine Nacht.

Und obendrein auf ihren erklärten Wunsch hin!, ging mir durch den Kopf, auf dem Weg hinab durchs Treppenhaus.

Anstatt es sich mit mir zusammen bei Scuzzi gemütlich zu machen, sich von mir mit Dosenravioli füttern und mit Scuzzis Sammlung musikalischer Abartigkeiten und Geschichten aus seinem und meinem Leben unterhalten zu lassen und …

Aber, ach.

»Einmal Mülheim, bitte. Stadtmitte.«

»Fahrausweis?«

»Ich hab keinen. Den will ich ja gerade bei Ihnen erstehen.«

»Haben Sie das Schild nicht gelesen?«

»Nein. Also, krieg ich jetzt einen Fahrschein?«

»›Zutritt ohne gültigen Fahrausweis verboten‹, steht da!«

»Versuche ich hier gerade einen zu erwerben, oder wie würden Sie das nennen?«

»Ich verkaufe keine! Den müssen Sie am Automaten ziehen.«

»Okay, aber Sie warten die Sekunde, ja?«

»Klar doch.«

Zisch, Tür zu und *Brumm*, weg der Bus.

Warum liest man eigentlich immer nur über Morde an Taxifahrern?, fragte ich mich. Während die, dies wirklich verdient hätten, meist ungeschoren davonkommen?

»Werden Sie mir jetzt verflucht noch mal zuhören?!« Ich schäumte, doch Menden zeigte sich unbeeindruckt, und deshalb schäumte ich erst recht.

»Tue ich das nicht die ganze Zeit schon? Sie sind es, der hier anscheinend ein paar Fakten nicht begreifen will.«

»Man hat auf mich geschossen!«

»Wie oft habe ich Ihnen schon geraten, den Beruf zu wechseln, Kryszinski? Es würde Ihr Leben so viel sicherer und meines so viel … angenehmer machen.«

»Sie müssen mir helfen, herauszufinden, wer die beiden Kerle sind!«

»Muss ich nicht.«

»Und ob Sie müssen! Die Typen haben Dimitrij Jalnikow umgebracht und versuchen jetzt, auch noch seine Witwe zu ermorden. Also kommen Sie in die Gänge und tun Sie was!«

»Sie haben dem Duisburger Kollegen gegenüber geäußert, eine Freundin von Ihnen habe den ausgebrannten Wohnwagen bewohnt.« Menden zog eine Schublade seines Schreibtisches auf. »Was genau für einen Beruf übt Ihre Freundin noch mal aus?« Damit legte er einen Plastikbeutel vor mich hin, mit einer stark angekokelten Pistole darin.

»Meine *Klientin*. Sie ist Lehrerin. Für Fremdsprachen. Deutsch und Englisch.«

»Was macht eine frisch verwitwete Lehrerin für Fremdsprachen mit einem seit drei Tagen abgelaufenen Kurzzeitvisum bei uns? Wenn sie nicht gerade ihre nicht registrierte Schusswaffe reinigt?«

»Sie ist in Lebensgefahr, verflucht noch mal. Kommen Sie mir nicht so süffisant daher!«

»Gut. Sagen Sie mir, wo sie ist, und ich nehme sie in Haft. Damit ist sie vorläufig sicher.«

»Vorläufig«, echote ich, mit dem ganzen, geballten Mangel an Begeisterung, den ich aufbringen konnte.

»Das ist alles, was ich Ihnen anbieten kann.«

»Schwachsinn! Das ist alles, was Sie mir anbieten wollen! Sie sind angefressen, weil ich nicht immer tanze, wenn Sie pfeifen, nur deshalb machen Sie mir jetzt das Leben schwer. Das ist billiger Revanchismus, Menden, und zynischer obendrein!«

»Nein, Kryszinski, das ist Alltag in einer Behörde wie der unseren. Nur zu Ihrer Information: Man hat mir den Fall entzogen.«

Ich glaube, ich machte: »Hä?«

»Die Akte Jalnikov, Dimitrij, mitsamt allen Unterlagen, Aussagen, Gutachten und Kommentaren ist an einen anderen Dienst gegangen.«

»Anderer Dienst?«, echote ich.

»Die reine Tatsache, dass ich hier sitze und mit Ihnen rede, dürfen Sie als persönlichen Gefallen werten. Genauso wie meine Erwähnung eines ›anderen Dienstes‹. Mein oberster Dienstherr persönlich hat mir den Fall entzogen und mir de facto verboten, mich in egal welcher Weise weiter damit zu beschäftigen. Haben Sie sonst noch Fragen?«

Ich fühlte eine plötzliche Ruhe. Vor vollendete Tatsachen gestellt zu werden hat oft diese Wirkung auf mich.

»Keine Fragen«, antwortete ich. »Aber ich möchte, dass Sie eine Anzeige für mich aufnehmen. Es handelt sich um den Fahrer eines PKWs mit dem amtlichen Kennzeichen D-MM 3881.«

Leicht zu merken und selbst verkehrtrum im Rückspiegel abgelesen kaum zu verwechseln.

»Mit welcher Begründung?«

»Nun«, ich machte keinen Hehl aus meinem Zögern, »sagen wir: Verkehrsdelikt.«

Er nickte. »Fabrikat?«

»Audi A6, neueres Baujahr, Farbe: Grau.«

»Alle Audis sind grau«, sagte Menden, notierte sich das Kennzeichen und ging aus dem Raum.

Das Mann/Frau-Kontrolleursteam arbeitete sich Fahrgast für Fahrgast auf mich zu. Sitzplätze waren beim Einsteigen schon keine mehr frei gewesen, also stand ich, hielt mich so gut es ging an einer Stange senkrecht und stellte stille Betrachtungen an über die abenteuerliche Diskrepanz zwischen gefordertem Fahrpreis und gebotenem Fahrkomfort, während die Straßenbahn schlingernd, schaukelnd, quietschend ihre eisernen Fahrspuren entlangrumpelte.

»Das von Ihnen angegebene Kennzeichen ist weder dem Straßenverkehrsamt Düsseldorf noch dem Zentralregister des Kraftfahrtbundesamtes bekannt. Mit anderen Worten: Entweder, Sie haben sich vertan, oder es handelt sich um eine gefälschte, eine Fantasienummer.« Das war die Einleitung meiner Verabschiedung aus Mendens Büro gewesen.

Der männliche Kontrolleur machte den umgänglicheren Eindruck, während sie die verbiesterte Miene eines der Aufgabe völlig unangemessenen Ehrgeizes zur Schau trug. Es konnte keinen Zweifel geben, an wen ich geraten würde.

Eine Gleisbaustelle zwang unsere Bahn zu einem längeren Verweilen ohne die Möglichkeit des Aussteigens. Weil ohne Bewegung auch die einzige, eh schon schwächliche, fahrtwindabhängige Belüftung völlig versagte, konnte die Nachmittagssonne die Blechröhre aufheizen, bis man sich Gedanken über den Koagulationspunkt menschlichen Eiweißes zu machen begann.

Die Biestige war nur noch eine Handvoll Mitleidender von mir entfernt. Sie schien es eilig zu haben, bis zu mir vorzudringen.

Man kann diese Türen auseinanderdrücken, doch gebricht es, wenn man mich fragt, dem Davonlaufen vor einer kurzen, vierschrötigen, mittelalten städtischen Angestellten irgendwie an Mannhaftigkeit.

Mein eigentlicher Abschied aus dem Präsidium hatte aus einem – Klinke schon in der Hand – kühl hinterhergeschickten Ratschlag bestanden, mich augenblicklich in größtmögliche räumliche wie berufliche wie emotionale Distanz zum Fall Jalnikov zu begeben, gefolgt von der Erinnerung, dass ich dem Hauptkommissar in einer anderen Sache noch ein paar Recherchen schuldig sei.

»Fahrscheinkontrolle!« Ausbilder bei den Marines schlagen gerne diesen Ton an. Der Blick, den mir die Kontrolleurin auf ihre Legitimation gönnte, war von brüskierender Flüchtigkeit.

»Moment!« Ich bedeutete ihr, den Ausweis noch mal sehen zu wollen, studierte ihn, nickte schließlich gönnerhaft. »Und nun: Ihren Fahrschein!«

Also zeigte ich ihr meinen. Meinen Ausweis, meine ich. Den mit dem goldenen Plastikwappen, und ich zeigte ihn ihr außerordentlich kurz und verstohlen.

»Hufschmidt, Kriminalkommissariat Mülheim«, raunte ich und blickte dabei in die mittlere Distanz. »Ich befinde mich mitten in einer Observation. Also gehen Sie mir aus der Sonne.«

Sie nickte beeindruckt und zog beflissen weiter, den nächsten Fahrgast anranzen. Im Endeffekt wollen sie doch alle von der Polizei geliebt werden, verstehe einer, warum. Dachte ich. Doch sie holte nur ihren Kollegen.

Mit ihm im Rücken verlangte sie noch mal meinen Dienstausweis zu sehen, was ich kalt verweigerte, dann fing sie wieder mit dem Fahrschein an, worauf ich ihr mit einer Anzeige wegen Behinderung bei der Amtsausübung drohte, daraufhin wollte sie die Bullen rufen und ging so weit, mich am Arm festzuhalten, so dass ich mich gezwungen sah, sie mit der Handfläche gegen die Stirn, gegen die Nase ihres Kollegen und damit beide rücklings in eine sitzende Gruppe Rentner zu schubsen, die der Auseinandersetzung bis dahin mit sichtlichem Vergnügen gefolgt waren, anschließend die Türen aufzuzerren und mir beim Aussteigen fast den Hals zu brechen, weil die verfluchte Bahn inzwischen natürlich wieder angefahren war.

»Und dafür auch noch zahlen?«, brüllte ich ihr hinterher. »Ich bin doch nicht bekloppt!«

Essen-Hageroth lag im Koma, als ich den gelb verdorrten Rasen querte, an der Haustür klingelte und der weiblichen Verlockung in Person mit meinem schmalsten und schiefsten Grinsen begegnete.

»Kristof! Du! Irgendjemand muss mein Flehen erhört haben!« Ein kurzer, bunter Hauch von Stoff umwehte ihre ranke Gestalt, nur so eben am Herabschweben gehindert von einem einsamen Spaghetti-Träger, und das wars. Davon abgesehen war sie nackt, bloß, barfuß. Und auf eine wundervoll relaxte, elastische, geschmeidige Art betrunken.

»Komm rein, mein Held, und lass mich dich verderben.«

Marion hat sich auf rätselhafte Weise von der Bergarbeitertochter zur perfekten eleganten Schlampe gemausert. Ich hab sie noch nie erlebt, ohne dass nicht mindestens einer ihrer Fingernägel abgebrochen, ihr Make-up kaum merklich verschmiert und ihr Haar verwuschelt wie gerade aus dem Bett gewesen wäre. Ich wusste, dass sie nebenher einen Haushalt und eine kleine Import-Firma für Duftstoffe führte, doch waren das Tätigkeiten, bei denen sie sich nie erwischen ließ. Der Duft, der sie heute umwehte, als sie auf ihren langen Haxen vor mir her zur Küche stelzte, zerrte mich ihr hinterher, wie es ein Ring durch die Nase, ein Stachelhalsband ums Genick und eine Drahtschlinge um die Klötze zusammen nicht hingekriegt hätten.

»Trink was mit mir«, forderte sie mit Schmollmund und griff zu einem Glaskrug voll mit Eis und einem blassbraunen Getränk, das ich selbst auf die Distanz unzweifelhaft als gefährlich hochprozentiges Kaktus-Destillat erkannte.

Es wurde Zeit, die Notbremse zu ziehen.

»Äh, Charly da?«, brachte ich hervor, wenn auch, seien wir ehrlich, etwas krächzend.

»Du weißt es noch nicht.« Sie fuhr abrupt zu mir herum, und ihr zerzaustes Haar fuhr der Drehbewegung hinterher und dann noch ein bisschen weiter bis über ihr eines Auge. Ungeduldig griff sie hoch, strich es sich hinters Ohr, zeigte eine samtige Achsel und einen kecken Nippel dabei, und für einen Sekundenbruchteil kam ich nahe daran, den Krug zu packen und mir den Alk in den Hals und das Eis vorn in die Hose zu kippen. »Er hat mich verlassen.«

Das war nicht wahr. Das war eine absolut schamlose Lüge. Charly Zimmermann würde sich eher von seinem linken Bein trennen, mittels rostiger Säge und ohne Betäubung, als von diesem Luder, doch der Schlafmangel, die Hitze und die streckenweise doch recht hohen Adrenalinausschüttungen der letzten Tage resultierten bei mir in einer vernunftresistenten Geilheit, die mir den Schädel lahmzulegen und dem Trieb das Kommando zu überlassen drohte. Da war ein Teil meines Hirns, der ihr einfach glauben, der sie greifen und mit ihr augenblicklich und an

Ort und Stelle all die Dinge tun wollte, die sich mit Anoushka zurzeit beim besten Willen nicht ausleben ließen. Und dann noch ein paar mehr.

»Für eine andere.« Und ihre Lippen zitterten wie ihre Lider flatterten.

»Dieser Sack«, entfuhr es mir. »Hab ich dich nicht immer vor ihm gewarnt? Marion, wenn du jemanden brauchst, der dich … äh, mit dem du … äh, ich meine, um dich … na ja, auszuweinen …«

»Erst nach meinem Tod, Kristof«, kam es von der Tür her, kühl und milde amüsiert. »Das weißt du doch. Dieses lose Weib hier kann dir erzählen, was sie will, doch ich rate dir, lass dir erst meinen kalten, starren Leib zeigen, fühle meinen Puls, checke meine Atmung. Erst wenn du dich überzeugt hast, dass ich wirklich tot bin, erst dann kannst du dich sicher fühlen, meine Nachfolge anzutreten. Und bis dahin …« Er nahm sie um die Taille, wuchtete sie sich über die Schulter und schritt ruhig zur Treppe hoch zum Schlafzimmer. Kurz bevor sie um die Ecke bogen, hob Marion noch mal den Kopf, hauchte mir einen Kuss und warf mir einen Blick zu, der mir die Zähne aus dem Reißverschluss und das Stretchband aus der Unterhose rupfte. Und die Senkel aus den Schuhen, wo ich schon mal dabei bin.

Die Wahrheit ist, ich hätte Charly schon längst gekillt und beerbt, wenn ich nicht so einen Schiss vor dem hätte, was passieren würde, sollte der Anschlag schiefgehen.

Es schien abgemacht, dass keiner von beiden so bald wieder auftauchen würde, also machte ich es mir bequem, lockerte mir den Gürtel und griff mir … das Telefon.

»Hedgesleeper Software Solutions.«

»Heckenpennes, bist du das? Hier ist Kristof.«

»Kristof, hör zu, nimms mir nicht krumm, aber es wäre mir lieber, wenn du mich mit meinem richtigen Namen ansprechen würdest.« Ich war ein wenig baff, und nicht nur, weil mir sein bürgerlicher Name momentan nicht einfallen wollte. Schließlich hat Heckenpennes sich seinen Spitznamen in langen Jahren voll großer Bögen rings um Artikel körperlicher Hygiene mühsam erworben.

»Heckenpennes passt einfach nicht länger zu einem Mann, der, wenn die Gerüchte stimmen, schon bald zum Jungunternehmer des Jahres gewählt werden wird.«

Und es zu gleicher Zeit quasi nebenher zu einem eigenen Softwareunternehmen gebracht hat.

»Warum«, entgegnete ich, »solls dir besser ergehen als mir? Mich nennen sie auch immer noch Krüschel, obs mir nun passt oder nicht. Gegen Spitznamen muss man sich von Anfang an zur Wehr setzen. Nimm zum Beispiel Tina.«

»Die Webpelzschabracke? Tolles Beispiel.«

Von oben kamen Schreie und die ganze Geräuschpalette des Klagens, Stöhnens, Schluchzens, das den Sexualakt ab einer gewissen Intensität akustisch so schwer von einem Akt der Gewalt zu unterscheiden macht.

»Na ja. Aber geh mal hin und sags ihr ins Gesicht.«

»Kristof, du redest Blech, auch wenn ich ahne, was du sagen willst.«

Marions Lautäußerungen waren kehlig, brünftig und selbstvergessen. Oder aber ganz bewusst für meine Ohren bestimmt, zuzutrauen wars ihr.

»Ja, ich bin etwas abgelenkt«, gab ich zu und trat vors Haus, hockte mich auf die Schwelle und blinzelte in den rot im Smog versackenden Feuerball. »Doch warum ich eigentlich anrufe, ist Folgendes: Ich wollte dich um einen Gefallen bitten.«

»Lass mich raten.«

»Du sollst was für mich erhacken, zu dem ich selbst zu doof bin.«

»Das hört sich erst mal nicht weiter schwierig an.«

»Danke«, sagte ich gallig, dann fütterte ich ihn mit den Details und schloss mit dem Rat, nichts vom eigenen Rechner aus zu starten. Menden hatte den »anderen Dienst« bestimmt nicht ohne Grund erwähnt.

»Okay, okay. Ich machs, aber ich machs nicht umsonst. Du kennst meine Währung.«

»Einverstanden. Ich besorg dir was.« Damit hängten wir ein.

Einfach fünf Etagen hoch und eine bestimmte Schublade aufgezogen. Leicht versprochen, noch leichter gehalten.

»Am besten bringst du sie außer Landes, Kristof.«

Charly war alleine wieder runtergekommen, und ich hatte ihm die ganze Geschichte erzählt, in allen mir wichtigen Details. Wahrscheinlich einzig zu dem Zweck, jemanden zu haben, der meine heimlicheren Gedanken aussprach. »Flieg nach Mallorca, überrede einen Segler, euch nach Ibiza überzusetzen, nimm die Fähre nach Barcelona, den Zug nach Madrid, Flugzeug nach Gran Canaria und von da aus noch 'ne Fähre nach Gomera, wo ihr bei Scuzzi einzieht.«

Genau. Genau das machen wir. Und Dimitrijs Leiche? Die nehmen wir einfach mit, wenns denn sein muss.

»Geld für die Reise kann ich dir leihen.«

»Danke, echt nett von dir, vor allem in Anbetracht der Tatsache, dass du noch viereinhalb von mir kriegst.«

Charly zuckte die Achseln, machte eine wegwerfende Handbewegung. Er ist ein blonder Hüne mit kühlen blauen Augen und einem warmen Grinsen, Chef der Stormfuckers auf Lebenszeit, so eine Art Männeridol. Ich kenne keinen Typen, der Charly begegnet ist und nicht insgeheim gewünscht hätte, er wäre ein bisschen wie er. Mich mal ausgenommen. Ich wünschte einfach nur, und das noch nicht mal sonderlich insgeheim, ich könnte in regelmäßigen Abständen seine Frau poppen. Doch vielleicht ist das ja ein und dasselbe. »Aber das wird hoffentlich nicht nötig werden. Ich hab da jemanden, der schuldet wiederum mir noch was, auch wenn er noch nicht daran glaubt, dass er löhnen muss.«

Und da war immer noch die Möglichkeit, herauszukriegen, wo Dimitrijs Geld abgeblieben war …

Und dann schnapp ich mir Anoushka und …

Aus dem Nichts heraus, wie das schon mal passiert, lief der Film jener Nacht noch mal ab, in meinem Heimkino hinter der Stirn: Ich fahre, ich fahre schnell, voll bei der Sache, und im Laternenlicht des rechten Gehwegs, halb verdeckt durch eine Reihe parkender Wagen, stehen drei Gestalten, zwei Größere, einen Kleineren zwischen sich, und als ich fast auf ihrer Höhe bin, packen die beiden Größeren den Kleineren, rupfen ihn praktisch vom Gehsteig und schmeißen ihn mir einfach in den Weg. Peng. Schmeißen ihn weg. Wie Dreck.

»Andererseits«, sagte ich, »hieße jetzt ins Ausland zu flüchten die Kerle ungeschoren davonkommen zu lassen, was wiederum bedeuten würde, niemals ihre Motive zu erfahren und deshalb, und das ist das Beschissene, das Nervende daran, nie zu wissen, ob sie nicht immer noch hinter uns her sind.«

Charly nickte. »Mit anderen Worten«, sagte er, »du musst dich von ihr trennen.«

Was er da sagte, entbehrte nicht einer gewissen Logik, die ich aber nicht wahrhaben wollte.

»Nein«, sagte ich. »Das ist unmöglich.«

Charly füllte zwei Gläser mit dem blassbraunen Zeugs, schob eins zu mir rüber, doch ich winkte ab.

»Geht nicht. Frische Naht in der Magenwand.«

Er hob die Brauen. »Dachte mir so was. Du bist ein bisschen blass um die Nase. Wie kommts?«

»Ärger mit Vonscheidt und drei von seinen ehemaligen kleinen Scheißern. Du erinnerst dich?«

Er grinste. »Mann, die waren klasse, oder? Gottverdammte, wieselflinke kleine Vorstadtratten, nicht zu fassen. Hab mich immer schon gefragt, was aus denen wohl geworden ist.«

»Große Vorstadtratten.«

Dann wollte er wissen, was mich mit denen aneinandergebracht hatte, also schilderte ich ihm auch das.

Er wirkte beeindruckt. »Du machst echt das Beste aus dem Sommer«, fand er. »Da kommt keine Langeweile auf. Hast du sonst noch was auf dem Programm?«

»Ja.« Und ich erzählte ihm von dem gepfählten Biker und dass das der eigentliche Grund für meinen Besuch sei.

»Meinst du, du kannst dich mal ein bisschen für mich umhören? Ich schulde Menden einen Gefallen, meint er.«

Charly hatte sein Glas auf halbem Weg zum Mund, entschied sich anders und knallte es wieder auf den Tisch zwischen uns.

»Kristof«, grollte er, »lass mich mal kurz zusammenfassen: Du hast gleich drei bezahlte Schläger am Hals, zwei professionelle Killer an den Hacken, und jetzt willst du deine Nase auch noch in die Angelegenheiten der Hell's Angels stecken? Kann es sein, dass du dich ein wenig übernimmst?«

»Unsinn«, sagte ich. »Ich hab alles im Griff.«

»Aber sicher. Kristof, um an dein Geld zu kommen, könnten wir selbstredend ein paar von den Jungs zusammentrommeln und Vonscheidt auf die Bude rücken, doch mein Rat ist, du kommst ihm finanziell ein bisschen entgegen, und gut ist. Zweitens: Ich höre mich ein bisschen um, besorg dir ein, zwei Informationen, Häppchen, mit denen du deinen Hauptkommissar füttern kannst, und ab da machst du einen Riesenbogen um die Angels. Und drittens: Du gehst und überzeugst deine Klientin, dass es für sie das Beste ist, Mendens Vorschlag zu folgen und sich in Schutzhaft zu begeben.«

»Auf keinen Fall! Vergiss es.« Heute Schutz- und morgen Auslieferungshaft, das fehlte gerade noch.

»Oh, lass mich raten«, meinte Charly im Tonfall einsetzender Resignation, »es hat dich erwischt.« Er sah mich an, und ich versuchte, ein nichts preisgebendes Gesicht zu ziehen. »Und wie«, las er aus meiner Miene. »Na, sag schon: Wie sieht sie aus?«

»Tja …« Ich zögerte. »Sie hat diese … diese wirklich tiefen braunen Augen und so einen unbeschreiblich grazilen Nacken …«

»Nacken«, wiederholte Charly, der, wie mir schien, eine, nun ja, handgreiflichere Beschreibung erwartet hatte.

»Oh, oh, oh«, machte Marion, trat, nachlässig in ein Bettlaken gewickelt, an den Tisch, nahm Charly sein Glas weg und inhalierte den Inhalt. »Das schmale, scheue Reh. Augenaufschlag wie ein Klodeckel und immer ein bisschen *uuuhhh*, so hilflos, immer bedürftig, immer auf der Suche nach einem starken Arm.« Sie steckte sich eine an, blies den Rauch in meine Richtung. »Das sind die Schlimmsten, Kristof, glaubs mir einfach.« Sie beugte sich vor, starrte mich an. »Aber was rede ich«, fügte sie nüchtern hinzu. »Auf wie viele von diesem Typus bist du in deinem Leben schon reingefallen? Hm?«

»Was weiß denn ich«, murrte ich, in der Defensive und deshalb gereizt. Wahrscheinlich, sagte ich mir, ist sie bloß eifersüchtig.

»Genau«, fand sie und richtete sich wieder auf. »Du weißt es nicht, ich weiß es nicht, keiner weiß es. Und warum? Es waren zu viele.«

»Nun lass ihn in Ruhe. Es hat doch eh keinen Zweck. Sieh ihn dir an: Es ist zu spät.«

Sie blickte auf mich herunter, grinste. »Kristof, Kristof, Kristof, was du aber auch immer durchmachst. Und alles nur, weil ich an diesen blonden Schwachmaten hier gebunden bin. Doch ich verspreche dir, sobald ich ihn verschlissen habe, verscharren wir ihn gemeinsam im Garten, und ab da nehme ich dich in Schutz vor all den ganzen Schlampen da draußen.«

Eifersüchtig, ich wusste es doch.

»Wenn du das noch erlebst«, meinte Charly gutmütig zu mir. »Wetten würd ich derzeit auf alle Fälle nicht drauf.«

Im Endeffekt klaubte ich mir dann aus Charlys Ratschlägen die passendsten heraus: Ich würde mit Vonscheidt einen Kompromiss schließen, der mir die Mittel an die Hand gab, mit Anoushka zusammen nach Gomera zu fliehen und da für eine Weile meinem Freund Pierfrancesco auf der Tasche zu liegen. Selbst wenn das bedeutete, Dimitrijs Geld abzuschreiben und seinen Mord ungesühnt zu sehen.

»Wohin?« Charly startete den Motor seines Pick-ups.

»Zu mir.« Bei Vonscheidts Festnetz ging nur noch die Quatsche dran, und seine Handynummer stand in manierlicher Schrift auf dem Notizblock auf meinem Schreibtisch.

»Soll ich nicht besser mit hochkommen?«, fragte Charly, doch ich konnte mir nicht vorstellen, dass Tshukev mich für so dämlich hielt, nach gleich zwei nur knapp überstandenen Anschlägen auf mein Leben so bald schon wieder nach Hause zurückzukehren, und winkte ab.

Was für ein Naivling ich doch manchmal bin.

Erst als Charlys Wagen davonbrabbelte, wurde mir der relative Leichtsinn meines Handelns bewusst, also wählte ich den denkbar heimlichsten Weg in mein Appartement.

Der führte zunächst durch die Tiefgarage, wo unserer kleinen Aussteigerkommune nichts Ungewöhnliches aufgefallen war, keine wirklich verlässliche Auskunft allerdings bei Leuten mit ihrer permanent getrübten Wahrnehmung. Dann fand ich mich am Fuß des Treppenhauses wieder, wo ich innehielt, die zu erklimmende Etagenanzahl addierte und für einmal dem Lift den Vorzug gab. In der achten Etage stieg ich aus, schob die nur angelehnte Tür des leerstehenden Appartements leise auf und hinter mir wieder ins Schloss, griff mir mein auf dem Balkon zurückgelassenes Fassaden-Modul, hängte es über die Brüstung, lauschte in die Nacht und wälzte mich dann so vorsichtig es nur ging über die Brüstung.

Meine Balkontür stand sperrangelweit offen und das Licht brannte. »Ich werde nicht mehr lange hier sein«, hatte Anoushka gesagt. »Danach kannst du es dir wieder so gemütlich machen, wie du magst.« Nun, da hatte inzwischen jemand etwas vorschnell nachgeholfen.

Ich seufzte müde angesichts des erneuten Chaos.

Wenn das alles hier vorbei ist, sagte ich mir, werde ich renovieren, oder nein, noch besser, umziehen.

Ich fand den Notizblock, griff zum Telefon, das mich hartnäckig anschwieg, auch nach Schütteln und Draufklopfen, also rupfte ich den Zettel ab, steckte ihn ein, löschte das Licht, schloss die Wohnungstür hinter mir und schlug und trat wild um mich, als mir von hinten ein Arm um die Gurgel gelegt und zugedrückt wurde wie von einer Hydraulikpresse.

Das Flurlicht ging an, und durch rasch schwellende Augäpfel erkannte ich die aufgedunsene Bluthochdruck-Visage meines autohandelnden Freundes Vonscheidt.

»Weißt du eigentlich, wie lange wir hier schon warten?«, fuhr er mich an. Als ob mich das juckte. »Wo ist der Schlüssel?«, wollte er wissen, und ich gab auf, innerlich, und hätte es ihm gesagt, doch mit dem Hals in einem Zweiarm-Polizei-Würgegriff war schlecht antworten.

»Klopp ihm eine rein«, forderte er, und Piepe trat vor und grub mir seine Faust in den Magen, dass ich meinte, die Naht in meinem Bauch reißen *hören* zu können, von spüren mal ganz zu schweigen, und ich hätte das halbe Haus zusammengebrüllt, doch der Arm auf meiner Luftröhre ließ immer noch keinen Ton hinaus, genauso wenig wie Luft herein, und Tante Furcht ergriff mein Herz mit ihren eiskalten Flossen.

»Los, verpass ihm noch eine«, kommandierte Vonscheidt, und Piepe holte schon aus, als eine energische Stimme »Stopp!« forderte. »Lassen Sie den Mann los und gehen Sie auseinander!«

»Halt dich raus«, knurrte Piepe und wollte erneut zuschlagen, da hatte mein Retter Dienstausweis und -waffe gleichzeitig gezogen und wiederholte seine Anweisungen mit einiger Schärfe.

Mein Hals kam frei und ich glitt geschmeidig zu Boden, wo ich mit sachtem Druck beider Hände meine Eingeweide am Vorquellen zu hindern hoffte.

»Mit den Gesichtern zur Wand! Hände links und rechts des Kopfes, einen großen Schritt zurück und die Beine …«

»Hufschmidt«, sagte ich und hob eine Hand, von der recht eindrucksvoll das Blut troff, »blas die Show ab und bring mich ins Krankenhaus.«

»Ich soll *was*?« Dr. Korthner wusste nicht, ob er lachen oder fluchen sollte. »Ausgeschlossen. Ich schneide in nichts, das noch quiekt, Herr Kryszinski.«

»Sie sollen ja auch nähen, nicht schneiden. Und ich quieke nicht.«

Da ich auf keinen Fall auf einem der Seziertische landen wollte, ging ich vor in den schmalen Raum mit den

Leuchtfeldern. Da hatte, erinnerte ich mich, eine Behandlungsliege gestanden. Der kleine Doktor mit der runden Glatze umwieselte mich protestierend.

»Nennen Sie mir nur einen vernünftigen Grund, warum ich Sie behandeln sollte.« Dr. Korthner zerrte rasch eine frische Lage Papier auf die Liege, bevor ich mich in Zeitlupe darauf niederließ.

»Weil Sie dazu verpflichtet sind«, sagte ich fest.

»Ach, jetzt kommen Sie mir bloß nicht mit dem Hippokratischen Eid!« Er griff sich eine geknickte Schere und schnitt mir das T-Shirt von unten nach oben auf. »Warum bieten Sie mir nicht einfach Geld?«

»Hab keins. Was Sie mir da gerade zerschneiden, ist mein letztes Hemd.«

»Wie bei allen meinen Patienten.«

»Ja, aber wann hatten Sie zuletzt einen, der anschließend wieder aufgestanden und nach Hause gegangen ist?«

Er lachte. »Okay. Nur kann ich Ihnen unter den gegebenen Umständen …«, er wies resignativ um sich, »… leider keine Vollnarkose anbieten. Ich hoffe da auf Ihr Verständnis.«

»Scheißegal. Stoppeln sie einfach drauflos, Doc.«

»Ganz der Cowboy, was? Möchten Sie eine Gewehrkugel zum Draufbeißen?«

»Nur falls Sie mir unter den gegebenen Umständen auch kein Novocain anbieten können.«

Er murmelte ein paar Anweisungen in eine Gegensprechanlage und begann dann, mir fröhlich den Verband vom Leib zu schälen.

»Na, Lokalanästhesie werden wir schon noch hinkriegen. Wenn Sie nicht zuschauen wollen, blicken Sie einfach woanders hin. Aber behalten Sie die Augen offen, ich muss mich vergewissern können, dass Sie mir nicht zwischenzeitlich abnippeln.«

Eine Schwester trat ein, einen Rollwagen vor sich herschiebend, auf dem oben allerlei Instrumente lagen, deren prominentestes eine dicke Spritze war. Dr. Korthner schnappte sie sich und stach sie mir gut gelaunt rund zwanzigmal in den Wanst. Dann schnallte er seinen Mundschutz um und rupfte das blutdurchtränkte Pflaster vom Schnitt.

»Uh, hoppla«, freute er sich, »freier Blick auf die inneren Organe. Ihre Leber sieht aber gar nicht gut aus.« Und er und die Schwester wollten sich schier wegschmeißen vor Lachen.

»Schon mal an eine Bühnenkarriere gedacht, Doc?«

»Psst, nicht sprechen! Dies hier ist meine Show.«

Er beugte sich vor, betrachtete, betastete, beschnüffelte meine Wunde, *zog sie auseinander*, was mir das Haar aufrichtete wie schon lange nichts mehr, und nickte.

»Glück gehabt. Wie es aussieht, sind nur ein paar der Stiche in der Bauchdecke aufgegangen. Und ich brauche noch nicht mal die Wundränder aufzufrischen. Die rote Suppe läuft sehr schön, die Arbeit können wir uns also sparen. Und schwupps, wieder ein Achtelliter weniger im System.«

Er griff zu Nadel und Faden.

»Sie spielen ein gefährliches Spiel mit sich selbst, Herr Kryszinski. Sie operieren am untersten Rand ihres Bluthaushaltes, in ständiger Gefahr, dass da oben …«, er klopfte sich demonstrativ ans Haupt, »… nicht mehr genug ankommt. Und die daraus resultierenden Ohnmachtsanfälle passieren in den seltensten Fällen dann, wenn man sie gerade brauchen oder auch nur abfedern kann. Leider kann ich Ihnen keine Transfusion verpassen, weil ich dafür unterschreiben und damit zugeben müsste, Sie behandelt zu haben. Und das möchte ich angesichts der Vorstellung, dass Sie möglicherweise am Steuer zusammenklappen und ein halbes Dutzend Menschen in den Tod reißen, lieber nicht.«

Die Schwester setzte ein paar Klammern und Dr. Korthner begann zu stoppeln. Stich, Fadenzug, Stich, deutlich spürbar trotz Betäubung. Ich musste mich ablenken.

»Sagen Sie mal …«

»Pssst. Ich hab gesagt, nicht sprechen! Wie soll ich sonst nähen?«

»Sagen Sie mal, gibt es irgendwas Neues von Dimitrij?«

Dr. Korthner richtete sich zur vollen Höhe auf und sah mich streng an. »Noch ein Wort, und Sie können sich hier selbst verarzten.«

»Hm.«

»Und nein, was Ihre Frage angeht. Ich hab hier erst noch einem anderen Patienten den, äh, Stachel zu ziehen, doch schon morgen werden wir uns Ihr Opfer wieder vorknöpfen. Versprochen.«

Genäht, verpflastert und verbunden durfte ich mich schließlich aufrichten. Fluchte, als mir aufging, dass ich kein zweites T-Shirt mitgebracht hatte. Die Schwester war dann so nett und holte mir eins in weiß, mit Krankenhausaufdruck links auf der Brust. Ich zogs über und stellte mich hin. Mein Hirnstrom ähnelte der von einem Fahrraddynamo an einem schwer eiernden Rad produzierten Spannung. Ein stetiges An- und Abschwellen der Lichtausbeute war nicht zu leugnen.

Der Doktor besah mich wie ein Kuriosum, mit einer Mischung aus Interesse und Skepsis.

»Verraten Sie mir mal eins: Wofür machen Sie das? Was steckt da für Sie drin, dass Sie solch ein Risiko fahren?«

»Das weiß man immer erst hinterher.«

»Tja. Wie so vieles.«

Ich bekam noch ein Rezept für Schmerztropfen und Kreislaufpillen und irgendwas zur Beschleunigung der

Blutbildung in die Hand gedrückt, dann bedankte und verabschiedete ich mich und zockelte los.

»Bis bald«, rief Dr. Korthner mir noch nach.

Immer ein bisschen doppelbödig, dieser Gruß, aus dem Mund eines Pathologen.

»Lange hätte ich nicht mehr gewartet.«

»Ja, ja«, sagte ich.

»Mein Gott, Kryszinski, du siehst aus wie ein Zombie. Wieso bleibst du nicht im Krankenhaus, bis du wieder auf den Beinen bist?«

»Bin ich doch, oder? Außerdem hab ich zu tun.«

Ich hievte mich in den Beifahrersitz mit der ganzen Grazie eines von Hämorrhoiden geplagten Dorfältesten.

Ich brauche ein Auto, in das ich hochsteigen kann, dachte ich. Nicht runter. Irgendwas richtig Großes, am besten mit Servolenkung und Automatik und dem ganzen Scheiß.

»Wohin solls gehen?«

»Hösel«, antwortete ich, und meine Finger schlossen sich in der Jackentasche um den kleinen, mit »H1« beschrifteten Autoschlüssel.

Er war weg. Mir fiel die Kinnlade herunter. Der Hummer war fort, verdunstet. Und ich hatte Hufschmidt noch vorne an der Grundstückseinfahrt großspurig nach Hause geschickt! Jetzt stand ich hier, im blassen Licht des Mondes, und wusste nicht vor und zurück.

Hatten sie das Ding doch noch ohne Schlüssel zum Laufen gebracht? Offenbar, denn weg war er. Alles, was blieb, waren die vier Abdrücke seiner fetten Reifen.

Hm. Moment mal. Die Mulden im Kies waren Standspuren, keine *Fahr*spuren. Fahrspuren fanden sich daneben, sehr tiefe, von Zwillingsreifen.

Sie hatten den Hummer abgeschleppt, hatten ihn auf

die Ladefläche eines LKWs gehoben und weggebracht. Und ich stand hier, Schlüssel in der Hand, mitten in der Nacht, am Arsch der Welt, auf Beinen, stabil wie die eines Tapeziertisches, und konnte zusehen, wie ich wieder nach Hause kam. Zähneknirschend machte ich kehrt.

Hufschmidts Opel wartete quer in der Einmündung zur Landstraße. Fast hätte ich mich gefreut.

»Ich wusste die ganze Zeit, was du hier vorhattest«, begrüßte er mich grimmig. »Und ich hätte dich nie und nimmer mit einem weiteren geklauten Auto vom Platz fahren lassen.«

»Du bist zu misstrauisch«, sagte ich und dachte im Stillen, was für ein Leichtes es gewesen wäre, ihn und seinen Opel mit dem Hummer aus dem Weg zu räumen. »Muss mit deinem Beruf zusammenhängen.«

»Wohin jetzt?«

»Oberhausen.« Hier sitzt du, Kristof, und lässt dich von deinem Intimfeind zu deinem geheimen Unterschlupf, der Wohnung deines Dealerfreundes Scuzzi, chauffieren. Ich fragte mich, ob das wirklich schlau war.

Die Fahrt über Landstraßen runter nach Mintard und weiter nach Mülheim verlief schweigend. Hufschmidt versuchte wie gewöhnlich, mich mit seiner Fahrweise zu beeindrucken, worauf ich wie gewöhnlich mit allen Anzeichen von Langeweile reagierte.

»Sag mal, Hufschmidt«, fragte ich irgendwann, was ich mich die ganze Zeit schon fragte, »wo kamst du denn so plötzlich her vorhin?«

»Ah!« Er erinnerte sich, lebhaft, wie es schien. »Ich hatte ein paar dringende Fragen an dich. Stell dir vor: In Essen erschleicht sich jemand den Transport in öffentlichen Verkehrsmitteln, wird dem Kontrollpersonal gegenüber gewalttätig und gibt sich dabei für *mich* aus!«

Er sah mich scharf von der Seite an, und ich sah hinaus in die auch des nachts nicht erlahmende Geschäftigkeit der Mannesmann-Röhrenwerke.

Da sind sie heute bestimmt froh drüber, dachte ich, dass sie die nicht auch für ein paar Cent nach China verscherbelt haben. So wie den Rest der Ruhr-City-Stahlindustrie.

»Bist du sicher, dass du das nicht tatsächlich selbst warst?«, fragte ich dann. »Du weißt, du hast diese dunkle Seite an dir, die Männer und Frauen gleichermaßen in deinen Bann schlägt.«

»Red keinen Stuss. Und willst du wissen, auf wen die Beschreibung des Täters einhundertprozentig passt? Auf *dich*. Möchtest du etwas aussagen? Dich rechtfertigen?«

Ich schüttelte den Kopf. »Das Straßenbahnfahren hab ich mir schon vor Jahren abgewöhnt. Es ... es bekommt mir einfach nicht.«

»Wer hat denn hier etwas von Straßenbahn gesagt?« Er glühte regelrecht auf vor Eifer. Wie kann man nur seinen Beruf so lieben und gleichzeitig so stümperhaft darin sein? Von Hufschmidt verhört zu werden ist oft wie einem ebenso beseelten wie linkischen Maurer bei der Arbeit zuzusehen. »Ich hab Straßenbahn mit keiner Silbe erwähnt!«

»Ich weiß«, sagte ich müde. »Ich wollte nur sehen, ob dus merkst.« Einem, der, wie man bei uns sagt, alles, was er mit seinen Händen mühsam errichtet, anschließend mit dem Arsch wieder umschmeißt.

»Moment mal! Versuchst du mich zu verscheißern?«

»Nein, nein. Da vorne an der Laterne kannst du anhalten.«

»Ich kann dich jederzeit zu einer Gegenüberstellung vorladen.«

»Ich weiß. Und wir beide wissen, dass es nie dazu kommen wird.«

»Wieso das denn?«

»Hufschmidt, ihr befürchtet ein Blutbad unter rivalisierenden Banden, und ihr brütet über einem ungelösten Mord. Wann hattet ihr das zuletzt? Ich meine einen Mord, wo der Täter nicht direkt aus dem familiären Umfeld stammt und noch mit der Tatwaffe in der Hand verhaftet wird?«

Er stoppte den Wagen an der angegebenen Stelle und blickte mürrisch drein.

»Oder einen, den ihr nicht als Verkehrsunfall kaschieren und unter den Teppich kehren könnt?«

Er blickte noch etwas mürrischer drein.

»Und um den Fall zu lösen, braucht ihr *mich*. Also hör auf, mich zu nerven.«

Ich stieß die Tür auf und machte mich an die Aufgabe, aus dem Wagen zu kraxeln, ohne mir die Bauchnaht wieder zu öffnen oder das Licht auszuknipsen. Das benötigte ein bisschen Vorausplanung und Zeit.

»Bei wem wohnst du denn hier?«

Die Frage war zu erwarten gewesen.

»Bei meiner Mutter«, log ich mit, wie ich fand, Verve. Was immer das sein mag.

Ich hatte die Füße draußen und brauchte jetzt eigentlich nur noch aufzustehen, den Gehsteig zu queren und die fünf Etagen hochzustürmen, immer zwei Stufen auf einmal.

»Hufschmidt, wer ist dieser ominöse ›andere Dienst‹, der den Fall Jalnikov an sich gerissen hat?«

»Darf ich nicht sagen. Dienstgeheimnis.«

»Du und Menden, ihr wisst jetzt beide, dass es Mord war und dass ihr euer Scherflein zu seiner Vertuschung beigetragen habt. Was ist das für ein Gefühl?«

Er grunzte.

»Und was wird das erst für ein Gefühl sein, wenn Dimitrijs Mörder auch meine Klientin und mich umgebracht haben?«

Er drehte mir langsam den Kopf zu.

»Deine Klientin hat bis heute noch keiner gesehen. Und was dich angeht, werden ich und die Kollegen bestimmt für ein paar Blumen auf dem Grab zusammenschmeißen. Falls sich im Park neben dem Präsidium keine finden sollten, heißt das.«

Man darf den Bogen nicht überspannen, wurde mir klar.

Ich packte die Türoberkante und zog mich hoch. Es ging, es ging.

»Also, ich kümmere mich um die Biker-Geschichte, du siehst zu, was du für mich im Fall Jalnikov rauskriegen kannst. Klar?«

»Das kann ich nicht machen.«

»Wir telefonieren morgen früh.«

Damit klappte ich die Tür zu.

Ab der vierten Etage wusste ich, was Extrem-Bergsteiger als die »Todeszone« bezeichnen, doch ich kämpfte mich weiter hoch, durch immer dünnere Luft und schwindende Sicht, bis ich oben, am Gipfel, durch die Tür fiel.

Als ich wieder halbwegs bei Atem und Bewusstsein war, fand ich mich praktischerweise in Scuzzis Schreibtischsessel wieder. Das Schlafbedürfnis war drauf und dran, mich mit sich zu reißen, runter aufs Kissen und rein in die süße Verantwortungslosigkeit der Ohnmacht, doch es gibt ja Mittel, dem Einhalt zu gebieten. Mittel und Pülverchen. Ich zog eine von Scuzzis Schubladen auf. Dicht an dicht ruhten die Klarsichtbeutel. Ich nahm einen davon hoch. Zögerte.

Seit dem Unfall, ging mir durchs Hirn, seit Dimitrijs Ermordung, hatte ich bei all meinen Handlungen noch nicht ein einziges Mal das Gefühl wirklicher Kontrolle, noch nicht einmal die Gewissheit, aus freien Stücken zu agieren, und vor allem nie die innere Überzeugung gehabt, gerade das Richtige zu tun.

Kritisch hielt ich den Beutel ins Licht.

Ich sollte unbedingt etwas essen, sagte ich mir, dann zwölf Stunden schlafen und dann weitersehen. Aufgaben delegieren, meine Kräfte schonen, der Vernunft gehorchen. *Das Richtige tun*, für einmal. Essen, schlafen, weitersehen.

Die erste Line war weg, ohne dass ich vom Rauslöffeln, Kleinhacken, Zurechtschieben und Reinschnorcheln viel mitbekommen hätte.

Kaum hatte die kalte Bitternis ihren Weg meinen Rachen hinab gefunden, wählte ich die Nummer von Heckenpennes.

»Klar hab ichs. Du bist bei Scuzzi, oder? 'kay, dann mail ichs dir rüber. Und du denkst an mich.«

»Wird gemacht. Und danke.«

»Bis denn.«

Während sich der Rechner zur Arbeit aufschwang, zog ich mir die zweite Line weg und spürte meine Äuglein aufgehen und leuchten. Wie die Sterne am Firmament. Voll fit, hellwach, praktisch beschwerdefrei, wie genesen, ertappte ich mich dabei, direkt schon wieder nach Scuzzis Fuselregal zu schielen.

Da kam die Mail, samt Anhang. Darin lange Listen. Ich ließ den Drucker rattern, nahm die Blätter zur Hand, sah sie durch. Rufnummern und Verbindungsdauer, Kosten in Cent und Euro, alles sauber untereinander. Aus naheliegenden Gründen nahm ich mir Dimitrijs Todestag als Erstes vor. Mit wem hatte er zuletzt telefoniert? Es war eine Mülheimer Festnetznummer, und sie kam mir irgendwie bekannt vor. Einfachste Methode: Anrufen.

Besetzt.

Ich wählte Tinas Nummer, nur mal fragen, ob alles okay ist, paar Worte mit Anoushka wechseln, ihre Stimme hören, sie daran erinnern, dass es mich gab, dass ich mich kümmerte.

Anrufbeantworter.

Da weiß ich nie, was ich sagen soll, nicht mal mit Putschpulver im Blut.

Also versuchte ich es direkt, über Dimitrijs Handy.

Mailbox.

So ganz allmählich verließ mich meine Geduld mit der Telekommunikation und auch die mit der Weiblichkeit.

War Tina vielleicht arbeiten? Mit einer Hand hackte ich mir noch eine Line, mit der andern scrollte ich durch Scuzzis Telefonregister. Ich wusste, er hatte die Nummer vom Lollipop – gute Kunden für alles, was hart macht und ausdauernd, diese Vögel – fand sie und stutzte. Bis auf die Endziffer war sie identisch mit der Nummer, die Dimitrij zuletzt in seinem Leben angewählt hatte. Und davor schon vier-, fünfmal. Diese verlogenen kleinen Schwuchteln! Zwei Minuten später saß ich unten in einem Taxi und feuerte den Fahrer an.

Kokain fördert nicht unbedingt meine Besonnenheit. Kellner Kevin jedenfalls wirkte leicht traumatisiert, bis man Tina endlich aus ihrer Küche geholt hatte, um ihn zu erlösen.

Ich erklärte ihr die Sache mit der Telefonnummer, fuchtelte mit dem Computerausdruck und äußerte auch meinen Verdacht, hier ganz erheblich belogen worden zu sein, von wegen, Dimitrij kennt hier niemand und so weiter, und ich wollte schon hinter Kevin her und ihn mir noch mal krallen, als Tina mir den Ausdruck abnahm, die Nummern verglich und mich mit festem Griff an der Schulter zum Zuhören zwang.

Die Rufnummer gehörte nicht zum Lokal.

Sondern zum Büro.

Von Besitzer Deckart.

Im Keller des Gebäudes.
Seitlicher Eingang.
Ah so.
»Wie geht es Anoushka?«, fragte ich noch, nun sanft zum Ausgang eskortiert.
Anoushka schlief schon, als Tina das Haus verließ. Aus irgendeinem Grund beruhigte mich der Gedanke. Zumindest bis Tina »das arme Schätzeken« hinterherschickte.
»Wie meinst du das?«
»Na, hast du sie noch nie… ›al fresco‹ … gesehen?«
Hä?, dachte ich. Im Frischen? Dann dämmerte es mir. Diese fette Transe hatte … während ich bisher höchstens mal an Anoushkas Haar schnuppern durfte.
»Sie kam aus dem Bad, und ich sag dir … schlimm.«
»Was ist schlimm?« Ich weiß auch nicht, wie es dieser DJ hinbekam, aber immer wenn ich die Stimme hob, machte er die Musik aus.
»Na, diese *Narben*«, raunte Tina. »Das arme Mädchen zieht keinen Bikini mehr an.« Das von einem Maurer, der trotz massiven Übergewichts und der Körperbehaarung eines räudigen Orang-Utans im Frühjahr stets der Erste war, der sich das Hemd vom Leib riss. Und im Herbst der Letzte, der es wieder anzog.
»Von einem Autounfall, sagt sie.«
Wenn du in der Armee bist, Kristof, dann bist du in der Armee. Ich fragte mich, ob sie wohl je mit mir darüber sprechen würde. Und was sie dann erzählen würde. Und ob ich die Nerven besäße, mir das alles anzuhören.
»Okay«, sagte ich. »Ich geh dann mal.«
»Schön. Ich muss auch wieder an die Pötte. Herr Deckart müsste da sein. Sein Wagen steht direkt vorm Lokal. Da, der schwarze … was ist das für einer?«
»Ein Chrysler.«
»Und Herr Deckart ist … mit Vorsicht zu genießen.«

»Ja, ja«, sagte ich. »Bis später.«

»Und Tschüssi!«

Dann stoppte ich, machte noch mal kehrt. Der erwähnte und mit Vorsicht zu genießende Herr Deckart war unter Umständen einer der letzten drei oder aber auch nur einer der letzten *beiden* Menschen, die Dimitrij in seinem Leben gesprochen bzw. gesehen hatte. *Doing.*

»Brief mich ein bisschen«, bat ich Tina. »Bevor ich runtergehe.«

»Komm mit mir in die Küche.«

»Hier. Iss das.«

Ich blickte ohne wirkliche Begeisterung auf das Schüsselchen, das Tina mir in die Hand gedrückt hatte.

Einmal war mir nicht nach essen, mein Magen stand da zurzeit überhaupt nicht drauf. Dann schlägt mir Koks regelmäßig auf den Appetit, wie es sonst nur Vollstreckungsbescheide oder tränenreiche Trennungen vermögen. Und zu guter Letzt habe ich Champignoncremesuppe noch nie ausstehen können.

Jetzt kam noch ein Löffel hinzu. Für die andere Hand.

»Ich sagte: Iss das! Und ich wiederhole mich nur ungern.«

Voll die strenge Mutter. Unwiderstehlich. Im, ähem, eigentlichen Wortsinn.

»Also, ich weiß nicht allzu viel über Herrn Deckart, und das, obwohl er mein Boss ist. Er redet nicht viel mit … uns. Er hat Vergangenheit, wenn du mich fragst. Und einen höchst fraglichen Stil, sich zu kleiden.« Das von einem 120-Kilo-Kerl mit einer Vorliebe für Perlen, Pumps und Pelzjäckchen. »Na, dir wird er wahrscheinlich gefallen. Sein Stil, meine ich.«

»Hat er noch andere Läden außer dem hier?«

Ich pustete lange an dem ersten Löffel Suppe herum, schluckte, spürte ihn unten ankommen, wartete. Es ging.

Also nahm ich mir noch einen vor. Deckart, dachte ich. Deckart, Deckart.

»Das kann man wohl sagen. Er kauft einen nach dem anderen.«

»Alles Schwulenbars?«

»Allesamt. Wie man so hört, versucht er, sich unsere ganzen Szenekneipen im Rhein-Ruhr-Gebiet unter den Nagel zu reißen. Kürzlich erst hat er sogar den Narziss-Club übernommen. Muss eine hübsche Stange Geld gekostet haben.«

»Narziss-Club«, sinnierte ich und bekam noch eine Kelle Suppe verpasst. »Wo war der noch mal?«

»Frohnhausen, du weißt schon …«

»Ah. Früher ein Puff, dann ein Swinger-Club, richtig?«

»Davor wars eine Politiker-Villa. Minister von irgendwas. Riesenmauer um das ganze Grundstück. Kevin und ich gehen da ab und zu mal hin. Sehr angesagt, sehr exklusiv, der Laden, ich sags dir. Security überall. Wegen der vielen Promis wahrscheinlich. Promis, ich sags dir, ohne Ende. Dir würden die Augen übergehen.«

Bestimmt, dachte ich, bedankte mich für die Suppe und verabschiedete mich.

»Tschüssi. Und denk an meine Worte. Sei vorsichtig.«

Ja, ja. Dann doch noch mal umgedreht.

»Warum? Ich meine, was soll an deinem Herrn Deckart so verdammt gefährlich sein?«

»Nun ja. Man erzählt sich so einiges. So wollte der letzte Besitzer des Lollipop auf keinen Fall verkaufen. Eines Tages ist er dann tot am Strand von El Arenal angespült worden.«

Hm. Möglicherweise hat auch einfach nur seine Pumpe versagt, oder was bei Kneipiers sonst als Erstes den Geist aufgibt. Ich bedankte mich noch mal und ging.

Deckart, Deckart, Deckart … Feister M 300, sein Wagen. Feist und schwarz. Parkte mitten auf der Straße. Feist, schwarz, cool. Deckart, Deckart, Deckart. Kannte ich, kannte ich, kannte ich, den Namen. Bloß woher?

Die Klingel am Seiteneingang klang ein wenig ärmlich, also half ich mit Klopfen nach. Klopfte noch mal. Nach ein, zwei Minuten Gelegenheit zum Nachdenken öffnete sich eine vergitterte Klappe in der Tür, und ein fetter, grauhaariger Biker starrte mich durch seine schwarzen Gläser an. Schnauzbart, Pony-Frisur, die in einen dünnen Pferdeschwanz mündete, schwarzer Anzug mit schwarzer Krawatte über einem weißen Hemd. Körperumfang wie ein Gummiboot. Genug Silber an Ohren, Fingern, Handgelenken, um notfalls eine Kaution damit zu finanzieren.

So kann man also auch enden, dachte ich. Fahrer und Bodyguard für einen Schwuchtelschuppen-Gastronomen.

»Cha?«, fragte er.

»Ich will zu Herrn Deckart.«

»Hiss nich ha.« Er war schwer heiser, kaum zu verstehen.

»Ich *weiß*, dass er hier ist.«

Der Biker starrte mich eine ganze Weile reglos an, und ich fragte mich, ob er möglicherweise hackenkackendicht war. Er hatte diese stiere Art eines Schnapstrinkers kurz vor dem Umkippen.

»Has hillst hu chon hihm?«

Ich blies die Backen auf, dachte nach. Schließlich antwortete ich: »Sag ihm, es ist was Geschäftliches.«

Bang, Klappe zu.

Deckart, dachte ich, Deckart.

Deckart, Deckart, Deckart, Deckart.

Wie immer, wenn sich das blöde Kokain abbaut, überließ es das Feld dem nächsten, bis dahin überlagerten Wirkstoff. In meinem Fall also Champignoncremesuppe. Wild.

So halb und halb hoffte ich, abgewimmelt zu werden, mich ins Bett verdrücken zu können, da schwang die Tür auf.

Der Dicke klopfte mich einmal routiniert und gründlich von oben bis unten ab, wies dann hinter sich.

»Hen Chang hunter, hann hechts.«

»Schon mal Lutschbonbons versucht?«, fragte ich. Er zog eine kleine, runde Dose aus der Hosentasche und rappelte damit. Dann gab er mir einen Klaps ins Kreuz, der mich den kompletten Gang hinunterschickte.

Deckart stand nicht auf, als ich in sein Büro kam, nahm weder die bestiefelten Füße vom Schreibtisch noch die Sonnenbrille von der Nase. Auch er war Biker, stellte ich zu meiner Überraschung fest. Aus welchem Grund auch immer hatte ich mir einen Schwulenbarbesitzer deutlich, tja, schwuler vorgestellt. Und schwule Biker sind noch seltener als schwule Fußballer und die, das weiß jeder, die gibt es gar nicht.

»Karte«, knurrte er mich an.

Ich fummelte eine meiner neutralen hervor. Die, die nichts preisgibt außer meinem Namen und meiner Telefonnummer.

»Kryszinski«, las er langsam.

Sein lockiges Haar hing offen bis über die Schultern, sein Bart reichte fast bis auf den Schmerbauch hinab. Beides war komplett ergraut, fast schon weiß. Die schwarze Ray-Ban weggedacht und die Tätowierungen und die schweren, silbernen Totenkopfringe, und ich wüsste um die Weihnachtszeit herum einen hübschen Nebenverdienst für ihn.

»Buchstabier das mal.«

»Kaerypsilonieneskai«, schnurrte ich herunter.

»Brav«, meinte er. »Setzen.«

Und an der Sprechweise würde man noch arbeiten müssen. Dieses latente, wie Rasierklingen kauende Drohen müsste raus aus dem Tonfall. Das ist doch eher was für Knecht Ruprecht.

Vor dem Schreibtisch stand ein Drehstuhl. Ich besah ihn mir eine Weile, gab mir dann einen Ruck und ließ mich mit angehaltenem Atem darauf nieder.

»Du hast Schmerzen«, beobachtete Deckart amüsiert.

»Kleine Naht im Wanst«, meinte ich tapfer. »Zwölf Stiche.«

Das ist eine Währung unter Bikern.

»Pass auf, dass da nicht flott zwanzig draus werden«, konterte er.

Der fette Bodyguard trat hinter meinen Stuhl und blies mir seinen Euka-Menthol-Atem ins Genick. Das Duo, ging mir auf, erinnerte mich in fataler Weise an die Wildecker Herzbuben.

Was mir auch aufging, war, trotz Tinas Briefing nicht recht zu wissen, worauf ich mich hier eingelassen hatte. Deckart, Deckart … Ich spürte, ich brauchte noch einen Moment.

»Hübsches Lokal da oben.«

»Findest du.« Halb Frage, halb Vorwurf.

»Ich wüsste gerne, woher das Interesse ausgerechnet an Schwulenkneipen kommt, bei einem … naja, Mann wie dir.«

Deckart lehnte sich nach hinten, hob beide Arme ins Genick. Unter den rechten Bizeps hatte er »Fuck« tätowiert. Unter den Linken »You!«.

»Diese Leute sind als Gäste spendabel, als Publikum ruhig. Ganz, wie ich es mag. Und solange sie ihr Geld rausforken, sag ich immer, bin ich unheimlich tolerant, was ihre sonstigen Angewohnheiten angeht.«

Er ließ seine Armmuskeln hüpfen. *Fuck … You!*

Noch hatte er nicht das geringste Interesse daran gezeigt, was ich eigentlich von ihm wollte.

Deckart, Deckart …

»Aber warum dann gleich diese Expansion, warum so viele?«

Die Augen hinter den schwarzen Gläsern waren nicht zu sehen, trotzdem bohrten sie sich in meine. So langsam schien er sich, ähnlich mir, zu fragen, wohin die Reise ging.

»Erst mal ist eine marktbeherrschende Stellung nie von Nachteil«, dozierte er.

»Ja, aber … ruft das nicht eine Menge Neider, eine Menge Konkurrenz auf den Plan?«

»Es gibt momentan ein paar Schwierigkeiten, zugegeben, doch die werden sich bald … in Rauch auflösen. Mit so was muss man umgehen können. Schließlich kommen meine Brüder jetzt einer nach dem andern raus. Endlich. Und ich habe ihnen allen Jobs versprochen.«

Deckart. Deckarts *Brüder*. Ich schluckte an einem faustgroßen Klumpen, und er wollte und wollte nicht rutschen.

Wildecker Herzbuben, mein Arsch.

Deckart. Mit vollem Namen: Moritz Deckart. Wesentlich bekannter als: Drecksack. Ehemaliger Präsident des von der Polizei aufgelösten Düsseldorfer Chapters der Hell's Angels. Dammich. Jetzt wusst ichs wieder. Spät, aber doch.

Jetzt wäre es eigentlich logisch erschienen, mich auch als Biker zu outen, in der Hoffnung, ein paar Punkte zu machen, Sympathie, Schulterschluss oder so was in der Art zu erwirken, doch ich wusste es besser. Genauso gut könntest du einem KSK-Kampfschwimmer mit deinem Seepferdchen kommen. Für einen Hell's Angel bist du entweder ein Angel, also ein Bruder, oder du bist nichts, gar nichts, besseres Ungeziefer.

Wie viele Semi-Prominente ging er wohl die ganze Zeit schon davon aus, dass ich wusste, mit wem ich hier sprach. Zeit, ihn zu bestätigen.

»Weil sie beim Prozess alle so schön dichtgehalten haben«, hörte ich mich sagen.

Deckart nahm die Arme runter, beugte sich vor. Er machte den Eindruck eines Mannes, der sich in aller Stille amüsiert. Mit etwas, das er jeden Augenblick zerquetschen kann.

»Natürlich. Doch weil die Bullen schlechte Verlierer sind und mir auch nach Jahren noch immer im Genick sitzen, musste es etwas Legales sein. Trotzdem profitabel. Und Geschäftsführer einer Schwulenbar ist beides.«

Er grinste in unverhohlener Selbstzufriedenheit. Dann nahm er die Brille ab. Seine Augen waren schmal, stark gerötet, hitzig. Das Grinsen verschwand. Schlagartig.

»Du warst das, der mich vorgestern angerufen hat«, grollte er.

Und riss die Gesprächsführung damit an sich. Ich hatte einfach zu lange herumgedödelt.

»Pass auf, Deckart«, begann ich zögerlich.

»Nenn mich Drecksack«, forderte er, und die Eukalyptus-Fahne in meinem Nacken kam in kurzen Schüben, als der Dicke tonlos lachte. Vorfreude, nehme ich an.

»Ich bin doch nicht lebensmüde«, entgegnete ich, und Deckart sah mich an, als ob er so seine Zweifel an dieser Aussage hätte.

»Ja«, gestand ich dann, »das war ich am Telefon. Und ich bin hier, um das von Dimitrij angeleierte Geschäft zum Abschluss zu bringen.«

Deckart lehnte sich wieder zurück. Er schien wie ich den Wortlaut des Telefonats noch mal zu rekapitulieren. Da war irgendwas von einer Lehrstunde in einer neuen Art von Schmerz gewesen, erinnerte ich mich, und spürte mein Deo versagen. Rein vom Gefühl her schuldete Menden mir jetzt schon einen Freibrief bis hoch zu, sagen wir, räuberischer Erpressung.

»Auch auf die Gefahr hin, mich zu wiederholen, aber ich kenne keinen Dimitrij.«

Ich verstand nicht ganz. Das hatten wir doch schon am Telefon geklärt.

»Oder kennst du 'nen Dimitrij, Barnie?«

»Nch, nch.« Wie wenn einem ein Koala in den Nacken furzt.

»Also …« Deckart hob meine Karte. »… *Kristof.* Sieht aus, als ob du dich ganz umsonst herbemüht hättest. Doch ich vergesse meine Manieren als Gastgeber. Barnie, geh mal rasch hoch und hol uns ein paar Gin Tonics, ja?«

Barnie schob ab. Deckart sah mich kalt an. Schnickte meine Karte wieder auf den Schreibtisch.

»Wie hast du mich gefunden?«, wollte er wissen.

Ich wies mit dem Kinn zum Telefon auf dem Schreibtisch.

»Dimitrij hat mehrmals hier angerufen.«

»Weiß jemand, dass du hier bist?« Eine Frage wie aus der Pistole geschossen, auf die es nur eine einzige Antwort gibt.

»Ja klar.«

»Auch warum?«

»Nein.«

»Hast du das Wort?«

»Noch nicht. Doch ich bin dran. Ich bin mir sicher, ich finde es, sobald ich …«

»Sobald du was?«

»Sobald ich weiß, was es ist.« Kryszinski beim Offenbarungseid. Mal wieder. »Ich meine, reden wir hier über ein Köfferchen oder einen Überseecontainer?«

Deckart lachte. Einmal, und auch das nur kurz. »Barnie, gib ihm seinen Drink und dann schmeiß ihn raus.« Barnie war wieder hinter mir aufgetaucht. Er reichte mir ein hohes, schmales Glas und packte mein Ohr. Charmant.

»Wisst ihr schon, wer euren Bruder Moodie umgebracht hat?«

Barnie zog, doch Deckart hob einen Finger und Barnie hielt inne.

»Was weißt du darüber?«

»Gepfählt«, sagte ich mit Gefühl. »Kein schöner Tod. Ich könnte mir vorstellen, dass ihr den Täter … nun ja, *sprechen* wollt, bevor ihn die Behörden kassieren.«

Deckart beugte sich vor. Seine Augen waren voll eines ungesunden, manischen Interesses.

»Und? Weiter.«

»Ich bin Detektiv. Wenns gar nicht anders geht, unterstütze ich die Polizei schon mal bei ihren Untersuchungen in, sagen wir, schwierigen Milieus. In den Fällen krieg ich dann auch Zugriff auf Polizei-Interna. Die biete ich euch im Tausch dafür, dass wir das angesprochene Geschäft zum Abschluss bringen.«

Deckart lehnte sich zurück, hob die Arme wieder. *Fuck … You!*

»Wie erreiche ich dich?«

Ich gab ihm die Nummer von Scuzzis Handy.

»Gut. Ich überleg mir was. Barnie?«

Ich stand auf, Barnie legte mir eine Hand ins Kreuz und schaufelte mich aus dem Raum wie ein Bagger.

»Zimmer 109.« Ernst-Dieter hielt den Zimmerschlüssel mit der einen Hand hoch und die andere auf. »Aber nur gegen Vorkasse.«

Mit dem Taxi kann man niemanden abhängen, gleichzeitig wollte ich Scuzzis Adresse unbedingt für mich behalten, also hatte ich mich spontan zu einer Übernachtung im Hotel entschieden.

»Ich zahle nie im Voraus«, sagte ich und schnappte ihm den Schlüssel weg. »Da kann man sich ja anschließend gar keine Minderungsgründe mehr ausdenken.«

»Ich habe meine Anweisungen«, rief er mir noch nach.

»Ja, ja«, sagte ich, »ja, ja.«

»Und Danny will dich in der Bar sprechen!«

Ja, ja, ja.

Ich schloss mich ein, sackte aufs Bett. Und … aus.

Ich probte gerade ein Duett mit Whitney Houston, immer aufs neue unterbrochen von kurzen Pausen, in denen Scuzzi beutelweise Koks in die Nase der skelettdürren Sängerin schütten musste, als mir aufging, dass mein Handy bimmelte.

»Na, schon auf?« Hufschmidt.

»Seit Stunden«, behauptetet ich, warf einen Blick auf die Uhr und machte mir eine geistige Notiz, nach sämtlichen zukünftigen Besäufnissen kurz vor dem Einnicken noch eben den Kommissar mit einem Anruf zu Hause zu erfreuen.

»Schon was rausgefunden?«

»Massenhaft. Moritz Deckart«, sagte ich.

»Der Hell's Angel.« Da, Hufschmidt war informiert. Ich ärgerte mich.

»Der *Gastronom*. Ich muss alles über ihn wissen.«

»Pass mal auf, Kryszinski. Die Vereinbarung war, dass du für uns Sachen rausfinden solltest. Nicht wir für dich.«

»Es gibt da anscheinend noch eine andere Rivalität als die zwischen den beiden Bikerclubs. Irgendwas Geschäftliches.«

Das war das eine gewesen, das ich aus dem Gespräch gestern mitgenommen hatte. »Mach dich mal schlau.«

Das andere war eine zusammengesetzte Beobachtung. Sowohl bei unserem Telefonat wie bei unserem Plausch hatte Deckart eventuelle Mithörer aus dem Raum geschickt, bevor er zur Sache gekommen war. Das hieß, was immer für einen Deal er mit Dimitrij vorgehabt hatte, es war sein privates Steckenpferd, durchgezogen ohne seine Brüder, wenn nicht sogar hinter deren Rücken. Interessant.

»Ah, klar, Herr Detektiv. Und was machst *du* inzwischen?«

»Ich folge der anderen Spur.«

Menden hätte sich mit so einer dürftigen Antwort niemals abhängen lassen. So gesehen ist Hufschmidt wesentlich einfacher zu händeln. Doch zum ernsthaften Sparring taugt er nicht.

Das Fenster ging raus auf die Friedrichstraße. Wenn es nicht die Friedrich-Ebert-Straße war. Die beiden gehen ineinander über, und kaum jemand in Mülheim kann mit Sicherheit sagen, welche welche ist.

Ich zog den Vorhang ein Stück beiseite, blinzelte ins Licht, betrachtete kurz den schwarzen Chevy-Van auf der anderen Straßenseite und verließ das Hotel durch den Notausgang auf der Rückseite.

Übertriebene Vorsicht wahrscheinlich, doch ersparte ich mir damit gleichzeitig auch noch längere Diskussionen um frei erfundene Minderungsgründe.

An der Haltestelle Heißen-Kirche stieg ich aus der Bahn. Ein paar Stunden totenähnlichen Schlafs hatten mir gutgetan, im gleichen Sinne, in dem einem ein heißes Bad guttun kann, oder ein Tässchen Tee. Also nichts, zumindest nicht für jemanden wie mich, um in Bocksprünge oder ähnliche Ausdrucksformen der Ausgelassenheit darüber auszubrechen. Doch ein Anfang schien gemacht, und zur weiteren Verbesserung meines Zustandes enterte ich die nächste Apotheke und schaufelte mir beim Rauskommen je eine Handvoll der kreislaufstabilisierenden und blutbildenen Pillen rein. So gestärkt, nahm ich die verbleibenden zwei Kilometer beherzt zu Fuß in Angriff.

Sie hatten die Rechnung fertig, ganz so, wie ichs erbeten hatte. Vom Büro Vonscheidt aus. Wie ich behauptet hatte. Nur vier Telefonate bei vier Opel-Händlern und … *Bingo.*

Hummer, muss man wissen, ist eine General-Motors-Tochter. Wie Opel. Also, machen wir uns nichts vor: Ich bin zum Detektiv geboren.

Ich besah mir die Summe, nickte, faltete den Wisch zusammen und steckte ihn ein.

»Der Wagen steht in der Werkstatt?«

Äh, Moment, hieß es. Wenn ich bitte erst die Rechnung bezahlen könnte? Das sei so üblich, vor Ausgabe des Fahrzeugs.

Ich tat überrascht. Herr Vonscheidt hatte mich nur beauftragt, den Wagen abzuholen. Die Rechnung – ich holte sie noch mal hervor, betroffen, jetzt – sollte ich mitbringen und im Büro abgeben. Tja, und nun?

Na gut, ausnahmsweise. Unter Händlerkollegen …

Exportkennzeichen, gültig für noch fast eine Woche. Gut. Fahrertüre stand offen. Rollbarer Werkzeugkoffer daneben.

»He! Sie können den Wagen noch nicht mitnehmen. Ich muss erst noch die Verkleidungen wieder dranschrauben.«

Die untere Hälfte des Armaturenbretts lag auf dem Beifahrersitz. Jemand hatte offenbar daran gedacht, den Hummer kurzzuschließen, dann aber, angesichts eines unvorstellbaren Wusts von bunten Kabeln, die kleine rote Kneifzange sinken lassen und es sich anders überlegt.

»Das mach ich schon«, ließ ich den Mechaniker wissen. »Ist das deine?«, fragte ich noch und hielt ihm die Zange hin, doch er schüttelte den Kopf.

»Was ist jetzt mit dem Zündschloss, das wir bestellt haben?«

»Könnt ihr wieder abbestellen«, antwortete ich, führte den Schlüssel ins Schloss, drehte ihn, bis die Lämpchen aufglommen, wartete, bis das gelbe mit dem Spiralsymbol ausging, und startete. Der Sechseinhalb-Liter-Diesel-V8 erwachte wie ein dicker Mann nach einer Nacht bei den Nutten. Schwerfällig, übellaunig, furzend. Ich ruckte den Wählhebel auf D und der automobile Leviathan war mein.

Für das komplette Wochenende. Bis Vonscheidt oder der Käufer Montag hier auftauchte, um ihn abzuholen. Von da ab dürfte es nur noch eine Frage von Stunden sein, bis mir die Kelle geschwenkt werden würde. Verstecken kann man sich mit diesem Monster nicht.

Doch bis dahin machte ich das Beste draus. Vollgas, wo es nur ging. Kickdown an jeder Ampel. Fette schwarze Bögen um alle Kurven und Kreisverkehre. Immer dicht drauf und immer mittenrein. PKW-Fahrer stoben auseinander wie Urzeitpferdchen, wenn der Tyrannosaurus ums Eck gehopst kam. Enorme Heiterkeit. Anoushka würde ihn lieben, so viel war jetzt schon klar. Halbwüchsige aller Nationen bekundeten mir gestenreich ihren Respekt, doch davon mal abgesehen bekam ich alles in allem mehr Kopfschütteln zu Gesicht als ein über 50-jähriger Stahlkocher bei der Jobsuche.

Ich beeilte mich, zu Tinas Wohnung zu kommen, konnte es nicht erwarten, Anoushka den Wagen vorzuführen, konnte es nicht erwarten, mit ihr zu reden, alles, wirklich alles noch mal von vorne bis hinten durchzukauen, sie mit der durch und durch dubiosen Verbindung Dimitrijs mit Deckart zu konfrontieren und dann, wer weiß, Pläne zu schmieden. Dafür, wies jetzt weitergehen sollte, in Zukunft und so.

Whitneys und mein Hit piepste mich an. Es war Dr. Korthner.

Ein paar knappe Sätze seinerseits und ich wendete den Hummer quer über vier Fahrbahnen und zwei städtische Rabatten hinweg.

»Was soll das heißen: Die Leiche wird noch heute abgeholt?«, blaffte ich, kaum durch die Tür.

»Genau das«, meinte der Doktor lapidar und winkte mir, ihm in das Kühlhaus zu folgen. »Das russische Konsulat hat eine Verfügung erwirkt, und das heißt für uns Abschied nehmen.«

Er zog eine der Leichenschubladen auf und lüftete das Tuch von Dimitrijs Leiche. Die mir verändert vorkam. Deutlich verändert. Dimitrij war überraschend ein Bartschatten gewachsen. Und was für einer. Viel schattiger gehts nicht. Will sagen, schwarz. Und nicht nur am Kinn.

»Die Haut einer Leiche verliert Feuchtigkeit, schrumpft in der Stärke zusammen, die Haarwurzeln bleiben aber stehen. Unser Toter hier war blond gefärbt, Brauen und sogar die Wimpern inklusive, was viel Arbeit gemacht haben muss. Den Rest seines Körperhaares hatte er sich – ich vermute mal beinahe täglich – abrasiert. Interessant, nicht? Und noch etwas.«

Er schob ein Lid des Toten hoch, legte ein glänzendes, blickloses, blaues Auge frei, hob dann das andere, gleichfalls blicklos, aber stumpf und braun dabei.

»Dimitrij Jalnikow trug gefärbte Kontaktlinsen. Bitte fragen Sie mich nicht nach den Motiven. Das fällt mehr in Ihr oder Mendens Ressort.«

»Um der Beschreibung im Pass zu entsprechen«, dachte ich laut. »Was ist denn mit seinem Pimmel passiert?«

»Beim Aufprall abgerissen. Müsste sich in dem Beutel zwischen seinen Füßen befinden. Soll ich ihn für Sie rausholen?«

»Nein, nein.« Irgendwie, dachte ich, wäre es vielleicht

ganz gut, wenn Anoushka den Leichnam so nicht zu Gesicht bekäme. Andererseits war das allein ihre Entscheidung.

»Wann wollen die Russen kommen?«

»Früher Nachmittag.«

»Ich gehe jetzt und informiere seine Witwe. Ich denke, sie wird ihn noch mal sehen wollen. Doch das muss dann komplett unter uns bleiben. Kann ich mich darauf verlassen?«

Dr. Korthner hob seine bebrillten Augen und sah mich an.

»Mittlerweile hoffe ich beinahe, mal in Schwierigkeiten zu geraten«, meinte er. »Nur um die ganzen Gefallen zurückfordern zu können, die Sie mir bis dahin schulden werden.«

Okay, dachte ich. Sags ihr, nimm sie mit, sei ihr eine Stütze, aber halt dich zurück. Versuche so gut es geht die Tatsache zu verschleiern, dass im Endeffekt du es mit deinem Auto gewesen bist, der Dimitrij …

Halt, stopp mal. *Dimitrij*? Der Typ hatte sich einer radikalen optischen Veränderung unterworfen, um der Beschreibung in einem geklauten oder gekauften Pass zu entsprechen, und … den Namen des Inhabers angenommen. So wie … *Anoushka* … den seiner Frau.

Okay, dachte ich. Sags ihr, nimm sie mit, sei ihr eine Stütze, halt dich *erst mal* zurück. Und dann fahr mit ihr irgendwohin, wo es ruhig ist, und nimm sie ins Gebet.

Vielleicht … mein Fuß fand die Vollgasstellung des Pedals fast ohne mein Zutun, … vielleicht ist sie überhaupt nicht seine Witwe, sondern nur … seine Partnerin, seine Komplizin?

Vielleicht könnten wir, wenn ich es geschickt anstellte, wenn ich für einmal so etwas wie Fingerspitzengefühl entwickelte, vielleicht könnten wir gegenseitig mit kleineren und größeren Geständnissen beginnen?

Stell dir vor, sie ist gar keine Witwe. Stell dir vor, der Typ war ihr im Grunde egal …

Manche Leute haben einfach ein Gespür dafür, wann es opportun ist, jemanden anzurufen.

»Dieser Moritz Deckart, der hat 'ne Akte, daneben wirkt deine geradezu anämisch, Kryszinski.«

Hufschmidt. Irgendwie plagt mich manchmal das Gefühl, der Mann ist mir gegenüber nicht wirklich unvoreingenommen.

»Drogenhandel, Menschenhandel, Waffenhandel, Förderung der Prostitution, Bandendiebstahl, besonders schwerer Raub. Und, soll ich dir was sagen? Nie verurteilt. Immer aufgrund häufig äußerst wackliger Alibis oder weil einer aus seiner Gang für ihn reingegangen ist freigekommen.«

»Irgendwas Aktuelles?«

»Anzeige wegen Körperverletzung, versuchter Erpressung, Sachbeschädigung und noch ein paar anderer Delikte. Schwebendes Verfahren, zurzeit.«

Tina wohnte ausgerechnet im miefigen Dümpten, ein Ortsteil, den eine Umgehungsstraße vom Rest der Stadt isolieren soll, und obwohl ich die Idee begrüßte, musste ich doch an mich halten, die ganzen für die Umsetzung eingerichteten Absperrungen nicht einfach niederzuwalzen.

»Worum gehts?«

»Deckart steht mit der Expansion seines – übrigens wieder mal rätselhaft finanzierten – Gastro-Imperiums in Konkurrenz zu einem Verbund russischer Investoren, und das Klima wird allmählich rauer.«

Eine Gleisbaustelle machte eine weitere ampelgesteuerte Umleitung nötig, doch ich fuhr einfach geradeaus und scheuchte die Arbeiter mit der Hupe beiseite.

»Russische Investoren«, echote ich.

»Blütenweiße Westen, Kryszinski. Nicht, was du denkst. Angemeldete Gewerbetreibende, Steuerzahler, Sponsoren. Gut, keiner weiß, woher genau sie ihr Geld haben, aber Geld haben sie, und sie investieren es transparent und, soviel wir wissen, legal.«

Ich geriet kurz in Versuchung, ihm zu danken, und sei es nur, um ihn loszuwerden, doch Hufschmidt kam mir natürlich zuvor.

»Und jetzt bist du dran«, forderte er. »Spuck mal aus, was du so in Erfahrung gebracht hast.«

Also wimmelte ich ihn mit dem Hinweis ab, anders als manche nicht nur ein paar Tasten drücken zu müssen, damit die Informationen sprudeln, und hängte ein. Stoppte vor Tinas Mietshaus und hupte fröhlich.

»Wie – *nicht da*?!« Tinas Kristalllüster klirrte, so laut war ich geworden. »Was soll das heißen: *Nicht da?* Wo soll sie denn hin sein? Das geht doch nicht, sie kann doch nicht weg sein? Hat sie denn nichts gesagt? Keinen Zettel hinterlassen?«

Allmählich gingen mir die Phrasen aus.

»Oder sonst was?«

Tina blickte schuldbewusst und verschlafen drein, während ich von Anoushkas Schlafkammer zum Bad, zur Küche, in Tinas Schlafzimmer und wieder zurück hastete, Türen und Schränke aufriss und zuschmiss und mich alles in allem kopflos gebärdete.

»Wo soll sie denn hin sein?«, wiederholte ich. »Warum hast du mich nicht angerufen?« Hatte ich auch schon gefragt.

Genauso wie rund vierzigmal Dimitrijs Handy angerufen.

»… zurzeit nicht erreichbar.« Himmelarsch.

Dann beruhigte ich mich zwangsweise. Nichts deutete auf eine Entführung hin.

Anoushkas Bett war akkurat gemacht. So ein ordentliches Mädchen. Und ihr Koffer, ihr geliebter Koffer, ihr ganzer Besitz, lag akkurat darunter.

»Sie kommt wieder«, sagte ich.

Irgendetwas hatte ich übersehen. Irgendwas in, irgendwas am, irgendwas um den Campingwagen herum.

Ich ließ den Wagen laufen, den Diesel brummeln, Handy in Griffweite, dachte nach.

Der Himmel war verschleiert, diesig, die Sonne nicht sichtbar, und doch wurde man das Gefühl nicht los, sie käme näher. Und näher.

Zuerst war ich dankbar für die Aircondition des Hummers gewesen, doch dann wurde es mir, aller gigantischen Abmessungen dieser Karre zum Trotz eingepfercht zwischen der Tür, der direkt vor der Fahrernase angebrachten Windschutzscheibe und einem Getriebetunnel wie dem eines Ozeanriesen, sehr rasch sehr eng. Also ließ ich die Seitenscheibe runter, um den Ellbogen rauszuhängen, und die hereinströmende Heißluft machte den Effekt der Klimaanlage mehr oder weniger komplett zunichte.

Irgendwas war mir entgangen, ich wusste es, und es machte mich rasend.

Der Schlagbaum war runter, also parkte ich vor dem Gelände.

Der Platzwart meinte, mich anmaulen zu müssen, also maulte ich zurück, und er maulte mir noch etwas hinterher, das ich ignorierte.

Camper saßen und aßen, ihre Kinder plantschten und kreischten. Sie alle nahmen eine Auszeit vom Gezerre des Lebens, und recht hatten sie.

Das ausgebrannte Wrack war unverändert. Hier war nichts zu finden. Dimitrij hatte etwas zu verkaufen gehabt, so viel stand mittlerweile fest, etwas Illegales, so viel war auch sicher, etwas, das er verstecken musste, damit man ihm den Besitz nicht unmittelbar nachweisen und ihn auch nicht so ohne weiteres beklauen konnte.

So.

Außerdem hatte er berechtigte Sorgen, dass man ihn – wegen seiner Handelsware oder wegen etwas anderem – umbringen wollte. Weil, sonst hätte er das Gedicht nicht geschrieben, wie mir mit ebenso plötzlicher wie fantastischer Klarheit bewusst wurde.

Es war einer dieser Augenblicke, in denen man sich die Hand vor die Stirn klatscht, ob man nun will oder nicht.

Das Gedicht – irgendwas »Vom Haus in den Morgen …«

Osten, verflucht noch mal. Vom Campingwagen aus.

»Runter ans Wasser« oder »ans Ufer« oder so. Bloß, der See lag im Westen, vom Wrack aus.

»… geh ich.« Nicht fahr, nicht flieg, sondern geh. Also, rein ins Gebüsch.

Keine zweihundert Meter, ungezählte Mückenstiche, zwei größere Brennnesselfelder und fünf geschickt auf Kopfhöhe angebrachte Spinnennetze weiter schimmerte ein Gewässer durchs Blattwerk.

Ein Löschteich, mindestens zur Hälfte voll breiigen Froschlaichs, mit dem ich mal jemanden löschen sehen möchte.

»Wo der Nachen dümpelt«, oder sonst ein Quark.

Ein Steg. Ein Angelsteg, ohne jeden Nachen, doch wenn man einen hätte, um den Glibber damit zu kreuzen, hier würde man ihn festzurren.

»Lass ich mein Herz zurück, damit du damit dealen kannst, sollte ich vorher abgemurkst worden sein.«

Aaah, so offensichtlich, jetzt. Es tat weh.

Ich bückte mich. Spähte unter den Steg.

Zu spät.

Kein Herz zu finden, nicht mehr. Nur ein recht frisches Loch in der Erde. Und noch was. Zwar nichts von Wert, aber doch etwas von Interesse.

Es war ein Schuh. Ein schmaler Schuh. Mit einer kleinen Schleife obendrauf.

Und damit hatte ich auch die Antwort auf die Frage, die ich mir nie gestellt hatte, nämlich, wo Anouska sich mitten im hochsommerlich ausgedörrten Wald so lehmige Hände, Füße und Knie geholt hatte.

Und wieso, jetzt, wo ich einmal dabei war, wieso mir ihr Koffer bei unserer gemeinsamen Flucht deutlich schwerer vorgekommen war als vorher, als auf der Hinfahrt.

Noch so ein Rätsel, das Opfer von Hektik, Panik, Übermüdung geworden war.

Es ist nicht schön, sich eingestehen zu müssen, ein Idiot zu sein.

Doch da ist nichts auf dem weiten Felde der Idiotie, das Kristof Kryszinski, wenn man ihn lässt, nicht noch zu toppen verstünde.

Ich zog die E-Plus-Listen aus meiner Jackentasche, glättete sie, nahm sie mir vor. Vom unteren Ende her diesmal.

Wie warm es doch werden kann, so mitten im Sommer, mitten im Wald, mit der Sonne *Bang* mitten auf der Glocke und mittendrin in der Erkenntnis, dass man sich am liebsten auf der Stelle in Froschlaich ertränken würde.

Von Dimitrijs Handy aus war auch nach seinem Ableben noch fleißig telefoniert worden. Besonders fleißig seit ich es Anoushka überlassen hatte, und ganz besonders emsig in den letzten 24 Stunden. Auffallend häufig mit zwei ganz bestimmten Nummern.

Und sie gehörten beide Drecksack Deckart.

Langsam faltete ich die Blätter zusammen, verfrachtete sie wieder in die Jacke, ließ mich ganz, ganz langsam auf dem Steg nieder und war sofort wieder auf den Beinen, als eine Stimme aus dem Gestrüpp forderte: »Hinstellen! Und Hände, wo ich sie sehen kann!«

Es war der Duisburger Kripo-Beamte, und er stand mir noch nicht ganz gegenüber, als ein halbes Dutzend schwanzwedelnder Hunde durchs Gebüsch brach, ihre rustikal gekleideten Führer an langen Leinen hinter sich herzerrend.

Der größte der Meute, ein Klotz von einem blonden Mischlingsrüden, kam schnurstracks auf mich zu, schnüffelte, japste, sprang mich an und hätte mich damit um ein Haar rücklings in den verdammten Glibber geschickt.

»A-ha«, machte der Kommissar wissend.

»Was heißt hier ›A-ha‹?« fragte ich genervt, konfus, überfordert. Genauso plötzlich, wie er mich angesprungen hatte, ließ der Hund von mir ab, eilte zum Steg und begann, vehement darunter zu wühlen.

»Das ist ein Drogen-Hund«, ließ mich der Beamte wissen.

»Und was ist mit den anderen?« Keiner der übrigen Japser und Wedler nahm auch nur die geringste Notiz von mir oder dem Loch unterm Steg. »Wonach suchen die?«

»Sprengstoff. Das ist, mal im Vertrauen, alles, worum es heutzutage noch geht. Für Drogen interessiert sich kein Aas mehr. Den Kampf haben wir verloren.«

Jetzt wars an mir, »A-ha« zu sagen.

»Was natürlich nicht bedeutet«, fuhr er fröhlich fort, »dass wir Sie jetzt nicht vorläufig festnehmen, durchsuchen und verhören werden, wo der Hund einmal angeschlagen hat.«

Ich leerte geduldig meine Taschen auf den Steg, bat nur darum, ein Telefonat führen zu dürfen, bekam ein Handy gereicht, rief Menden an, erklärte ihm, was los war, und gab ihn an den Duisburger weiter. Der ging ein paar Schritte zur Seite, während ich mich wieder hinhockte und dabei zusah, wie rings um uns das ganze Geschnüffel allmählich ohne greifbares Ergebnis verebbte. Irgendjemand machte Fotos vom Erdloch unterm Steg. Der blonde Mischling kam zurück zu mir und zog sich, was von Scuzzis Koks noch an mir haften mochte, mit allen Anzeichen von Vergnügen in die große, feuchte Nase. Er hieß Bronco, erfuhr ich von seinem Halter, dem der vertrauliche Umgang des Hundes mit einem Verdächtigen sichtlich unbehaglich war.

Ich hatte Bronco auf den Rücken gedreht, und er benagte meine Wade, während ich ihm den Bauch kraulte, als der Kommissar sein Handy wegsteckte und sich wieder an mich wandte.

»Der Mülheimer Kollege ist der Ansicht, größere Verdachtsmomente gegen Sie bestünden erst, wenn einmal *keine* Spuren von Drogen an Ihnen feststellbar wären«, meinte er trocken.

Ich sammelte meinen Kram wieder ein und wir schlugen uns zusammen zurück durchs Gebüsch.

»Darf ich fragen, was genau Sie hier machen?«, fragte ich vorsichtig.

»Amtshilfe für …«, er zögerte, legte sich die Worte zurecht, »… einen Dienst, der über keine eigenen Hunde verfügt und sich für die Umstände dieser Brandstiftung interessiert. Und Sie?«

»Exakt dasselbe«, antwortete ich.

Er sah mich von der Seite an. »Sie haben großes Glück, so protegiert zu werden, vom Kollegen Menden«, meinte er nur schwach amüsiert. »Verderben Sie es sich nicht mit ihm.«

Ich versprachs, und sie packten ihre Hunde ein, auch Bronco, und ich wartete, bis sie davongefahren waren.

Mein Arbeitsspeicher ratterte frenetisch vor sich hin. Drogen! Ich hatte recht gehabt. Ich startete, wendete, ließ den Hummer mit Leerlaufdrehzahl bis zur Hauptstraße kriechen, wusste buchstäblich nicht wohin, links oder rechts, und wohin dann?, als mir die Entscheidung abgenommen wurde.

Von links näherte sich mit hoher Geschwindigkeit der dunkle Audi. Der eine. Kein Vertun.

Ich trat das Gas, kurbelte am Lenkrad und beschleunigte voll auf ihn zu.

Tshukev, der fuhr, während Partner mit irgendwas Schwarzem, Länglichem auf seinen Knien beschäftigt war, bekam riesige Augen, die Audi-Front duckte sich in den Asphalt, ich stand weiter auf dem Gas, blind entschlossen, es zum großen Knall kommen zu lassen, doch Tshukev wich im allerletzten Moment ruckartig aus, schleuderte zwischen zwei Alleebäumen hindurch auf einen Schotterparkplatz und kreiselte dort in einer Riesenwolke von Staub.

Der Mann konnte Auto fahren, keine Frage. So was bewunderst du, zumindest bis er dir, zusammen mit seinem bewaffneten Beifahrer, kurz darauf schon wieder im Genick hängt.

Inzwischen hatte ich die Autobahn überquert, die Mülheimer Stadtgrenze, war zurück in meinem Revier.

Wohin jetzt? Auf dem kürzesten Weg unter möglichst viele Menschen? Wenn Partner mir vorher die Reifen zersiebte, wäre auch der kürzeste Weg zu lang.

Kurzentschlossen bog ich vom Asphalt ab in die Schneise, die parallel zur Bahn über einer Erdgasleitung verläuft, und raste unter zufriedenstellender Staubentwicklung den für Inspektionsfahrten angelegten Weg hinunter.

Die einzige Schwierigkeit für den Audi-Fahrer bestand darin, im Staub nicht vom Weg abzukommen. Ansonsten konnte er mir, sogar mit Abstand, völlig problemlos folgen.

Zumindest bis zum Fuß des Hangs, der einstmals als Vogelsberg den Speldorfer Wald zur Wiege der Ruhr-City-Segelfliegerei gemacht hat. Seit zig Jahren aufgegeben, wuchert die ehemalige Steilwiese längst wieder zu. Nur ein seitlicher Reitweg bleibt unbewachsen.

Ich riss den Wagen herum, und die nahezu senkrecht wirkende Furche aus tiefem, zertrampeltem Kies wand sich vor der Haube des Hummers den Hang hinan.

Kickdown. Die Rückenlehne knarzte, der Himmel überzog die Windschutzscheibe mit seinem grauen Glühen, und der Motor, normalerweise so gelassen, nahm eine angestrengte Note an, wie ein Gewichtheber beim Rekordversuch, in Zeitlupe. Anderthalb Minuten wie mit zusammengebissenen Zähnen durchgezogener Kraxelei später waren wir oben.

Allein.

Ich verkniff mir rüde Gesten genauso wie fröhliches Winken, sondern blieb am Gas und jagte auf dem kürzesten Weg zurück zum Campingplatz.

Mit der Schulter durch die Türe, und Leonid hustete sich das Hemd voll Tee.

»Irgendjemand muss den Typen im Audi gesagt haben, was für ein Auto ich fahre.«

Leonid wischte an seiner Hemdfront herum, was es noch nie besser gemacht hat.

»Und dann auch noch, dass ich mich hier auf dem Campingplatz herumtreibe. Wer kann das gewesen sein?«

Leonid schielte nach seinem Telefon, einem altmodischen Ding mit Wählscheibe, gab auf.

»Ich habe eine Tochter, Kristof. Sie möchte studieren. Weißt du, was man als Sprachlehrer verdient?«

»Sprachlehrer und Gelegenheitsübersetzer. Für deutsche Behörden.«

Er nickte, klopfte sich die Hemdtasche ab, stellte zu seiner Erleichterung fest, dass sie trocken geblieben war, und entnahm ihr eine dürre Selbstgedrehte.

»Wer sind Tshukev, wenn er so heißt, und sein Partner?«

Leonid blies Rauch von sich, hob beide Hände.

»Ich weiß es nicht. Will ich es wissen? Nein. Sie zahlen in Euro, das ist alles, was ich wissen muss.«

»Gib mir Tshukevs Handynummer. Ich will ihn sprechen.«

»Das kann ich nicht machen. Bitte, glaub mir das.«

»Wieso haben die das Gedicht nicht entschlüsselt?«

Mehr Rauch, gefolgt von einem schiefen Grinsen.

»Sie hatten die Abendversion. In der Nacht, vor dem Feuer, haben sie das halbe Seeufer umgegraben.«

Ich sah ihn an. Er wurde wieder ernst.

»Ich will nicht, dass diese Frau stirbt, Kristof. Doch das wird sie, wenn du nicht schnell etwas unternimmst.«

»Aber warum? Was geht hier ab?«

Mehr Achselzucken. »Alles, was ich dir sagen kann, ist dies: Diese Frau, sie ist keine Russin. Genauso wenig wie Dimitrij ein Russe war. Ich hab ja kurz mit ihm gesprochen und gestern Abend auch ein paar Worte mit ihr gewechselt.«

Fläschchen unterm Arm, mochte ich wetten.

»Und sie sprechen russisch, sicher, aber eine, wie sagt man? – bastardisierte Version, ja. So wie eure jungen Türken ein bastardisiertes Deutsch sprechen.«

»Kanakisch.«

»Ja. Sehr *en vogue* in bestimmten Vierteln Moskaus. Also nichts Ungewöhnliches bei einem Typen wie Dimitrij, wenn er da groß geworden ist. Aber bei einer *Lehrerin*? Kristof, sei ehrlich.«

Hm. *Ey, Alter, zeig misch deine Hausas, oder isch mach disch Krankenhaus.* Nur schwer vorstellbar, da musste ich ihm recht geben.

»Aber … ihr Deutsch ist fehlerfrei.«

»Ja, Kristof. Ich hab ja auch nicht gesagt, dass sie keine Lehrerin ist. Sie hat halt nur nicht in Russland oder zumindest nicht in Russisch unterrichtet.«

»Sondern?«

Leonid zuckte die Achseln. »Das Sowjetreich war groß, Kristof, und die Staaten mit vorwiegend dunkelhaarigen Einwohnern sind über den gesamten Süden und Südwesten verteilt.«

Von der Schwarzmeerküste bis hoch in den Kaukasus, dachte ich, und dachte erst mal nicht weiter.

Der Austausch großer Werte in einer Welt ohne gesetzliche Kontrolle ist ein heikler Vorgang. Warum soll ich mich von meiner Gegenleistung trennen, wenn ich genauso gut dich berauben/umbringen und damit in der gleichen Zeit doppelt verdienen kann?

Diese Mentalität macht den Moment der Übergabe immer etwas kitzlig, um nicht zu sagen, rasend gefährlich.

Ich konnte nur hoffen, dass Anoushka zur Besinnung kam, bevor sie sich allein mit jemandem von Deckarts Kaliber traf. Und bevor Tshukev und Partner ihre Fährte wieder aufnahmen …

Mir war elend. Ich bog ab auf die Autobahn, ließ rollen. Irgendwohin. Auf der Flucht wie auf der Suche, momentan ziellos, ratlos.

Anoushka ließ ihr Handy ausgeschaltet. Das zog mich weiter runter.

Wieso vertraute sie mir nicht? Ich weigerte mich, zu glauben, dass sie mich einfach nur ausbooten wollte. Sie brauchte ja noch nicht mal mit mir zu *teilen*! Warum hatte sie sich dann entschieden, ausgerechnet den heikelsten

Teil, den Verkauf, die Übergabe, alleine durchzuziehen?

Dann kroch es an mir hoch. Langsam, schauerlich. Wie das Wasser der einsetzenden Flut an den Waden des verirrten Wattwanderers.

Es gab nichts zu teilen. Es ging nicht um Geld. Anoushka wollte nichts verkaufen. Sie wollte *tauschen*. Ware gegen Ware.

Der Hummer bog von der Bahn ab und rollte wenig später nach Hageroth hinein, das unter einem bleischweren Himmel vor sich hin schmurgelte wir eines von Edna Mohrs ewigen Pfannengerichten.

Aus Gründen der Diskretion, wenn nicht des Verfolgungswahns, fuhr ich ein Stück in die Siedlung hinein und stellte den Wagen hinter der Kirche ab, im Schatten einer mitgenommen aussehenden Kastanie.

Früher hat es in der Ruhr-City jeden zweiten Tag geregnet, selbst im Sommer, und weder der Baum noch ich waren wirklich glücklich mit den neuen Wetterverhältnissen.

Kaum dass ich gebimmelt hatte, wurde die Tür auch schon aufgerissen.

»Wieso hast du mir nicht gesagt, dass sie ihm die Haut abgezogen haben?!«, hallte es von den Reihenhausfassaden ringsum zurück.

Charly Zimmermann reüssiert erneut damit, seine Nachbarn auf Distanz zu halten.

»Hab ich nicht?«

»Nein! Weißt du denn nicht, was das bedeutet? Das bedeutet nichts anderes, als dass der Mord an Moodie eine *interne* Angelegenheit war!«

»Intern? Ja, aber …«

»Und ich renn mir die Hacken ab und telefonier mir das Maul fusselig, um rauszukriegen, ob die Banditos dahinterstecken! Willst du wissen, was ihr Präsident zu mir gesagt hat?!«

»Mal langsam«, bat ich, doch Charly war einmal in Fahrt.

»Sie haben Fred Fuhrmann gehäutet, um ihm seine Hell's-Angels-Tätowierungen zu nehmen. So was nennt man anderswo ›Ausschlussverfahren‹. Und dann, so gehen die Gerüchte, hat Drecksack selber den Hammer geschwungen!«

Ein Blitz durchfuhr mich im Schneckentempo, ließ mir Zeit, die enorme Hitze zu spüren, die die Reibung des Elektrizitätsflusses durch den Widerstand meines Körpers erzeugte.

»Weißt du jetzt, was ich meine, wenn ich sage: Halt dich da raus!?«

Wenn das stimmte, wenn Drecksack selber seinen Mit-Angel Moodie liquidiert hatte, dann …

Dann war das ein, tja, ein ziemlicher Geniestreich von mir gewesen, ihm meine Hilfe bei der Aufklärung anzubieten.

Ich brauchte kurz den Türrahmen als Stütze, meinem Gleichgewichtssinn war nicht länger zu trauen.

»Ja, aber wieso denn? Ich denke, Deckart belohnt alle seine Brüder, die jetzt rauskommen, mit fetten Jobs?«

Charly beruhigte sich etwas. »Vor der großen Razzia haben die Angels damals einen Tipp gekriegt. Fred ›Moodie‹ Fuhrmann bekam den Auftrag, einen Teil des Waffenarsenals in Sicherheit zu bringen. Seither ist das Zeugs verschwunden. Spurlos. Fred hat ausgesagt, man habe ihn mit einer Frau gelockt, mit K.-o.-Tropfen betäubt und beklaut. Deckart ist aber überzeugt davon, dass Moodie den Krempel auf eigene Rechnung verkauft hat, und zwar ausgerechnet an die Banditos.«

»Was sagt ihr Präsi dazu?«

»Er sagt, das sei Blödsinn und dass Drecksack Moodie aus anderen Gründen tot sehen wollte.«

Wir gingen rein, und ich sah mich rasch und unauffällig um.

»Marion ist arbeiten, also entspann dich.«

Hm.

»Mehr, Kristof, will ich über diesen ganzen Scheiß nicht wissen. Und du auch nicht. Steck das deinem Menden, sag, dass ihr damit quitt seid, und dann vergiss das alles ganz schnell wieder.«

Wenn das so einfach wäre. Wenn es damit getan wäre. Doch nein … Warum nur hatte ich Deckart gegenüber die Schnauze so aufreißen müssen? *Ich bin Detektiv … Lall …* O Mann … Die Peinlichkeit des Ganzen gab dem Gedanken an Selbstverstümmelung einen völlig neuen Reiz.

Und – *Brrtz!* – fuhr mir eine neue Ladung durchs Gebein, als mir klar wurde, dass er mich zur Abwicklung des Geschäfts überhaupt nicht brauchte, sondern im Gegenteil: Er verhandelte schon längst mit Anoushka, und ich war … nichts als ein Risikofaktor für ihn.

Weia. Und was hatte ich an der Hand, um ihn in Schwierigkeiten zu bringen, um ihm die Behörden oder sonst wen auf den Hals zu hetzen oder ihn – zumindest – von mir abzulenken?

»Drecksack macht Geschäfte auf eigene Rechnung«, sagte ich und ließ mich in einen Sessel sinken, in der vagen und vergeblichen Hoffnung, hier sitzen bleiben zu können, bis jemand meine Probleme für mich gelöst hatte. Egal wer, egal wie, und scheißegal wie lange es dauerte. Einfach hier hocken bleiben, bis irgendwann das Signal kam, alles ist wieder gut.

»Und?« Charly zuckte die Schultern. »Kann er doch.«

»Ja, aber er macht sie hinter dem Rücken der Angels.«

»Kann er auch. Es gibt ja keine Verpflichtung, die Gang-

Mitglieder in alles einzuweihen. Was für Geschäfte sind das denn?«

»Ich weiß es nicht genau. Aber ich habe einen Verdacht … Einen ausgesprochen scheußlichen Verdacht, wenn ich ehrlich bin … Was war das eigentlich für 'n Krempel, den sie Moodie geklaut haben, damals?«

»Da bin ich überfragt. Armeebestände halt, Kriegswaffen, irgend so was. Die Bullen haben da ein ziemliches Geheimnis draus gemacht. Entweder sie wussten es selber nicht, oder sie hatten ihre Gründe, nicht ins Detail zu gehen. Wie, stell dir vor, die Angels hätten den Amis einen nuklearen Sprengkopf geklaut oder so was. Würden die ja nie zugeben.«

»Ich krieg das raus«, sagte ich.

Charly holte zwei Dosen Bier aus dem Kühlschrank, riss sie auf, gab mir eine davon, und ich merkte, wie trocken mein Hals war. So trocken wie meine Braue feucht. Es braucht nur einen Moment Zeit und Ruhe, und man spürt wieder, was es heißt, Schiss zu haben. Dieses elende Gefühl in der Bauchgegend. Gierig nahm ich einen großen Schluck und bereute es augenblicklich. Kälte und Kohlensäure zusammen taten, was sie konnten, das elende Gefühl zu intensivieren.

»Was ist mit deinen beiden Killern?« Charly versteht es wirklich, einen abzulenken. Von dem einen Problem munter zum anderen.

»Ich hab versucht, sie frontal zu rammen, aber der Fahrer war zu gut trainiert.«

»Was, mit dem Smart?«

»Nein, nein, mit dem Hummer.«

»Du hast Vonscheidt den Hummer geklaut?«

»Ja, nun. Nach allem, was er …«

»Und jetzt planst du, dich in großem Stil mit Moritz ›Drecksack‹ Deckart anzulegen.«

»Tja, wies aussieht, hab ich gar keine andere Wahl …«

Was von Sekunde zu Sekunde immer klarer wurde, immer deutlicher, immer wahrer, war, dass ich Deckart aus dem Weg räumen musste, und zwar flott. Zu Anoushkas und meinen eigenen Besten. Oder mach da »Überleben« draus.

Charly beäugte mich wie einen angehenden Anstaltsinsassen. Geschlossene Abteilung. *Doch, die Ärzte sagen auch, es ist das Beste für ihn. Und natürlich für uns alle …*

»Kristof«, meinte er sanft, »warum schlägst du all diesen Gestalten nicht einfach ein Schnippchen und wirfst dich vor den nächsten Zug?«

Der Hummer wartete unbelästigt, bis auf einen Zettel hinter der Scheibe: »Du stehst auf meinem Parkplatz. Nächstes Mal lass ich dir die Luft aus den Reifen.«

Das ist Hageroth, Essens sympathischster kleiner Winkel.

Ich startete den Motor, um der Klimaanlage eine neue Chance zu geben, griff mir das Telefon, entfaltete die E-Plus-Auflistung auf meinem Knie, wählte.

Im Rückspiegel sah ich, wie im Haus hinter mir eine Gardine beiseite geschoben wurde. Eine unrasierte Säufervisage stierte lauernd.

»Pierfrancesco, du alte Made, was willst du?«

Es erstaunt mich stets aufs Neue, mit wem Scuzzi so alles Geschäfte macht. Und immer noch lebt.

»Hier ist Kristof«, stellte ich richtig.

Ein Grunzen antwortete.

»Pass auf«, sagte ich. »Ich weiß inzwischen Bescheid. Ich hab das Geschäft mit angeleiert und ich will meinen Anteil. Falls nicht, kann ich dafür sorgen, dass der komplette Deal durchfällt, in großem Stil. Drücke ich mich klar genug aus?«

Grunzen.

»Ich schlage vor, wir treffen uns an gleicher Stelle und handeln die Details aus.«

»Um zwölf. Heute Abend.« Eingehängt.

Mitternacht. Wie stimmungsvoll.

Hastig wählte ich die nächste Nummer. Kaltluft strömte aus den verschiedenen Düsen, sehr angenehm, denn mir war fiebrig. Kaltluft, das können sie, die Amis. Da macht ihnen keiner was vor.

»Hufschmidt, Kripo Mülheim.«

»Wo hat Fred Fuhrmann zuletzt eingesessen? Wuppertal?«

»Kryszinski?«

»Los, beantworte meine Frage!«

»Ja, klar, Wuppertal! Bandenkriminalität, was meinst du denn?!« Ich hatte ihn auf achtzig, das war gut. Macht ihn immer ein bisschen wirr, wenn er sich aufregt.

»Okay«, schnauzte ich, »du fährst jetzt auf der Stelle da raus und greifst dir seinen letzten Zellenkumpel.«

»Wie kommst du …«

»Versprich ihm Hafterleichterung oder was du willst, lüg das Blaue vom Himmel herunter, aber finde heraus, was genau Fred ›Moodie‹ Fuhrmann vorhatte, sobald er auf freien Fuß gesetzt wurde.«

»Wie kommst du dazu, mir Befehle zu erteilen, Kryszinski?!«

»Pass auf …«

»Nein, jetzt passt du mal auf! Mir stinkt das gewaltig, was du hier abziehst! Ich liefere dir hier dauernd Informationen, und von deiner Seite, da kommt …«

»Hufschmidt«, raunte ich, »wir – ich meine, du und ich – wir wissen beide ganz genau, was Hauptkommissar Menden im Grunde von dir hält.«

Zack. Stille.

Gemein, ich weiß. Und kein Aber.

»Was immer Fred Fuhrmann vorhatte zu tun ist der Grund, ist das *Motiv* für seine Ermordung. Hast du das Motiv, hast du den Täter. Also. Möchtest dus herausfinden oder nicht?«

»Dafür brauch ich eine richterliche Genehmigung, Kryszinski.« Rückzugsgefecht.

»Ja, dann hol dir eine!«, brüllte ich. »Ah, und noch was. Ich muss unbedingt wissen, was genau das war, was Fred Fuhrmann damals beiseite schaffen sollte und was anschließend nie wieder aufgetaucht ist. Ich will die Artikelbezeichnung und die exakten Mengen in Stück oder Kilogramm.«

»Hör zu, das ist geheime Verschlusssache, kapierst du das?« Er flüsterte jetzt, so geheim war das. »Solche Informationen weiterzugeben kann mich den Kopf kosten.«

»Was es war und wieviel es war, unbedingt«, wiederholte ich, obwohl mir, wenn ich ehrlich war, vor der Antwort graute.

Wenn du weißt, deine Zeit läuft ab wie Badewasser, macht dich das entweder komplett wuschig, oder es fördert deine Konzentrationsfähigkeit geradezu mirakulös.

Also: Ich hatte Deckart zu einer bestimmten Zeit an einem bestimmten Ort. Und, was das Beste war, er dachte dasselbe von mir. Das sollte mir – Blick auf die Borduhr – rund zehn Stunden Luft vor ihm und seiner Horde verschaffen. Außer, natürlich, er plante, das Treffen genauso wenig einzuhalten wie ich. Nein – er würde da sein. Er hielt mich für dämlich. Musste er, nach allem, was er bisher von mir so gesehen hatte.

Ich bemerkte eine Bewegung in meinem Rückspiegel. Saufkopp war in seinem Vorgarten erschienen. Unterhemd, Trainingshose, Arme abwartend und/oder herausfordernd vor der Hühnerbrust verschränkt, versuchte er, mich von seinem Parkplatz wegzusummen. Die Hecke hielt er aber wohlweißlich zwischen uns. Ein Stück weiter stand, unbehaglich mit zwei Reifen auf dem Gehsteig, eine A-Klasse mit breiten, polierten Chromfelgen.

Ich ruckte den Rückwärtsgang rein, setzte umsichtig zurück, fuhr davon. Man muss jemanden nicht mögen, um ihm einen Triumph zu gönnen. Manchmal reicht Mitleid.

Ata Rieses Doggen empfingen mich mit wütendem Gebell am Tor zu seinem Recycling-Hof. Es sind die beiden größten und mit Abstand dreckigsten Hunde der ganzen Ruhr-City und stehen im von Ata sorgfältig verbreiteten Ruf, blutrünstige, blindwütige Killer zu sein. Ich trat durch das Tor, und sie ließen mich keinen einzigen Schritt weiter. Zumindest nicht, bis ich sie beide ordentlich geknuddelt hatte. Wenn man sie kennt, sind es nur zwei große, schmusige Wuffel. Das Gefährlichste an ihnen sind ihre Stachelhalsbänder, da muss man aufpassen, dass man sich keinen Tetanus fängt.

Ata trat vor seine Werkstatt, einen fauchenden Brenner in der einen Hand, ein solides Stück isolierbandumwickeltes Stahlrohr in der anderen, Schweißerbrille in der Stirn, die dunklen Augen misstrauisch, ein kalter, vollgesabberter Zigarrenstumpen der einzige Hinweis, wo in seinem schwarzen Bart sich wohl die Mundöffnung befinden mochte.

»Kristof«, stellte er fest, als ich näher kam, Hände dreckstarrend vom Hundeknuddeln. »Dass du dich noch hertraust … Weißt du eigentlich, wie viel du mir inzwischen schuldest?«

»Das wissen wir beide nicht mehr genau, Ata.«

Ich ging kurz rein zum Spülbecken, das aussah, als ob man einen Dieselmotor darin geschlachtet hätte, wusch mir die Hände, warf einen kurzen Blick auf das von einem Nagel baumelnde Handtuch und überließ der Sommerluft die Trocknung meiner Finger. Ata betreibt seinen Laden jetzt seit rund zwanzig Jahren, und ich schwöre, dieses eine Handtuch hängt da seit dem ersten Tag. Und war vorher schon etwas, nun ja, eingearbeitet.

»Komm mit raus«, sagte ich zu ihm.

»Zwei«, sagte Ata und trat gegen einen Vorderreifen.

»Zwei«, echote ich, wie ein Weinsnob »Dornfelder« wiederholt.

»Ja, nun, Kristof, machen wir uns nichts vor, die Besitzverhältnisse dieses Autos sind nicht bis zum Letzten geklärt, außerdem muss er schnell weg, sieh dir die Kennzeichen an, das drückt automatisch auf den Preis, und ein bisschen was will ich schließlich auch dran verdienen, oder?«

»Zehn«, sagte ich und hörte ein leichtes *knk*, als Ata seinen Stumpen durchbiss. »In bar, und zwar« – dies war Ata Riese, nicht zu vergessen – »echtes Geld, Ata, richtige Währung, nichts Selbstgefrickeltes, auch wenn es noch so hübsch bunt ist.«

Er fummelte sich die beiden Zigarrenresthälften aus dem Bart und betrachtete sie mit etwas wie Wehmut, wie liebgewonnene Weggefährten, bevor er sie über seine Schulter warf.

»Acht«, sagte er und gab dem Reifen noch eins mit dem Stiefel.

Ich nickte.

»Ich bringe ihn morgen, irgendwann im Laufe des Tages. Sieh zu, dass du die Moppen da hast.«

Sobald man es einmal mit seinem Stolz vereinbart hat, als Flüchter angelegt zu sein, kann man sich auf seine Rolle konzentrieren und dabei eine ähnliche Methodik – und ein ähnliches Denken – entwickeln wie seine Gegner bei der Ausübung der Jagd. Ziel ist, der Gegenseite lange genug einen Schritt voraus zu bleiben und dann im entscheidenden Augenblick ganz zu verschwinden. Geld ist wichtig, doch dafür war ja nun gesorgt.

Als Nächstes musste ich Anoushka finden, sie dann überreden, ihre Pläne aufzugeben und mit mir, wie man so schön sagt, das Weite zu suchen.

Eine wunde Stelle blieb dabei der Gedanke, dass sie wohl gar nicht Anoushka hieß, keine Russin war und mein ganzes Bild von ihr schief und noch unvollständiger, als es eh schon gewesen war. Warum vertraute sie mir nicht?

Weil sie dir dann auch ihr wahres Ziel verraten müsste, Kristof.

Ich ließ das Fenster runter, ich brauchte Luft.

Ihr wahres Ziel. Je näher ich mich an den Gedanken herantastete, desto flauer wurde mir.

Ich *musste* sie finden. Einziger Dreh- und Angelpunkt, der mir einfallen wollte, war ihr Koffer.

Gas. Halb die Mellinghofer Straße hinunter, fast in Dümpten, fiepte Whitneys Melodie auf.

Im ersten Moment verstand ich nichts, so leise wurde am anderen Ende gesprochen. Dann erkannte ich die Sprecherin.

»Geht das ein bisschen lauter, Tina?«

Anscheinend nicht, also versuchte ich es durch intensiveres Hören wettzumachen, was nie gelingt.

»Ich verstehe kein Wort, Tina!«

Dann verstand ich.

»Sie ist hier, Kristof.«

»Halt sie auf! Egal wie!«

Ein Geigenbogen, über den Gaszug gestrichen, hätte einen Ton erzeugt, wie er Glas zerspringen lässt.

Die letzten Meter der Verzögerung vor Tinas Mietshaus überließ ich der Handbremse allein, sprang, hastete über den Gehsteig und die paar Stufen hoch und hatte den Klingelknopf bis in den Mauerputz gepresst, als Anoushka die Haustür öffnete und mich aus aufgerissenen Augen ansah.

Der Schrottplatz, der Benz, der Elektromagnet passierten meinen inneren Bildschirm, manchmal ist mir da nicht zu helfen.

»Kristof!« Sie sah schmal aus, noch schmaler als sonst, überrascht, verängstigt, verwirrt. Ungeduldig. Ungeduldig mit mir.

Der Schredder folgte den anderen Bildern.

Sag was!, trat ich mich selbst in die Hacken, doch widerstrebende Gefühle – die Freude, sie zu sehen, die Angst, sie zu verlieren, die Irritation, dass sie mich offensichtlich nicht erwartet hatte und weniger als begeistert auf mein Auftauchen reagierte –, all das löste ein Chaos in meinem Sprachzentrum aus, das in einem stummen, hilflosen Stieren resultierte, wie ich es seit Teenagerzeiten nicht mehr durchleiden musste.

Anoushka trug eine hochgeschlossene weiße Bluse, ihre Ferrari-Kappe, ihre ordentlichen Jeans, Sportschuhe. Und, mit beiden Armen protektiv vor der Brust, einen kleinen Aluminiumkoffer, Format Handgepäck.

Aluminium läuft an, wenn man es in der Erde lagert, ähnlich wie Silber. Und dieser Koffer hier …

Hinter mir erklang das schlurrende Geräusch verzögernder Reifenflanken an Bordsteinkante. Ich drehte mich um, sah und erkannte den Chevy-Van, der unter meinem Hotelzimmer geparkt hatte, die Seitentür glitt auf, und ich bekam Anoushka so gerade noch zu fassen, bevor sie mir entwischt und in den Van gesprungen wäre.

Irgendwie hatte ich Barnie am Steuer erwartet, umso

überraschter war ich, als ich unter der Sweaterhaube Ronnies Pickelgesicht erkannte.

Anoushka versuchte sich loszureißen.

»Du tust mir weh!«, beklagte sie sich, also ließ ich ihren Arm los, packte gleichzeitig aber den Koffer, beidhändig.

Sie sah mich an, ihr Mund schmal, ihre Augen groß.

»Bleib bei mir.« Ich legte alles in diese drei Silben, alles, was ich hatte.

Und ich spürte sie schwanken, innerlich.

Ronnie hupte, ungeduldig, die Haustür fiel hinter mir ins Schloss, Pummel tauchte an meiner Seite auf.

»Lass den Koffer los«, raunte er, scheinbar gutmütig. »Du siehst doch, dass sie mit uns fahren will.«

»Verpisst euch«, fauchte ich. »Sie bleibt bei mir.«

Die Situation bekam jetzt rasend schnell lächerliche Züge.

Ronnie hupte, Pummel gluckste. Anoushka und ich zerrten stumm an dem Koffer herum.

»Das seh ich anders«, meinte Pummel, strich um mich herum wie ein Hund um einen Baum. »Zwölf Stiche, was?« Und er stach mit spitzen Fingern zu.

Ich knickte ein und klappte zusammen wie ein Zollstock, musste den Koffer loslassen und kam wieder hoch mit einem Schrei, wie ich ihn von mir noch nicht kannte, in der Rechten das von Ata geliehene und aus dem Jackenärmel geschüttelte Stück Stahlrohr, und ich hätte Pummel in diesem Augenblick ein bleibendes Hirntrauma verpasst, wenn ich nicht aus dem Augenwinkel den heranjagenden grauen Audi wahrgenommen hätte, und am Audi das geschmeidig heruntersurrende Beifahrerfenster, und darin Partner mit einer dunklen Brille auf der Nase und einer dicken Wumme in Händen.

Ich stieß Anoushka in den Chevy.

»Haut ab!«, brüllte ich, doch Pummel stand wie angewurzelt – er hatte den Hummer entdeckt und war momentan überfordert –, bis ich ihn mit einem unglaublich zufriedenstellenden Whack! über den Schädel und einem mindestens so befriedigenden Kick in die Rippen rücklings in den Van schickte, die Schiebetür zuzog, dabei noch »Nun fahr endlich!« kommandierte und mich praktisch mit dem Schwung der zugleitenden Tür in den Hummer hievte. Der schwarze Van presste sich davon, nur Zentimeter hinter seinem Auspuff riss ich den Hummer herum und stellte ihn quer auf der Straße ab. Der Audi kam quietschend vor meiner Fahrertür zum Stehen, Tshukev hing brüllend vor Wut aus seinem Fenster, Partner vergleichsweise cool aus dem anderen, eine kurzläufige Schrotflinte in der bandagierten Hand.

»Weg da!« forderte Tshukev mit Schaumflöckchen vor dem Mund.

»Erschießt mich«, sagte ich, wenn auch leise, und ließ das Ungetüm in Leerlaufdrehzahl ein wenig vorrollen, dann, mit nichts als einem leisen Rucken des Wählhebels auf R ein wenig zurück, bevor ich wieder D einlegte. Tshukev brauchte noch nicht mal dran zu denken, sich vorbeiquetschen zu wollen.

Er sah es ein, fluchte gefühlvoll auf Russisch, setzte den Audi mit heulendem Rückwärtsgang die komplette Straßenlänge zurück, riss den Wagen oben mit der Bremse herum und verschwand.

Fahren konnte er, das musste man ihm lassen. Nur nutzen würde es ihm nichts. Dies war Mülheim, und die nächste Querspange, um auf die Straße zu gelangen, über die Ronnie und Pummel mit Anoushka geflüchtet waren, befand sich mehr oder weniger am anderen Ende der Stadt, wenn nicht des Kontinents.

Ronnie und Pummel. Wo kamen die her? Und, vor allem, wo waren sie hin?

Mit Anoushka. Dank meiner Hilfe.

Jetzt war mir schlecht. Weia. Die ganze Übelkeit vorher war nichts als ein mildes Unwohlsein gewesen, ein Präludium, wie ein Solo für Querflöte, bevor sich das gesamte Orchester so richtig ins Zeug legt. Doch, mir war übel. Kotzübel.

Es war das Richtige gewesen, sagte ich mir. Du hast in diesem Moment das einzig Richtige getan. Und dann auch wieder nicht.

Ich setzte den Wagen ein Stück zurück, bevor ich ausstieg und mir den Hinterreifen besah, den Partner mit einem einzigen Schuss in einen Haufen sehniger Fetzen verwandelt hatte.

Schlechte Verlierer, die beiden, doch, wie ich immer gerne sage, wer will schon ein guter Verlierer sein?

Ich hatte Tina gebeten, Anoushka um jeden Preis aufzuhalten, was sie nicht getan hatte. Dann war Pummel aus dem Haus gekommen. Beides zusammen verhieß nichts Gutes.

Ich klingelte, ich klingelte noch mal, ich klingelte mit wachsender Sorge, bis irgendwann dann der Summer ging und ich halb in den Hausflur fiel.

Tina hielt sich einen Waschlappen voll Eiswürfel auf das eine Auge und heulte Rotz, Wasser und Wimperntusche mit dem andern.

Fühle ich mich unter normalen Umständen schon unbehaglich in der Gegenwart einer weinenden Frau, wird es nicht besser, wenn ich sie noch als einen Kerl gekannt habe, der alleine ein volles Speisfass durch die Gegend tragen und Feldbrandziegel mit nur einem Hammerschlag halbieren konnte.

Ich stand also halb betroffen, halb peinlich berührt an ihrer Seite, klopfte ihr auf die Schulter und machte, was ich für tröstende Geräusche hielt. »Na, na« und »Ist ja schon gut« und solche Sachen.

»Ich habs versucht, Kristof«, schniefte sie schließlich. »Doch dieser dicke Typ ist einfach auf mich los und …«

Und noch ein Schwall. Lidschatten und alles.

»Weißt du, Tina«, gab ich säuerlich zu, »ich werde auch nicht mit Pummel fertig.« Zwölf Stiche bewiesen das.

»Was ist mit Anoushka? Wo ist sie hin?«

»Ich hab sie mit Pummel und seinem Kumpel Ronnie weggeschickt.«

»Du hast *was*??!«

Hoppla, hübsche Schwellung. Ein 360°-Panda, wenn sie nicht konsequent weiterkühlte.

»Tu ihn wieder drauf, den Lappen, Tina. Und ich hatte keine Wahl.«

»Ja, und jetzt?«

»Jetzt muss ich sie suchen.«

»Ja, aber wo willst du anfangen?«

Zwölf Stiche. Wenn man die Möglichkeit einmal großzügig ausschloss, dass Pummel Einsicht in meine Krankenhausakte genommen hatte, konnte er die Anzahl der Stiche in meiner Bauchdecke nur von einer einzigen Quelle erfahren haben.

»Sag mal, Tina, hast du eine Ahnung, wo Deckart wohnt?«

Sie sah überrascht auf, mit dem heil gebliebenen Auge.

»Ja klar. Über dem Narziss-Club.«

Ah, hätte ich mir denken können. Ehemalige Minister-Villa mit hoher Mauer drumrum und dem ganzen anderen Gesumms. Perfekt.

»Wie komme ich da rein?«

»Na, mit uns!«

»Wer ist ›uns‹?«

»Na, mit Kevin und mir! Wir gehen jeden Donnerstag. Obwohl …« Sie nahm den Lappen vom Auge, griff sich einen Handspiegel und beäugte die Reflexion ihres mit schwarzen Tränenspuren durchzogenen Antlitzes ausgiebig aus jedem erdenklichen Winkel. »Na, das bedeutet wohl meine Queen Bee für mich heute.«

Ich fragte nicht.

»Weißt du, als Angestellte haben wir Clubausweise, und wir dürfen *selbstverständlich* jemanden mitbringen.«

Tina sprang auf die Füße. Der Kummer schien vergessen, was mir nur recht war.

»Außerdem haben sie im Club die gleichen Getränkekarten wie im Lollipop.«

»Und?«

»Na, wenn du reinkommst, kriegts du eine Karte. Darauf wird alles notiert, was du konsumierst. Und wenn du dann rausgehst, zeigst du und zahlst du die, die du vorher schon im Handtäschchen hattest, Dummerchen. Die mit dem einen Wässerchen drauf.« Sie lachte kehlig. »Ich hoffe, du magst Rosé-Champagner.«

Dann hielt sie plötzlich inne, stemmte die Fäuste in die Hüften, begutachtete mich von oben bis unten, schnaufte missbilligend und knurrte: »Aber so, wie du rumläufst, Freundchen, nehmen wir dich auf keinen Fall mit.«

»Ihr werdet mich in keinen Fummel stecken! Und bleib mir mit deiner Puderquaste vom Leib!«

Hab ich meine Schwierigkeiten mit weinenden Frauen, so ist das kein Vergleich zu denen, die ich mit mittelgroßen Typen hab, die um mich herumstolzieren, als hätten sie die ganze Zeit eine Pfauenfeder in den Arsch geklemmt.

»Aber soo kannst du nicht mit!«

Neo-Punk-Kellner Kevin war, von Tina aufgescheucht durch einen Anruf, angeflattert gekommen, unter den Armen ein halbes Dutzend Einkaufstüten, in denen man auch einen Ping-Pong-Tisch verstauen könnte, und seither lief das Programm, Kristof Kryszinski unauffällig zu gestalten. Unauffällig für die Verhältnisse eines Schwuchtelclubs, heißt das.

Federboas, falschen Wimpern, Strass und Lipgloss hatte ich schon eine Absage erteilt, genauso wie einer »König der Löwen«-Perücke, dem Ledertucken- wie dem Matrosen-Outfit.

»Schwieriger Fall.« Die beiden betrachteten mich wie Ärzte einen Patienten mit rätselhaften Symptomen.

»Natürlich könnten wir ihm immer noch einfach eine E-Gitarre umhängen, und fertig.«

»Eine E-Gitarre?« Tina verstand nicht.

»Na ja, du weißt schon. Siebziger-Jahre-Rock-Ikone.«

Und hach, da musste doch einiges an Kleenex an den Eyeliner gehoben werden.

»Nein«, entschied Kevin, als sich die Heiterkeit endlich ein wenig gelegt hatte, »unsere einzige Chance ist der Dandy.«

Ich bat höflich um eine Erläuterung.

»Tja, Hase«, meinte Kevin auf seine herablassende Art, »das Narziss, das ist die neue Dekadenz. Wo der Überfluss aufs Laster trifft. Du verstehst. Und ich hätte da noch einen hübschen Anzug, den ich dir leihen könnte.«

»In 'nem Anzug von dir könnte ich froh sein, wenn mir die Hosenbeine bis über die Knie gehen«, murrte ich.

»Ich bin einsechsunsiebzig!«, protestierte Kevin schrill, um dann etwas verhaltener »mit mittelhohen Absätzen« hinzuzufügen. »Und der Anzug ist nicht von mir. Den hat … *jemand* … bei mir vergessen. So wie ich ihn. Und damit genug des Themas. Hier ist das gute Stück.«

Er griff in eine seiner Tüten und zog einen dunkelblauen Anzug mit hellgrauen Nadelstreifen hervor.

»Aber das ist ja *Armani*«, juchzte Tina und befummelte den Stoff.

»Sollte dir passen«, meinte Kevin, Augenmaß nehmend. »*Er* … war auch ein wenig voll um die Hüften.«

»Das ist ein Verband!«, beschwerte ich mich.

»Was auch immer. Doch zuerst …« Er warf den Anzug aufs Bett, beugte sich über einen enormen Schminkkoffer und kam mit einer Schere in der Hand wieder hoch, »… heißt es … schnippschnipp.«

Mittelscheitel mittellang, mit den Haaren hinter den Ohren, das hat *Stil.* Zeitlos. Genau wie meine restliche Aufmachung. Maskuline modische Konstanz, nenne ich das. Ein Zustand von Ruhe inmitten des ganzen Trend-Gehechels.

Tina hielt mir den Spiegel, und ich begriff das erste Mal, warum Frauen nach dem Friseurbesuch zu hysterischen Anfällen neigen. Ich kannte den Typen im Spiegel nicht wieder.

»Was soll das sein?«, fragte ich rau. »Ein Haarschnitt?«

Scheitel rechts mit nach links gewischtem Pony und der Rest, tja, kurz. Und ordentlich. Mutter würde es lieben, dachte ich, nickte bei dem Gedanken, und der Pony fiel mir übers Auge. Wie bei …

»Das ist der Brian-Ferry-Look. *Extrem* angesagt zurzeit. Doch du musst es im Ganzen sehen. Hier, schlüpf da mal rein.«

Ich glitt in den Anzug. Es gibt kein anderes Wort dafür. Die Teile zogen sich mir praktisch von selbst über und saßen anschließend wie das Fell an einem Labrador. Eng genug, um das Muskelspiel erahnen zu lassen, und gleichzeitig weit genug, um sich jederzeit den Fuß hinters Ohr klemmen und die Klöten lecken zu können, sollte einem danach sein. Ich war gegen meinen Willen beeindruckt.

Die Damen nicht so.

»Na ja«, meinte Tina. »Immerhin besser als vorher.«

»Aber immer noch *verlebt*. Und die Fingernägel ...«

»Ein Bad und eine Rasur braucht er auch noch.«

»Und vielleicht einen Hauch von Kajal ... Damit die Augen ein bisschen von den Falten ablenken ...«

»Was machen wir mit den Schuhen?«

»Die lassen wir. Ausgelatschte Deichmann-Sneaker zu Armani, das geht als feine Ironie durch. Was allerdings nicht durchgeht ...« Kevin streifte meine linke Manschette hoch, »... ist *das*. Wo hast du *die* denn her?«, wollte er wissen und meinte meine Armbanduhr, treue Begleiterin seit ewigen Zeiten. »Aus dem Kaugummiautomaten?«

»Zu früh zu erscheinen heißt, aus der Provinz oder, du weißt schon, ... *bedürftig* ... zu sein.«

Der Radwechsel am Hummer war mit Tina als handelnder, mir als lenkender und Kevin als hindernder Kraft nur knapp an einer Farce vorbeigeschrammt. Anschließend hatte ich achtzehn Minuten im Bad gebraucht, Tina und Kevin zusammen gefühlte zehnmal so lange. Das war, bevor sie anfingen, ihre jeweiligen Garderoben nach passenden Outfits zu durchwühlen.

Tina entschied sich schließlich für ein Kostüm im Stil von, tja, *Die Garbo auf Reisen*, komplett mit Zigarettenspitze, seidenem Kopftuch und einer Sonnenbrille mit Gläsern im Bierdeckelformat. Kevin wählte ein Designer-Feinripp-Unterhemd über knappen schwarzen Hosen mit Trägern, die allerdings seitlich baumeln gelassen wurden. Dazu geschnürte Faustkämpfer-Stiefel und aus welchen Gründen auch immer sowohl Knie- als auch Ellbogenschützer, wie Skater sie tragen. Ich denke, es war eine Frage der Message. *Ich mags ruppig* oder etwas ähnlich Subtiles.

»Können wir?«, fragte ich, schon längst am fransigen Rand von Nerven und Geduld, doch noch waren die Handtäschchen nicht präpariert, ich Dummerchen.

Ich senkte den Kopf in stummer Resignation, und die Stirnlocke fiel mir übers Auge.

Die einsetzende Nacht war brütend, der Verkehr konfus, die Fahrer ziellos und gereizt. Kaum eine Ampel, an der man nicht von der Seite angemacht wurde, doch ich war nicht zu provozieren, thronte buchstäblich über dem ganzen Geschmeiß, besorgt, bedrückt, unerreichbar selbst für das Geschnatter meiner beiden Beifahrerinnen.

Ich hatte ein schwieriges Telefonat mit Hufschmidt hinter mir, an dessen Ende ich den Kommissar ein weiteres Mal hinhalten musste, was ihm überhaupt nicht schmeckte.

Seither verfolgte ich sämtliche Nachrichten im Radio.

Denn was Hufschmidt mir in aller Vertraulichkeit mitgeteilt hatte, speiste gleichzeitig meine letzte Hoffnung wie meine schlimmsten Befürchtungen.

Obendrein hatte ich nicht mal ansatzweise einen über das schlichte Hineinkommen in den Narziss-Club hinausgehenden Plan, und all das wühlte in Verbindung mit Übelkeit und einem seit der letzten Attacke nicht mehr nachlassenden Schmerz in meiner Mitte herum wie ein Aal in einem Kadaver.

Die Security ließ keine Autos auf das Grundstück. Wer vorfuhr, tat das draußen vor der Mauer, von wo auch der rote Teppich hochführte zum feierlich angestrahlten Gebäude im Stil eines, tja, Südstaaten-Sklavenhalter-Landsitzes. Kurz, es gab 'ne Menge weiße Säulen mit Bodenflutern auszuleuchten.

Ein uniformierter Einparker bot seine Dienste an, doch ich winkte ab, ließ Tina und Kevin aussteigen und parkte den Hummer dann ein paar Straßen weiter. Anschließend wählte ich einen deutlich dezenter ausgeleuchteten Weg hoch zum Clubhaus.

Kameras, unterstützt von Hell's Angels in schwarzen Anzügen, bewachten jeden Winkel. Man durfte sich beschützt oder belauert fühlen, je nach Intention.

Tina und Kevin erwarteten mich vor dem Eingang, Wangen glühend vom Defilée über den roten Teppich.

»Ganz schön was los«, beobachtete ich. »Für einen Donnerstag.

»Donnerstag ist *der* Tag, Hase«, musste ich mich belehren lassen. »Donnerstag läuten wir das Wochenende ein. Bevor Freitag das halbe Sauerland hier einfällt.«

Am Eingang musste ich dann ins Licht, damit der angestellte Fotograf seiner Arbeit nachgehen konnte. Alle Neuankömmlinge wurden abgelichtet, die meisten in Pose, und man konnte sich die Bilder anschließend für ein paar Euro aufs Handy laden, ausdrucken, per Mail oder als Hochglanzabzüge nach Hause schicken lassen.

Niemand schien sich Gedanken zu machen, wofür die Fotos noch genutzt werden könnten. Niemand bis auf mich, der, eingerahmt von meinen zähnefletschenden Begleiterinnen, bescheiden lächelnd das Haupt neigte und damit das Gesicht so gut es ging hinter der neuen Schmachtlocke verbarg.

Das mit dem Rosé-Champagner war keine leere Drohung gewesen, wie schon beim Betreten der großen, stuckornamentierten Eingangshalle klar wurde. Erst diskret abgeklopft und auf Metall gescannt, dann mit einem hochstieligen Gläschen voll blassrosa Brause für diese etwas lästige Prozedur entschädigt, wurde uns ein denkwürdiger Abend gewünscht.

Tina und Kevin waren sichtlich willens, einen draus zu machen, ich sowieso, wenn auch auf eine etwas weniger exaltierte Weise.

Nach einem Schluck kippte ich die rosa Miege in den

nächsten Blumenkübel, grübelte darüber nach, wie ich mich am besten und unauffälligsten umsehen sollte, da hakte sich Tina bei mir unter und kündigte mit großer Geste an, mir *alles* zu zeigen.

Nach einer Runde durch die Eingangshalle, die hauptsächlich dazu diente, eventuellen Interessenten Tinas Hüftschwung vorzuführen, waren wir etwa fünfzig Schritte weit einen zunehmend schummriger werdenden Gang hinunter, als jemand durch eine Tür schlüpfte und ein Hauch, ein Dunst, ein Aroma meine Nüstern blähte und mir den Kopf herumriss.

Diesen Geruch gibt es nur einmal auf der Welt. Bitter wie Zyankali und gleichzeitig, zumindest für den Initiierten, süßer als in Honig gelöste Zuckerwürfel. Und initiiert war ich, aber holla.

»Nein, nein, nein«, sagte Tina streng und zog mich mit sich. »Da willst du nicht rein. Das ist überhaupt nichts für dich.« Also folgte ich ihr mehr oder weniger willig, doch nicht, ohne noch einen Blick zurückzuwerfen auf das Messingschild neben der mit rotem Brokat verkleideten Tür. »Smoking Lounge« stand darauf.

Tina und ich fassten erst mal Fuß an der Bar des größten Saals, der Disco. Es war erst um die zehn Uhr und der Laden, wie ein sinkendes Schiff, noch im Zustand ständigen Zulaufs. Die Leute strömten herein und verteilten sich, manche zielstrebig, andere suchend. Alle, ausnahmslos alle schienen entschlossen, sich möglichst rasch in Form zu bringen. Überall wurden Lines gelegt, Blättchen geleckt, Löschpapier gelutscht, gläserne und metallene Pfeifchen entzündet, wilde Mischungen an Pillen mit ebenso abenteuerlich gemixten Getränken runtergespült. Die Raumtemperatur stieg beständig, und Tempo und Schallpegel der Musik mussten alle zwei Minuten nach oben korrigiert werden, um nicht unterzugehen im angeregter und angeregter werdenden allgemeinen Geschnatter. Die Stimmung war … aufgeladen, aufgekratzt, mit weiterhin stark nach oben zeigender Tendenz.

Tina bestellte uns irgendeinen mehr oder weniger halbherzig verdünnten Wodka-Drink, und wir machten Stößerchen, doch schon der erste Schluck wälzte mir den Magen um und brachte mir den Schweiß auf die Braue. Ich entschuldigte mich, nur für einen Moment, und ein schmaler, rosiger Jüngling glitt praktisch unter mir durch auf meinen Hocker und schlug recht effektvoll die Augen nieder.

Ich war vielleicht zehn Schritte weg, eigentlich schon außer Hörweite, als mich noch ein ausgesprochen timbrehaltiges »Stößerchen« erreichte.

Mein ursprüngliches Vorhaben war gewesen, bis kurz vor Mitternacht zwischen möglichst vielen Menschen den Kopf unten zu halten und dann kurzentschlossen in Deckarts Räume einzubrechen. Anoushka war irgendwo in diesem Gebäude, ich wusste es, wie man so etwas eben weiß. Logik gepaart mit Intuition verschwurbelt mit Wunschdenken.

Doch ich konnte mich hier nicht stundenlang unters Volk mischen, ohne als Außenseiter aufzufallen, so wenig wie man sich als, sagen wir, Hund unter lauter Katzen verstecken kann. Ich beherrschte das Vokabular nicht, nicht das der Sprache und nicht das der Bewegungen, fühlte mich angegafft und ausgegrenzt und generell irritiert durch die unverblümt erotisch aufgeladene Atmosphäre des Ganzen.

Ich brauchte einen stilleren Ort, etwas, wohin ich mich für eine Weile zurückziehen konnte, etwas zum Abhängen, raus aus dem Licht, dem Lärm, dem Gebalze …

Eine bezaubernde Asiatin im Geisha-Look wartete im mit dicken Vorhängen abgeteilten Vorraum der Smoking Lounge.

Ein blödsinnig breit wirkendes Schild an ihrem Kimono verriet ihren Namen: Li.

Moodie war von einer Asiatin geleimt worden, damals, wie ich inzwischen wusste, doch war das Jahre her und in Düsseldorf gewesen, und überhaupt kann man sie deshalb ja nicht alle verurteilen.

Der bittere Geruch war überall hier, wie Weihrauch im Petersdom.

Ich trat an Li heran mit dem halb verlegenen und halb entspannten Lächeln von jemandem, der sich verlaufen hat, ohne deshalb aber gleich aus dem Häuschen zu geraten.

»Es tut mir leid«, behauptete ich, »aber ich scheine mich hier …«, ich wies hinter mich, in Richtung der nur noch sehr gedämpft hereindringenden Musik, »… auf die falsche Party verirrt zu haben.« Mit meinem schmalsten, einseitigsten Lächeln ließ ich meine Stirntolle über das Auge fallen, strich sie mit einer Hand zurück, wobei ich der Geisha einen kurzen Blick auf meine Armbanduhr gestattete.

Patek Philippe, no less. Kevins Ex-Lover scheint es gehabt zu haben, säckeweise.

»Man hat mich hier mit einem etwas anderen Versprechen hergelockt.«

»Nun«, sie lächelte servil, »wir werden natürlich alles versuchen, Ihre Erwartungen nicht zu enttäuschen.« Nur um im gleichen bescheiden-verführerischen Tonfall hinzuzufügen: »Cash oder Credit Card?«

»AmEx okay?«, fragte ich und zupfte die dunkle, titanfarbene Plastikkarte ein winziges Stückchen hervor, und das genügte auch schon.

Zum Glück, denn sie war selbstredend so nutzlos wie

alles, das man bei Ata Riese als Bonus für irgendeine andere Anschaffung zugesteckt bekommt.

Der Vorhang teilte sich, und die Beleuchtung wurde schummriger, die Beschallung unaufdringlicher, der Rauch dichter. Meine Nasenflügel weiteten sich, mein Speichel begann zu fließen und ich fühlte mein Herz einen guten, runden Beat annehmen.

Zwei Stunden Zeit, in Ruhe nachzudenken und zu planen, hier war genau der Ort dafür.

Li ging mir voran, wies um sich, überließ mir die Wahl, wo ich mich ausstrecken wollte.

Die Ausgestaltung der Lounge war ein wenig unentschieden. Zum einen schien man viel vom Mobiliar des ehemaligen Swinger-Clubs übernommen zu haben – Divane, Chaiselongues, Sofas, schmale, breite Spielwiesen, Kissenberge auf Matratzenlagern, teils öffentlich, teils abgeteilt in Separées – zum anderen war man dann, im Bemühen um authentisches Ambiente, beim gleichen Ausstatter gelandet, dem auch die meisten Asia-Gastronomen vertrauen, was die Smoking Lounge im Endeffekt wie eine Mischung aus Puff und China-Restaurant wirken ließ.

Die meisten Besucher träumten allein, lagen herum in unterschiedlichen Zuständen von Abgedröhntheit, doch auch das eine oder andere Pärchen döste gemeinsam vor sich hin, verstrickt in wie in Zeitlupe ausgeführte Zärtlichkeiten.

Ich entschied mich für einen Divan, wenn es keine Chaiselongue war, in einer Nische, die mir gestattete, halbwegs den Überblick zu behalten, ohne selbst wie auf dem Präsentierteller herumzuliegen.

Was ich vorhatte, war streng genommen Wahnsinn, und daher schien es angeraten zu sein, mit ruhigem Blut und kühlem Kopf vorzugehen.

Li schob ein Wägelchen heran und begann unverzüglich mit der Vorbereitung. Geraucht wurde aus persischen, aubergine-förmigen Porzellanpfeifen, bei denen das Opium – schwarzes, pastöses, klebriges Shiri, wundervolles Zeugs – rings um eine winzige Öffnung geschmiert und dann mittels eines glühenden Drahts in Rauch aufgelöst wird. Lis Wägelchen war sogar mit einem kleinen Bunsenbrenner ausgestattet, um den Draht auf Temperatur zu bringen.

Der Rauch war dünn, kaum sichtbar, dafür erst mal recht heiß auf der Zunge, doch schon den Rachen hinunter wirkte er kühl und besänftigend, breitete sich dann in Lunge und Zwerchfell aus wie Nebel in einem Tal. Ich hielt die Luft an und fragte mich, ob dies eventuell schon Anoushkas Lieferung war, die ich hier paffte.

Li zog weiter und überließ mich meinen Gedanken.

Das war eine gute Idee gewesen, musste ich mir eingestehen.

Probleme mit meinen weiterführenden Plänen heute Abend waren nicht zu erwarten. Eher im Gegenteil. So ein Pfeifchen ist nichts. Da hab ich früher ganz andere Dosen gehändelt.

Gerauchtes Opium braucht seine Zeit, und die ersten Anzeichen, dass es zu wirken begann, waren schwindende Übelkeit und eine enorme Linderung des Wundschmerzes.

Perfekt, sollten gleich irgendwelche Klettereinlagen nötig werden. Außerdem überkam mich große Ruhe, auch höchst willkommen bei meinem Vorhaben.

Li sah bei mir vorbei, lächelnd, fürsorglich. Noch 'ne Pfeife? Aber immer. Durfte nur die Zeit nicht aus den Augen verlieren. Sobald Deckart aus dem Haus war, musste ich mich hier mal nach dem Hinterausgang umschauen. Eine Pfeife noch, ein paar Minuten abhängen, bis sie griff, dann los. In aller Heimlichkeit, oder aber in aller Dreistigkeit. Der Erfahrung nach gibt es immer, immer, immer einen Weg hinein.

Die zweite Pfeife kam und ging. Ich war schmerzfrei, Herr der Lage, für alles gewappnet.

Die neue Dekadenz, dachte ich. Ich bin ganz dafür.

Das war Blödsinn gewesen, der ganze Entzug und die Entwöhnung damals. Überreaktion. Man muss ja nicht gleich wieder anfangen zu ballern. Nur ab und zu mal ein Wochenende in der Smoking Lounge abhängen, relaxen, die Fesseln des Alltags abstreifen, wundgescheuerten Nervenenden mit ein wenig Balsam zu einer neuen, geschmeidigen Oberfläche verhelfen, sich wieder erden, den Stress vergessen, anstehende Aufgaben und Probleme ganz neu fokussieren, Kraft tanken, oder einfach nur ein wenig wegnicken, träumen, ja, in aller Unschuld endlich mal wieder träumen, ehe man es ganz verlernt …

Aus einem tiefen Opiat-Dämmer hochzukommen heißt nichts anderes, als das Einsetzen des Entzuges zu spüren. Man erwacht aufgrund der nachlassenden Wirkung, empfindet das als unangenehm, vor allem wenn es auf dem nackten Betonboden eines muffig-kalten, dunklen, ausgesprochen winzigen Raumes geschieht, und spürt den augenblicklichen Drang, sich bemerkbar zu machen, Nachschub zu ordern, Li zu winken, was wirklich schwierig ist mit auf dem Rücken gefesselten und obendrein noch mit den Füßen zusammengeschnürten Händen und einem Tuch als Knebel, so straff gebunden, dass es wie die Trense im Maul eines Pferdes sitzt und dir einem Messer gleich in die Mundwinkel schneidet.

Adrenalin tat sein Bestes, den Opiat-Tran aus meinem Blut zu waschen, doch es war ein mühsames Geschäft, hatte es doch nicht nur gegen die Droge anzukämpfen, sondern auch gegen ein Unterbewusstsein, das lieber zurück wollte in den Sirup der Träume, anstatt sich dem Einsetzen des Begreifens zu stellen.

Was hatte die verfluchte Schlampe mir da zu rauchen gegeben? Das war doch nicht möglich, dass ich von gerade mal zwei Pfeifen so aus den Latschen kippte? Oder waren es drei gewesen?

Wie auch immer: »Selbst schuld« saß mir wie eine schwärende Wunde hinter der Stirn.

Leises, auf die Distanz vollkommen stumpfsinnig wirkendes Basswummern verriet mir, dass ich mich noch im Narziss-Club befand. Wahrscheinlich irgendwo in Moritz Deckarts Räumlichkeiten, was nicht einer gewissen Ironie entbehrte, auch wenn mir momentan der Sinn dafür abging.

Ich wälzte mich ein wenig hin und her, versuchte ein

paar Lautäußerungen, zerrte an meinen Fesseln, wie man das so macht, bevor man aufgibt und, nach einer kurzen Überschwemmung des gesamten Organismus mit Panik, versucht – das ist der beste Part –, die Situation mit LOGISCHEM DENKEN zu lösen.

Es gab nichts für mich zu tun, außer abzuwarten, war das nüchterne Fazit dieser Phase. Es gab nichts zu tun, außer abzuwarten und zu mahlen. Mit den Kiefern.

Irgendwann erstarben die Bässe. Ein trübes, diffuses Licht kam aus unbekannter Quelle angekrochen und verriet, dass der Tag heraufgezogen war. Das letzte bisschen Droge, das letzte bisschen Trost und Komfort hatte mich verlassen, und ein banges, beklemmendes Warten war dabei, mein Nervenkostüm aufzufasern, wie meine Backenzähne es mit dem verfluchten Knebel versuchten.

Und obwohl das auf die Struktur des Tuchs offenbar wenig Eindruck machte, kaute ich weiter und immer weiter. Es gab keine andere Hoffnung als die auf Kryszinskis Silberzunge, auf meine Gabe des kühnen Bluffs, der haltlosen Drohung wie leeren Versprechung oder des herzerweichenden Flehens, je nachdem, doch zumeist hintereinander, in dieser Reihenfolge.

Langsam wurden meine Kiefer lahm, und die schiere Konzentration darauf, nicht nachzulassen mit dieser blödmachenden Beschäftigung ohne fühlbaren Fortschritt, verlangte mir mehr ab, als ich noch zur Verfügung hatte.

Bis diese Schlüssel rasselten. Und sich diese Schritte näherten, diese Stimmen. Bis diese Tür aufging und mich dieses Licht blendete. Ab da war alles wieder da. Der rasende Puls, die würgende Angst angesichts einer wahnsinnig machenden Wehrlosigkeit, das frenetische Mahlen der Zähne auf feinem, widerstandsfähigem Stoff.

Kaum etwas ist einem Albtraum näher, als wenn du schreien willst, schreien *musst*, und nichts kommt heraus außer einem an Zugluft unter einer Tür erinnernden »Whuuu, whuuu, whuuu.« Zutiefst peinlich obendrein.

Es waren ihrer drei, Hell's Angels der grobknochigsten und übelriechendsten Sorte, und sie schleppten mich an Armen und Beinen mit sich mit wie ein totes Tier, ohne Zeremoniell oder übertriebene Umsicht.

Es ging einen Gang hinunter und eine Treppe hinauf und dann mit dem Kopf – meinem Kopf – voran durch eine Doppelschwingtür mitten hinein in ein verräuchertes Wohnzimmer voller Biker und ihres Anhangs.

Mein Blut gefror, als ich die stählerne Werkbank in der Mitte des Raumes sah – nein, ich muss präzisieren: Mein Blut gefror, und ein entmenschlichtes Geräusch kam aus meiner Brust gewimmert, als ich die große *Plastikplane* sah, auf der die Werkbank stand. Zum Schutz des Teppichs, anzunehmenderweise.

Meine drei Träger wuchteten mich bäuchlings auf die Arbeitsfläche, hoben mir dann mit einem Ruck am Gürtel den Arsch in die Luft und rissen mir gleichzeitig die gefesselten Arme runter bis in die Kniebeugen, so dass ich mich effektiv selbst immobilisierte.

Ich lag da, auf Gesicht und Knien, und alles, was ich noch hätte tun können, wäre gewesen, mich seitlich von der Bank zu rollen.

Mein Auftauchen brachte so etwas wie neuen, vermeintlich letzten Schwung in eine im Niedergang begriffene Party, und der Gastgeber schien entschlossen, das meiste daraus zu machen.

»Nun, Leute, hier ist er, der lange angekündigte, lange versprochene, lange für euch warm und frisch gehaltene Vertreter der Gattung, der wir alle so viel zu verdanken haben – viele, viele Jahre hinter Gittern zum Beispiel, wie sich nicht wenige unter euch mit Wärme im Herzen erinnern werden – der gemeine – oder sollte ich sagen hundsgemeine? – Polizeispitzel!«

Gelächter, Gegröle und Applaus allenthalben.

Ich war so gut wie tot. Es gab nichts mehr, außer Abschied zu nehmen.

Ich war so gut wie tot, und es fand sich niemand im Raum, der meinem Ableben nicht mit einer nahezu lüsternen Gier entgegensah.

Ich war so gut wie tot, umgeben von vollkommen enthemmter Bosheit.

Ich kannte die Umstände, ich sah die Symptome, ich las es aus den Mienen, die um mich herum paradierten, und nicht nur der Kerle.

Sie hatten die ganze Nacht gefeiert, auf Angels-Art, mit hartem Alkohol und reinem, rohem Amphetamin, ohne die ganzen Beimischungen, die aus Ravern regelmäßig solche Grinspfirsiche machen.

Und nun brauchte die Party einen Höhepunkt, weil es sonst kein Ende gab.

»Es haben mich einige Klagen erreicht, warum Moodies – erinnert sich noch jemand an Moodie, diese Ratte? – warum Moodies Ausschluss nicht von allen gemeinsam durchgeführt wurde. Nun, dafür gibt es Gründe, doch ich denke, nach der heutigen Exekution dieser Zecke hier wird sich niemand mehr beklagen.«

Damit ließ er sich feierlich einen langen Holzpflock und einen enormen Hammer mit fassförmigem Kopf reichen, wie er zum, tja, zum Einschlagen von Zaunpfählen verwendet wird.

Korrekte Wahl des Werkzeugs, musste ich anerkennen, mit einer befremdlichen Heiterkeit, gefroren in einem Zustand jenseits der Angst.

»Und ich verspreche nicht zu viel, wenn ich sage: Jeder darf mal dran!«

Deckart schüttelte Pflock und Hammer, und sofort brandete Jubel auf, durchsetzt mit haltlosem Gelächter.

Ein Bund wie der der Hell's Angels braucht regelmäßige Erneuerung. Und nichts bindet stärker als Blut, vorzugsweise gemeinsam vergossenes Blut.

Ich war so gut wie tot und auf eine starre, klare Art fasziniert von dem Umstand.

Jemand riss mir die Hose herunter, was meinem bevorstehenden Ableben noch eine grauenhafte Würdelosigkeit verlieh, doch ich schämte mich nicht, beobachtete nur die verzerrten, geifernden Mienen, die in mein Gesichtsfeld gerieten und dann wieder hinaus, als ob ich mir diese letzten Bilder einprägen wollte, für immer, oder für das bisschen Immer, das mich noch erwartete.

Ich konnte nichts von dem sehen, was hinter mir vorging, doch an der Wand vor mir wurde der Schatten des Holzpflocks hochgehoben und dann spürte ich seine raue Spitze.

Die instinktiv erhoffte Ohnmacht wollte sich nicht einstellen. Jetzt hieß es nur noch, auf ein schnelles Ende zu hoffen und die Zähne zusammenzubeißen …

»Und nun, Brüder, zählen wir zusammen bis drei …«

»EINS!«

Der Schatten des Hammers hob sich, holte Schwung.

Ich biss sie zusammen, meine Zähne, und bemerkte, wie meine Mundwinkel nach vorn glitten, fühlte, dass das Tuch nachgab, registrierte mit ungläubigem Staunen, wie meine Zunge freikam und ich wieder Herr meiner Artikulation wurde.

»ZWEI!«

Ich spuckte den zerkauten Fetzen aus und brüllte »DECKART!«, selber erstaunt über die Lautstärke, zu der meine Stimmbänder noch fähig waren.

Vor mir sah ich Deckarts Schatten den Schatten des hochgehobenen Hammers verhalten.

»Du hast Moodie umgebracht, weil er geschworen hatte, die Frau zu finden, die ihn damals geleimt hat, und sie zum Reden zu bringen!«

So viel hatte Hufschmidt im Knast in Wuppertal in Erfahrung gebracht, der gute Junge.

Eigentlich wäre in genau diesem Augenblick »DREI!« fällig gewesen, doch niemand zählte.

»Du hast Moodie umgebracht, weil er dann herausbekommen hätte, dass du dahintergesteckt hast!«

So viel hatte ich mir inzwischen zusammengereimt.

»Du hast Moodie umgebracht, weil du es warst, der sich damals den ganzen Sprengstoff unter den Nagel gerissen und seither auf eigene Rechnung an alle möglichen Terror-Organisationen verkauft hat. Um mit dem Erlös dein Gastro-Imperium zu finanzieren.«

Hundertfünfzig Kilo militärischer Sprengstoff, wie Hufschmidt mir unter dem Deckmantel äußerster Verschwiegenheit anvertraut hatte. Hochbrisant. Spuren davon sind unter anderem in London und Madrid gefunden worden.

Die durch das Ausbleiben von »DREI!« entstandene Stille wich einem aufkommenden Brummen, wie dem einer herannahenden Bomberstaffel.

»Du hast deinen Bruder Moodie umgebracht, weil er bewiesen hätte, dass du deine eigenen Brüder beklaut hast, die gleichen Brüder, die für dich in den Knast gegangen sind!«

Viel mehr Text war nicht drin, meine Stimme stand kurz vor dem Umkippen.

Deckart lachte. »Ach, und wenn schon!«, meinte er, gut gelaunt. »Der Zweck heiligt die Mittel, sage ich immer, und nichts und niemand wird mich hindern, dir hier und jetzt diesen Pfahl in dein mieses, kleines …«

Der Schatten des Hammers hob sich und kam herunter, bis er gegen den plötzlich aufgetauchten Schatten eines mächtigen Arms schlug.

»Chauchenblick mal«, forderte eine tiefe, extrem heisere Stimme. »Chönntest du das noch mal wiedercholen?«

»Was?« Deckart klang irritiert. »Was wiederholen? ›Nichts und niemand …‹?«

»Nein. Chen Part mit ›Chund wenn chon …‹«

Der Schatten es Hammers verließ die Wand wie die Spitze des Pflocks meinen Anus. Bewegung kam in die Party, Bewegung auf eine Stelle irgendwo hinter mir zu.

»Was wollt ihr?«, hörte ich Deckart fragen, und er klang mehr als nur ein wenig besorgt. »Hab ich das nicht alles nur für euch gemacht? Um euch Jobs zu besorgen?«

»Während die Läden dir gehören«, stellte jemand nüchtern fest.

»Lasst mich … Packt mich nicht an! Der Erste, der … Alle einen Schritt zurück!«

Mit nacktem Arsch auf Kopf und Knien hockte ich da, lauschte einem Hörspiel und dachte so für mich, dass dies ein prächtiger Augenblick wäre, den Verstand zu verlieren.

Stille, lastende Stille für einen Moment, bis jemand fragte: »Wie viele Kugeln hast du, Moritz?«

»*›Moritz‹?!* Niemand nennt mich Moritz!«

»Also, wie viele Kugeln hast du?«

»Ich nehme so viele von euch mit, wie ich nur kann!«

»Klar doch. Und dann? Und *dann*, Moritz? Barnie, bind mal den Typen da los. Wir brauchen den Platz!«

Barnie kam und rupfte meine Fesseln mit einem SS-Dolch in Stücke, und ich setzte mich auf und kämpfte nur mühsam das übermächtige Verlangen nieder, mich ihm schluchzend vor Dankbarkeit an die Brust zu werfen.

Hinter meinem Rücken ging das Gerangel weiter.

Deckarts Stimme wurde schriller und schriller, vom Rest der Meute kam etwas einem Knurren Ähnliches.

»Was habt ihr jetzt mit ihm vor?«

»Chreimal darfst du chraten.« Barnie packte Pflock und Hammer, die winzig aussahen in seinen Fäusten.

»Ich muss unbedingt wissen, wo die schmale junge Frau ist, mit der Deckart zuletzt Geschäfte gemacht hat. Wo sie ist oder wohin sie unterwegs ist.«

»Channst ihn chleich selber frachen.« Barnie drückte mir den Hammer in die Hand. Mein Blick senkte sich auf, meine Finger schlossen sich um das Werkzeug.

Ich denke, der Knall rettete mich vor mir selbst.

Ich lief, musste ich zu meinem Missvergnügen feststellen, wie Kevin, die Backen stramm zusammengepresst, und Willenskraft allein reichte im Moment nicht, daran etwas zu ändern.

Ein paar Treppen hinunter, einen Notausgang entriegelt und aufgestemmt, raus ins biestige Licht, quer über den Rasen und durch ein nur von innen zu öffnendes Gartentor raus auf die Straße. Aah.

Hufschmidt wirkte mehr als nur ein bisschen erregt. Er war angelaufen. Rot, mit einem Stich ins Blaue. Die beiden schwarz gekleideten und mit schwarzen Sonnenbrillen versehenen Security-Angels ihm gegenüber wirkten komplett cool dagegen.

»Es besteht Verdacht auf Kidnapping!«, wütete der Kommissar und wedelte mit seinem Dienstausweis. »Ich weiß, dass ein Mann namens Kryszinski hier gegen seinen Willen festgehalten wird!«

»Na und?«, entgegnete der eine Biker. »Ohne richterlichen Wisch machst du hier keinen Schritt aufs Gelände, Bulle.«

»Wenn ich gleich mit einem Durchsuchungsbefehl wiederkomme, bringe ich direkt eine Hundertschaft mit, und anschließend lasse ich hier keinen Stein auf dem anderen!«

»Ja, sicher. Logisch. Aber bis dahin haben wir Zeit, alles Belastende wegzuschaffen.«

Sie lachten, und Hufschmidt hätte in diesem Moment seinen Hut gefressen, wenn er einen besäße.

»Los, komm«, sagte ich zu ihm, er fuhr herum, und ich schwöre, er sah erleichtert aus, mich zu sehen. »Wir haben zu tun.«

Schmierig, unentschieden, übellaunig, fiebrig, durchdrungen von einem Vorgefühl von Unheil. Und das war nur das Wetter. Von mir mal ganz zu schweigen.

»Wo hast du den Wagen her, Kryszinski?«

»Geschenkt gekriegt.«

Hufschmidt wird niemals zu unterscheiden lernen, was er mich fragen kann und was nicht.

»Was ist da drinnen passiert?«

»Ich habe Moritz Deckart mit deinen Ermittlungsergebnissen konfrontiert, er hat gestanden und sich erschossen.«

Hufschmidt packte den Türgriff, sah über seine Schulter zurück und wirkte, als ob er am liebsten aus dem fahrenden Auto gesprungen wäre.

»Er ist tot«, beruhigte ich ihn. »Er läuft dir nicht weg.«

»Wen versuchst du da zu erreichen?«

»Meine … Klientin. Doch sie hat ihr Handy ausgeschaltet. Könnt ihr es trotzdem orten?«

»Nein. Völlig unmöglich. Wohin fahren wir?«

»Zu meiner Freundin Tina.«

»Tina? Die We…«

»Sprich es nicht aus«, mahnte ich.

Der schmale Jüngling saß in Tinas Küche über einem Milchkaffee. Er wirkte … erschöpft.

»So, jeder, der hier nichts zu suchen hat, raus aus der Wohnung«, kommandierte Hufschmidt, Meister des bescheidenen Auftritts. »Was genau suchen wir?«, wollte er von mir wissen.

»Das wissen wir dann.«

Tina verabschiedete ihren Besucher noch mit einigem Heitutei, strich imaginäre Fusseln von seiner Schulter, schickte ihm ein paar Kusshände hinterher und verzog sich dann summend ins Bad.

Ich hatte inzwischen Anoushkas Koffer unter ihrem Bett hervorgezerrt und geöffnet, nahm den kleinen Alukoffer heraus, öffnete auch den. Leer bis auf ein paar Reste Klingeldraht und eine bis fast auf den Pappkern verbrauchte Rolle Paketklebeband.

»Sie war noch mal hier«, dachte ich laut. Wahrscheinlich letzte Nacht, als niemand zu Hause war.

»Sag mir endlich, was wir suchen«, blaffte Hufschmidt.

Doch ich brachte es nicht über mich. Genauso wenig, wie Anoushkas gefaltete Wäsche zu durchwühlen.

»Irgendeinen Hinweis, wo sie hin sein könnte.«

Er nickte, zog die Mülltüte aus dem Eimer in der Küche, schüttelte den Inhalt auf den Tisch, sortierte ihn grob, Papiere zuerst. Eines schien ihn besonders zu interessieren.

»Tina!«

»Ja-haa. Komme schon.«

Ich fand ein paar Fahrscheine, sorgfältig entwertet. Einer davon von letzter Nacht.

»Was ist das?« Hufschmidt hielt Tina den Wisch hin, die die Brauen runzelte, die Augen zusammenkniff, schließlich seufzte, eine Brille aus ihrer Handtasche kramte und aufsetzte.

»Eine Quittung«, stellte sie fest. »Von einem Modellbau-

Laden.« Sie setzte sich. »Allerdings nicht meine«, versicherte sie und blickte dann suchend über den Tisch, pickte die eine oder andere aufgerissene Packung aus dem Müll. »Teile der Motor- und Steuerelektronik eines Flugzeugmodells, wenn mich jemand fragt.« Manchmal war es einfach erstaunlich, wenn bei Tina wieder der pragmatisch-praktisch veranlagte Bauarbeiter durchbrach. Sie hob eine Verpackung hoch, deren Klarsicht-Plastikteil gerade mal einen Ohrstöpsel beinhaltet gehabt zu haben schien. »Zündspule«, erklärte sie.

Mein rechtes Knie begann zu zittern. Eine Ahnung ist eine Ahnung ist eine Ahnung. Eine Gewissheit ist eine ganz andere Sache.

Hufschmidt sortierte weiter, warf alles, was ihn nicht interessierte, einfach auf den Boden, fand und glättete eine weitere Quittung.

»Letzte Tage 'n neues Handy angeschafft?«, fragte er Tina, die aber nur den Kopf schüttelte.

»So, Kryszinski, sprichst du jetzt mal langsam mit mir?«

Ich bremste ihn mit erhobener Hand, Telefon am Ohr.

»Hardcor Security.«

»Hufschmidt hier, Kripo Mülheim.« Hufschmidt fuhr zu mir herum. »Verbinden Sie mich doch bitte mal mit der Geschäftsführung.«

Ein Herr Biesing meldete sich.

»Ja, Tag Herr Biesing, Hufschmidt hier, Kripo Mülheim.« Hufschmidt sah drein, als ob er mich am liebsten auf der Stelle über den Haufen schießen würde. »Herr Biesing, ich habe leider keine Zeit für lange Erklärungen, doch ich möchte, dass Sie begreifen, dass es sich hierbei um einen Notfall handelt. Bitte zählen Sie mir ein paar der, tja, heikelsten Objekte auf, die Ihre Firma bewacht.«

Ich unterbrach ihn mitten in der Auflistung, bedankte mich und hängte ein.

»Wenn ich dich noch *einmal* dabei erwische«, begann Hufschmidt, doch ich unterbrach ihn.

»Sofort höchste Alarmstufe für das Russische Konsulat in D'dorf ausrufen«, teilte ich ihm knapp mit.

Deshalb hatte Dimitrij also versucht, einen Job bei dieser Firma zu kriegen.

»Was!? Sag das noch mal!«

»Meine Klientin scheint im Begriff, mit dem von Deckart erworbenen Sprengstoff ein Attentat zu verüben.« Da, ich hatte es ausgesprochen. »Ich vermute, sie ist Tschetschenin.«

Und dabei, sich umzubringen.

Dank freundlicher Unterstützung der Detektei Kryszinski. Wir tun, was wir können.

Der Motor dröhnte, die Automatik schaltete einen weiteren Gang hoch, mein rechter Fuß hatte vergessen, was eine Bremse ist.

Hufschmidt telefonierte hektisch, voll darauf konzentriert, alle möglichen Vorgesetzten von der Notwendigkeit eines größeren Polizei- und Grenzschutzeinsatzes zu überzeugen, verkrampfte sich trotzdem vor jeder roten Ampel erneut. Und davon gab es reichlich.

Wir jagten die Mellinghofer, die Eppinghofer Straße hinunter, jaulten im Drift durch den Tunnel und stürmten die Kaiserstraße hoch, wobei der dicke V8-Diesel einen spürbaren Puls entwickelte, dann rechts in die Freiherr-von-Stein und noch mal rechts und die lange Serpentine der Saarlandstraße hinunter, wo Hufschmidt endgültig die Farbe aus dem Gesicht wich.

Absolutes Vollgas über die Mendener Brücke.

»Soviel wir wissen, hat sie kein Auto. Wenn wir großes Glück haben, sehen wir sie irgendwo zwischen dem Düsseldorfer Hauptbahnhof und dem Konsulat durch die Straßen laufen.«

Hufschmidt nickte, doch wirkliche Begeisterung war ihm nicht anzumerken.

»Was ich nicht kapiere«, meinte er und atmete scharf ein, als ich einem dieser dösigen Wohnmobilisten ausweichen musste, die die Kölner Straße zu einer der gefährlichsten Strecken der Republik gemacht haben, »was ich nicht kapiere, ist, wie will sie in das Konsulat hinein? Der Laden ist doch total scharf bewacht.«

Ich ging vom Gas.

Ich hätte nie gedacht, dass ich das mal erlebe, und selbst wenn, hätte ich nie gedacht, dass ich es dann zugäbe, doch es war unumstößlich wahr: Hufschmidt hatte, für einmal, vollkommen recht. Dimitrij war ja schon mit seinem Plan gescheitert, und wo sollte Anoushka in der Kürze der Zeit einen neuen herhaben?

Der Hummer rollte am Straßenrand aus, und ich hieb mit der Faust auf das Lenkrad.

»Was wird denn das jetzt?«, wollte Hufschmidt wissen.

Wenn nicht Düsseldorf, wo dann? Wo dann? Wo konnte sie hin sein, sich und andere in die Luft zu jagen? Sich und … möglichst viele Russen?

Moment mal … Was hatte Deckart über seine Probleme mit den russischen Investoren gesagt?

›… die werden sich schon bald in Rauch auflösen …‹

Dunk, diesmal mit der Stirn gegen den Lenkradkranz.

»Kryszinski, alles okay?«

»Den Einsatz im Düsseldorfer Konsulat kannst du abblasen.«

»Was? *Was?!* Bist du wahnsinnig? Ich habe gerade eben eine Hundertschaft Bereitschaftspolizei in Bewegung gesetzt, ein SEK, Scharfschützen, Hundestaffeln, Hubschrauber, gepanzerte Fahrzeuge, einen Trupp Bombenentschärfer, und du sagst …«

»Ja, nun, du hast recht, sag ich. Die kommt da nie rein,

und deshalb ist sie woanders hin. Hättest du auch früher drauf kommen können.« Hufschmidts Antlitz nahm einen deutlich ins Violett hineinspielenden Farbton an.

»Doch zuerst müssen wir mit dem Russen sprechen, der Deckart angezeigt hat. Und zwar sofort. Besorg mir mal die Nummer.«

Im Endeffekt bestand der Kommissar dann aber darauf, das Gespräch selbst zu führen, umständlich, weil er nicht wusste, was er fragen sollte.

»Frag ihn, wo er sich zurzeit aufhält.«

Hufschmidt fragte, lauschte.

»›Stadion‹, hat er gesagt. Und ›Blöde Frage‹, hat er auch noch gesagt.«

»Stadion? Welches Stadion!? Sag ihm, er soll sofort …«

»Hallo, ich versteh Sie … Könnten Sie …«

Hufschmidt blickte sein Handy an, als ob er es aus dem Fenster schmeißen wollte.

»Arroganter Bastard«, fluchte er. »Heimspiele seien für ihn und seine Freunde heilig, deshalb solle ich doch bitteschön ein andermal anrufen.«

»Ruf an und sag ihm, er und seine Freunde sollen machen, dass sie aus dem verdammten Stadion kommen!«

Hufschmidt drückte die Wahlwiederholung, lauschte, nahm das Handy wieder runter. »Ausgeschaltet.«

»Ja, Scheiße! Von welchem Stadion reden wir hier überhaupt?«

»Na, das vom MSV. Die Duisburger Russen sind allesamt Mitglieder.«

Und Deckart, wurde mir gerade klar, Deckart hatte das gewusst.

Ich muss sagen, die Mühlenbergsheide und auch die kurvige Großenbaumer Straße werden sehr, sehr schmal in einem voll beschleunigten Hummer. Erst als wir auf den großzügig ausgebauten Uhlenhorstweg einbogen, hörte der Gegenverkehr auf, sich dauernd in die Gräben oder das Unterholz zu flüchten.

Hufschmidt schrumpfte mehr und mehr in seinen Sitz, während er ein paar äußerst gereizten hohen Tieren klarzumachen versuchte, dass der geplante Düsseldorfer Einsatz nun – in aller Diskretion obendrein – nach Duisburg umgeleitet werden sollte.

Das kam nicht gut an, wie ich seinem Gestammel entnehmen konnte.

Gleichzeitig sah er immer wieder nach hinten auf unseren ehemaligen Gegenverkehr, und die Aussicht, seine Beteiligung an dieser Aktion schon bald vor denselben Leuten rechtfertigen zu müssen, machte ihn nicht fröhlicher.

Die Parkplätze rings ums Stadion waren rappelvoll. Das Spiel musste schon im Gange sein, denn nur noch eine Handvoll weiß-blau gekleideter Gestalten wankte trommelnd und grölend außerhalb des Zaunes herum. Ich stoppte in einer Staubwolke vor dem erstbesten Kassenhaus, und augenblicklich kamen gleich mehrere Ordner in Ordnerwesten angestürmt, mich darüber aufzuklären, dass das nicht in Ordnung sei.

»Du übernimmst«, sagte ich, und Hufschmidt hatte seinen geliebten Dienstausweis schon parat.

»Bleib hier«, befahl ich, kaum dass wir die doppelten Kontrollen hinter uns gebracht hatten. »Eine Evakuierung des Stadions ist ausgeschlossen, also sieh zu, dass deine übereifrigen Kollegen sich bedeckt halten. Wir wollen keine Massenpanik riskieren, oder?« Ich musste schreien, so laut war selbst hier, am unteren Ende des Treppenaufgangs in die Ränge, der momentane Schlachtgesang. »Zebrastreifen weiß und blau«, eine Hymne von überwältigender Schlichtheit.

Klar, dass er mit rein wollte, suchen helfen.

»Du weißt doch noch nicht mal, wie sie aussieht. Außerdem muss einer hier alles koordinieren, sollte … tja.« Ich bekam es nicht ausgesprochen. Kloß im Hals.

Hufschmidt legte mir die Hand auf die Schulter. Er blickte feierlich.

»Viel Glück, Kryszinski.«

»Danke. Und sollte ich nicht zurückkommen, möchte ich, dass du eins weißt:« Ich sah ihm tief in die Augen. »Ich habe dich immer geliebt.«

»Ja, kannst du denn nicht *einmal* ernst bleiben?«, bölkte er mir noch hinterher.

Die Antwort war nein.

Ein Stress-Syndrom, nehme ich an, ein Angstventil, diese Ausflucht in Albernheiten.

Ich erklomm die letzte Stufe, trat vor und erkannte die komplette, idiotische Vermessenheit meines Vorhabens. Unten auf dem Rasen ackerten die Akteure, oben auf den Tribünen lärmten die Anhänger. Zu Zehntausenden.

Gleich würde es irgendwo knallen, und ich wäre gut beraten, dann aus dem Weg der zu erwartenden Stampede zu sein. Mehr war nicht zu tun, für mich. Gleich würde es irgendwo knallen und die Welt um einen Anschlag reicher sein.

Ich musste mich regelrecht schütteln, um die heraufziehende, lähmende Depression noch einmal abzuwenden.

Ein Fan, den wohl nur wohlmeinende Verwandte und eine Reihe von Therapiesitzungen davon abgehalten hatten, sich zusätzlich zu dem Rest seiner Haut auch noch die seines Gesichts in MSV-Symbolen tätowieren zu lassen, wankte an mir vorbei in selbstvergessenem Gesang. Ich packte ihn am Arm.

»Wo sind die Russen?«, schrie ich ihm ins Ohr. Ein Gefühl sagte mir, dass so was bekannt war unter Vereinsmitgliedern. Im heimischen Stadion.

»Na, oben«, sprühte er, speichelfeucht und bierdunstig mit der vagesten aller denkbaren Gesten in Richtung Himmel. »In der Wie-Ei-Pie-Loge. Die können doch Geld kacken, die Arschlöcher.«

Aha. Vereinsinterne Solidarität war wohl doch nicht das, was ich mir immer darunter vorgestellt hatte.

Ich musste mich insgesamt dreimal als »Hufschmidt, Kripo Mülheim« und im Einsatz befindlich ausgeben, dazu noch meine Fantasiemarke wedeln, um bis zu den Logenplätzen vorzudringen, und völlig vergeblich.

Hatte ich mich schon gefragt, wie Anoushka es anstellen wollte, da reinzukommen, war alles Gerätsel müßig, denn die Logen waren, wie sich herausstellte, gesperrt. Wegen vermuteter Baumängel. Das Stadion war ganz neu, und Risse in der Konstruktion machten Vorsichtsmaßnahmen und viele, viele Gutachten nötig.

Ich fragte einen Ordner, wo die Russen wohl stattdessen sein könnten, und wurde dahin verwiesen, wo die Zebrahymne am lautesten schallte, wo das Fahnenmeer am weiß-blauesten wogte, dahin, wo das größte, das dichteste Gedränge herrschte. In die Fankurve.

Ich hätte sie wohl nie gefunden, die verdammten Russen, oder wenn, erst nachdem sie in Fetzen gerissen worden waren, wenn mich nicht ein rasend machendes Durstgefühl an den nächsten Hot-Dog-Stand getrieben hätte.

Der Typ vor mir in der Schlange sah genauso aus wie alle anderen hier herum, vielleicht ein bisschen schickere Hose und Schuhe, doch davon abgesehen stinknormal, behangen mit dem übliche Gebammel an allem, was sich in blau-weiße Zebrastreifen färben und den Unbedarften andrehen lässt. Somit also für mich nur ein weiterer Wirsing auf dem Acker, doch dann ging er hin und bestellte zwölf Dutzend Hot Dogs oder so was in der Größenordnung, zahlte mit einem Schein, den der Typ am Stand nicht wechseln konnte, ließ den Rest als Trinkgeld da und trug seine Beute davon mit dem gleichen Ausdruck geradezu kindlicher Vorfreude, der mir schon bei Kolya und seinen Kumpels aufgefallen war, wenn es galt, sich den Wanst vollzuschlagen.

Ich ging ihm einfach hinterher und landete im Herzen der russischen Gemeinde von Duisburg, wogend, singend, scherzend, essend, trinkend, rauchend, wenn irgend möglich alles auf einmal, komplett entspannt und komplett entschlossen, eine gute Zeit zu haben.

Was ich in meinem mittlerweile recht zerrupften Anzug und völlig frei von irgendwelchen MSV-Devotionalien in ihrer Mitte zu suchen hatte, schien kein Thema, ich wurde einfach schleunigst assimiliert, bekam einen Schal umgehängt und einen Hot Dog in die Hand gedrückt und dann noch einen Plastikbecher aus einer Plastikflasche gefüllt, der ich eine Chance von unter eins zu einer Million gab, tatsächlich Wasser zu enthalten, und viel hätte nicht gefehlt, und ich hätte mich dem Spielgeschehen zugewandt wie alle hier, da erblickte ich die sich nähernde, zierliche Gestalt unter der Ferrari-Kappe, und ab da dimmte das komplette Getöse des gesamten Stadions, seiner Lautsprecher, seiner Trommeln, Rasseln, Trillerpfeifen und der beständig zwischen Agonie und Euphorie, zwischen Jubel und Protest pendelnden Lautäußerungen seiner zigtausend Besucher auf einen Level ab, der in Dezibel nicht mehr zu erfassen ist.

Alles, was ich noch hörte, war der Puls in meinen Ohren.

Sie war in eine über die Schultern geworfene und vorne zusammengehaltene, riesengroße MSV-Fahne gehüllt, ihre Taille nicht zu sehen, und sie erkannte mich erst, als ich dicht vor ihr stand, und schrak zusammen.

»Kristof!« Sie sah mich an wie eine Erscheinung. »Was … was hast du denn mit deinen Haaren gemacht?«

Frauen! Es hätte nicht viel gefehlt, und *ich* wäre explodiert, ganz ohne Ladung. Selbst mit einem Bein im Grab, selbst im Begriff, ein Blutbad anzurichten noch für die trivialsten Themen zu interessieren, es ist unglaublich. Und was für eine Antwort erwartete sie? *Och, eigentlich wollte ich zum Friseur damit, doch dann hab ichs mir anders überlegt, die Kettensäge angeworfen und bin da selber bei?*

»Man nennt es den ›Brian-Ferry-Look‹«, antwortete ich, und sie nickte. »Steht dir gut«, fand sie.

Sie sah völlig verhungert aus, also hielt ich ihr meinen Hot Dog hin, wie man das so macht, und sie schüttelte sich unwillkürlich.

Schweinefleisch. Ich hätts mir denken können. Hastig ließ ich das triefende Ding fallen und befand mich damit in guter Gesellschaft. Die Russen schienen alle nach nur einem oder zwei Bissen das Interesse zu verlieren. Der Boden zu unseren Füßen war jedenfalls jetzt schon in einem Zustand, der wie ein Vorgriff auf die unmittelbare Zukunft wirkte.

Ich sah wieder hoch, suchte ihren Blick, doch er war in die Ferne gerichtet, unfokussiert.

Die Leute um uns herum schrien und tobten, heulten, fluchten, jubelten und triumphierten, doch ihre Emotionen erreichten uns nicht.

»Bleib bei mir«, sagte ich. Sie schüttelte unmerklich den Kopf.

»Ich möchte, dass du mit mir fortgehst, weg von hier, jetzt gleich. Weit, weit weg. An einen Ort, wo uns niemand findet, wo wir über alles sprechen können.«

»Ich kann nicht. Es ist zu spät.«

»Bleib bei mir«, bat ich.

»Geh weg«, sagte sie. »Dies ist nicht dein Krieg.«

»Aber es muss auch nicht länger deiner sein! Reicht es nicht, dass Dimitrij tot ist? Musst du jetzt auch noch sterben? Und diese ganzen Leute hier? Was haben die dir getan?«

»Aber es sind *Russen*, Kristof!« Sie sagte es, als ob ihr unbegreiflich sei, wie man Russen sehen und sie nicht augenblicklich auslöschen wollen konnte, so wie Taranteln oder anderes, giftiges Getier. Wie Schwarze Witwen, schoss mir der Blickwinkel der Gegenseite durch den Kopf.

»Wir könnten eine *Zukunft* haben«, beharrte ich. »Wir könnten *leben*. Wie ganz normale Menschen. Könnten zusammen schlafen gehen und zusammen aufwachen, zusammen lachen und uns zusammen über das Fernsehprogramm ärgern. Wir könnten träumen und Pläne schmieden und uns bis in die frühen Morgenstunden darüber zanken, ob Noriyuki wirklich der ideale Vorname für unseren Jungen wäre. Wir …«

»Noriyuki?«

Ich hatte sie, ich spürte es. Ich hatte sie, und wenn ich es jetzt richtig anstellte, könnte ich sie mitnehmen, raus hier aus dem ganzen Getöse, raus aus dem Wahnsinn ihres Vorhabens, weg hier, weit, weit weg.

»Nach Noriyuki Haga«, antwortete ich schnell. »Japanisches Motorrad-As. Fährt für Yamaha. Irgendwann nächsten Monat ist die WM in Valencia, und falls wir da in der Nähe sind, könnten wir zum Rennen gehen, dann zeige ich ihn dir, und wenn du ihn erst mal fahren siehst, wirst du …«

Sie sah mir in die Augen und ich in ihre, tief wie eine Galaxie. Und wie bei einem Vorstoß ins All bemerkte ich auf einmal, was für eine Distanz, wie viel Raum da war, zwischen den kupferfarbenen, leuchtenden Tupfern, was für eine Weite, was für eine unfassbare Leere.

»Und falls es ein Mädchen wird«, versuchte ich einen zweiten Anlauf, »könnten wir sie …«

»Ich kann keine Kinder bekommen, Kristof«, unterbrach sie mich, noch bevor ich ›Cher‹ vorschlagen konnte.

Ich hatte sie gehabt. Ganz kurz hatte ich sie gehabt. »Die Russen haben mich gefangen genommen und in diesem Krankenhaus … verhört.«

Ab hier entglitt sie mir wieder, unaufhaltsam.

»Seitdem bin ich nichts mehr wert.«

»Das ist doch Unsinn, und das weißt du.« Ich war schockiert, ich schwamm, ich improvisierte, ich redete gegen eine Wand, doch zum Schweigen war – einfach – keine – Zeit. »Stell dir den Kummer vor, den du all den Menschen machst, die dich lieben … deinen Freunden … deiner Familie … mir …«

»Ich habe keine Familie mehr, Kristof. Sie sind alle tot.«

»Aber wir, wir leben doch!«

Ich suchte wie rasend nach irgendetwas, einem Berührungspunkt, einer Erinnerung, einer gemeinsamen Perspektive, irgendwas, das uns verband, und fand nur diesen einen, flauen Scherz, doch ich war entschlossen, alles zu probieren.

»Und wenn wir Geld brauchen, gehst du Banken ausrauben, und ich werde dich fahren …«

Er verpuffte. Ich verlor sie jetzt in Riesenschritten, rapide.

»Anoushka …«

»Ich heiße nicht Anoushka.« Weiter, und weiter.

»Ja, aber wie dann?«

»Es spielt keine Rolle mehr.«

Ausgerechnet jetzt fiel ein Tor oder sonst was und die Masse tobte und wogte. Wir wurden gegeneinander geschoben, waren uns plötzlich näher, als wir uns jemals zuvor gewesen waren, mit Ausnahme des einen Augenblicks, als sie mich vor der vermeintlichen Tretmine retten wollte.

»Bleib bei mir.« Doch sie war schon fort, unerreichbar.

»Kristof, geh jetzt, oder geh mit mir.«

»Ich gehe nicht! Ich gehe nicht! Ich möchte, dass du …«

»Auf Wiedersehen, Kristof.« Sie sah mir ein letztes Mal in die Augen, und ich hielt ihren Arm und spürte die Bewegung ihrer Muskeln, als sie den kleinen Knopf drückte.

Ich war gleichzeitig auf eine entrückte Art bereit, und dann war da aber auch dieses protestierende Kreischen in meinem Hinterkopf, das schriller und schriller wurde, und schriller, bis irgendwann klar war, dass nichts geschah, nichts passieren würde.

In völliger Verwunderung blickte Anoushka an sich, an uns herunter, und ich folgte ihrem Blick zu der kleinen roten Kneifzange in meiner Hand.

Sie begriff, ihre Augen verdrehten sich, bis nur noch das Weiße zu sehen war, und im nächsten Augenblick trug ich sie auf meinen Armen.

Das, was ich niemals begreifen werde, ist, dass ich mir dabei gleichzeitig wie ein Verräter vorkam.

Hufschmidt fing mich ab.

»Du hast sie!«

»Ja.«

»Hat sie die … du weißt schon … noch bei sich?«

»Ja.«

»Ja?!«

Ein Malteser oder was auch immer winkte uns um eine Ecke und in den wartenden Sanitätsraum, in dem ein Fan mit einer Schnittwunde und einer mit Alkoholvergiftung behandelt wurden.

»Raus! Alle raus hier!«, kommandierte Hufschmidt und für einmal war ich dankbar für seinen rüden Umgangston. Ich legte Anoushka – ich kannte immer noch nicht ihren wahren Namen! – auf einer Trage ab, der Kommissar wedelte mit seiner Dienstmarke, trieb die murrenden Sanis und Patienten aus dem Raum, schloss die Tür und lehnte sich dagegen. Dann erst schien ihm bewusst zu werden, worauf er sich hier einließ.

»Was hast du da vor, Kryszinski?«, brach es aus ihm heraus.

»Ich schneid ihr die Bombe vom Balg.«

»Bist du wahnsinnig?«

»Das Ding ist schon entschärft. Zumindest ist sie nicht losgegangen, nachdem ich alles an Drähten durchgekniffen hatte, was ich ertasten konnte.«

Ich zeigte ihm die losen Drahtenden vor Anoushkas Bauch, doch war er überzeugt? Nicht wirklich, wenn ich seine Miene richtig las.

»Bewach die Tür«, forderte ich und begann, die mit Paketklebeband umwickelte und rings um die Hüfte auf die Haut geklebte Sprengstoffwurst mithilfe einer Schere und eines Skalpells zu lösen. Trotz erbärmlich zitternder Finger bekam ich es ganz gut hin, rollte den bewusstlosen Körper hin und her, schälte Schicht um Schicht des zähen Bands ab, legte die bloße Haut frei und damit auch die Narben, von denen Tina schon gesprochen hatte.

Kleine, fiese Krater, die meisten, wie Zigarettenglut sie hinterlässt, aber auch ein unbeschreiblich tief in die Haut gepresster Abdruck eines Bügeleisens.

Alles, schwor ich mir, alles werde ich tun, um dieses Mädchen glücklich zu machen, oder zumindest so glücklich, wie es noch möglich ist, mit Erinnerungen wie diesen.

Vorsichtig senkte ich den Sprengstoffgürtel in einen Mülleimer, nahm Anoushka wieder auf.

»Was hast du vor?«, fragte Hufschmidt, obwohl er die Antwort ahnte, ich sah es ihm an.

»Ich bringe sie weg von hier.«

»Aber auf gar keinen …«

»Hier«, sagte ich und warf ihm den ohnmächtigen

Mädchenkörper zu. Reflexe sind Reflexe, und so fing Hufschmidt Anoushka auf, mit beiden Armen, und musste völlig baff mit ansehen, wie ich ihm die Dienstwaffe aus dem Schulterholster riss.

»Jetzt kannst du mit vollem Recht behaupten, zu allem Weiteren mit Waffengewalt gezwungen worden zu sein. Los, geh vor.«

»Du wirst mich nicht …«

»Nicht in den Kopf oder den Bauch. Aber wahrscheinlich ins Bein, also mach keinen Scheiß.«

Er ging vor, Anoushka in den Armen.

Ich griff mir den Sani und befahl ihm, den Raum abzuschließen und außer der Polizei niemanden mehr hineinzulassen.

»Notfall! Polizei! Aus dem Weg!« Eine feine Kommandostimme, die er da hat, der Kommissar.

»Zum Wagen«, sagte ich, dicht hinter ihm, in sein Ohr.

»Steig ein«, befahl ich, kaum dass wir Anoushka auf dem Rücksitz untergebracht hatten.

»Was hast du vor, verflucht noch mal?«

Mittlerweile wimmelte es um das Stadion nur so von Polizei und Grenzschutz, und ich wollte weder jemanden niederwalzen müssen noch eine wilde Verfolgungsjagd riskieren. Alles, was ich wollte, war weg, weit, weit weg. Und für die ersten Kilometer brauchte ich dafür den Kommissar, seine wundervolle Marke und seine wundervoll energische Art.

Ich ließ den Motor an, ruckte die Fahrstufe rein, hupte einen Trupp Feuerwehrleute aus dem Weg. Irgendjemand in Grün winkte mir, anzuhalten. Ich gab vorsichtig, aber unmissverständlich Gas.

»Bring uns hier raus, und ich setz dich irgendwo ab.«

»Kryszinski, das ist eine Terroristin, die da hinter uns auf dem Rücksitz liegt, ist dir das klar?«

»Tu, was ich dir sage, sonst ziehst du den Rest deiner Tage ein Bein nach«, sagte ich und verzögerte unwillig angesichts gleich zweier auf den Wagen gerichteter Maschinenpistolen.

Ich konnte nicht zulassen, dass Anoushka verhaftet und den gleichen Leuten wieder ausgeliefert würde, die ihr diese grauenhaften Narben verpasst hatten.

»Spiel mit, oder ich fahr die beiden da vorne platt, und du weißt, was dann passiert!«

»Polizeieinsatz! Machen Sie den Weg frei!«

Und es funktionierte. Wir rollten davon, vorbei an Blaulicht auf Blaulicht auf Blaulicht, vorbei an der Regattabahn, unter der alten Bahntrasse durch, rechts rum, Richtung Mülheim, nach Hause, wie man das so macht, instinktiv.

Bis man seinen Fehler bemerkt.

Bis einem aufgeht, dass man kein Zuhause mehr hat. Dass man auf der Flucht ist. In einem der auffälligsten Autos unter Gottes senfgelbem, brütendem Himmel.

Im ersten Moment wollte ich auf die A3 Richtung Süden abbiegen, erst mal möglichst viele Kilometer abreißen, doch dann fiel mir mein Date mit Ata Riese ein und ich fuhr weiter, querte die Bahn, um die Auffahrt nach Norden zu nehmen.

»Kryszinski! Diese Frau hat gerade noch versucht, eine unbekannte Anzahl Menschen umzubringen!«

»Und ich habs verhindert«, gab ich zurück, als ob das irgendetwas an seiner Anschuldigung änderte oder mein momentanes Verhalten rechtfertigte.

»Ich muss diese Frau verhaften, kapierst du das nicht!?«

Er fing an, mir auf die Nerven zu gehen mit seinem engstirnigen Bullendenken.

Ich riss den Hummer rechts rum, die Auffahrt hinunter, und Anoushkas Gesicht tauchte im Innenspiegel auf, das Haar verwuschelt, die Miene verwirrt, ungläubig.

»Es ist vorbei«, sagte ich zu ihr.

»Nichts ist vorbei«, beharrte Hufschmidt, und ich wusste, ich musste ihn loswerden, fädelte mich deshalb gar nicht erst in den Verkehr ein, sondern rollte nur die Beschleunigungsspur hinunter und verzögerte. Auf den nächsten zehn Kilometern lagen gleich vier Autobahnkreuze mit Verästelungen in sämtliche denkbaren Richtungen, da konnten die Bullen suchen, bis sie schwarz wurden. Ich musste nur drei Abfahrten weit kommen, dann konnte ich den Wagen bei Ata unterstellen, das Geld kassieren und weitersehen. Nichts und niemand würde uns stoppen, ich war mir sicher.

»Steig aus.« Ich stoppte, und Hufschmidt sah mich geradezu verzweifelt an.

»Aber lass dein Handy hier.« Er stieg aus, legte das Telefon kopfschüttelnd auf den Sitz.

»Du bist bescheuert«, meinte er und knallte die Tür zu.

»Wo fahren wir hin, Kristof?« Sie klang gefasst, nahezu erleichtert. Und ehrlich interessiert.

»Weit, weit weg«, antwortete ich, wollte aufs Gas. Trat die Bremse, stattdessen. Drehte mich ganz, ganz langsam um.

Es war nur ein Klacks gewesen, ein kurzes, scharfes Kratzen, wie ein auf der Reibfläche angestoßenes Streichholz, doch als ich mich zu Anoushka umdrehte, erkannte ich sie nicht wieder. Ihre Augen waren blicklos, ihr Gesicht von einem Augenblick auf den anderen teigig, verquollen, als ob das durch die Heckscheibe in ihren Hinterkopf gefeuerte Projektil ihr alles Fleisch unter der Haut gelöst und nach vorn gerissen hätte. Mit einem gequälten Ausstoß von Luft sackte sie nach vorn, eine Wange gegen die Rückenlehne, und würde sich niemals wieder rühren.

Hufschmidt riss die Fahrertür auf.

»Meine Waffe!«, brüllte er, ich gab sie ihm, und er verschwand wieder.

»Ich weiß noch nicht mal deinen Namen!«, entfuhr es mir. »Ich weiß noch nicht mal, wie du heißt!«, schrie ich zurück ins Auto und knallte die Tür.

»Halt! Stehen bleiben! Hier spricht die Polizei! Lassen Sie die Waffe fallen und nehmen Sie die Hände hoch!«

Tshukev und Partner standen oben auf der Brücke, waren im Begriff, sich vom Acker zu machen. Ob sie Hufschmidts Befehle über dem Rauschen des Verkehrs überhaupt wahrnahmen, war nicht festzustellen.

»Sie war entwaffnet!«, schrie ich, nur halb bei mir, »sie war harmlos!« Partner schraubte sein Gewehr auseinander, Tshukev hielt ihm den Kofferraum des Audis offen.

»Halt, stehenbleiben! Oder ich mache von der Schusswaffe Gebrauch!«

Tshukev blickte einmal zu uns runter, schüttelte den Kopf, und Hufschmidt feuerte, der gute Junge. Jetzt sah auch Partner her, Waffe verstaut. Tshukev sagte etwas, und Partner tat so, als ob er Hufschmidts Kugel mit der Hand auffangen und dann über seine Schulter werfen könne. Die beiden sahen sich an und lachten.

Sie … lachten.

Setzten sich in den Audi und … *lachten.*

Etwas in mir machte *tic.* Wie wenn der Magnet im Relais den Stromkreis schließt. Etwas in mir machte *tic*, und ich saß im Wagen, riss den Gang rein und das Lenkrad herum und prügelte die Riesenkarre aus dem Stand von der Autobahn die Böschung hinunter und von da die Böschung neben der Brücke wieder hoch und weiter.

Sie waren ohne große Hast davongefahren und bereuten es, denke ich mal, als ich in ihrem Spiegel auftauchte.

Tshukev schaltete sofort runter und trat aufs Gas, doch der Hummer hatte einen Fahrtüberschuss, den auch ein Dragster nicht mehr ausbeschleunigt gekriegt hätte.

Also entschied Tshukev sich blitzschnell anders und wich abrupt in die nächste Seitenstraße aus, doch war er mittlerweile so schnell, dass das den Audi ins Schleudern brachte und damit quer zu meiner Fahrtrichtung, und ich traf sie mit Vollgas genau in der Mitte und wir kamen nicht zum Stehen, bis der Hummer den Audi breitseits gegen einen Baum geschmiert hatte.

Ein Wind kam auf, der erste Lufthauch seit Tagen. Blaulicht umflackerte uns. Mal wieder.

Hufschmidt war komplett neben sich, stammelte, gestikulierte, aber brachte kein Wort heraus.

»Ich hatte Vorfahrt.« Das koordinierte ihn ein bisschen.

»Wenn, *wenn* sie von links gekommen *wären*, dann ja! Aber … aber da sind Zeugen, dass du anschließend noch mindestens dreimal zurückgesetzt und deinen Wagen wieder reinbeschleunigt hast in das Wrack!« Er deutete auf den völlig platt gepressten Audi, an dem sich eine Handvoll Feuerwehrleute zu schaffen machte, sichtlich unentschlossen, wie man Fleisch und Blech wohl am Geschicktesten voneinander trennen sollte. »Mit Vollgas!«

»Ich bin irgendwie mit dem Getriebe durcheinandergekommen.«

»Mit dem Getriebe durcheinandergekommen! Wem willst du das denn erzählen?«

»Allen.«

Menden nahm mich beiseite. Auch er rang sichtlich um Fassung. Selten bei ihm.

»Was haben Sie sich dabei gedacht, Kryszinski?«, herrschte er mich an, die Stimme mühsam gedämpft.

Gedacht, gedacht … ich wusste es nicht zu sagen.

»Was wollten Sie? Mit einer Terroristin durchbrennen? Wohin?«

Irgendwohin. Ganz egal. Süden, vielleicht.

»Sagen Sie mir: Wo sollte das hinführen?«

Weg, nur weg... Neues Land, neuer Job, neue Papiere ... Noch mal ganz von vorn anfangen ...

»Sie mussten doch wissen, das das Ganze keine Zukunft haben konnte!«

»Ja«, sagte ich, »Ja. Ja, ja, ja ...«

Ich ließ ihn stehen und ging einfach los. Weiter und weiter. Böen peitschten, und Regen setzte ein, ganz ohne Blitz, ganz ohne Donner, einfach so. Ich ging weiter und weiter durch das immer stärker werdende Prasseln, und die Tropfen liefen mir nur so das Gesicht hinunter.

Epilog

Ich komme wegen eines Hundes, den man kürzlich hier abgegeben hat.«

Oh, musste ich mich belehren lassen, da würde ich schon präzisieren müssen. Es wurden hier beinahe täglich Hunde abgegeben – neben anderen Tieren, versteht sich –, oftmals mit fadenscheinigen Begründungen, oder weil man sie ihren Haltern wegnehmen musste, wegen schlechter Haltung etwa.

Sie war ein bisschen sehr gesprächig für die frühe Stunde und meinen Geschmack, doch ich ließ sie ausreden. Ich hatte alle Zeit der Welt.

Ob ich den Namen des Tieres wüsste?

Wusste ich nicht.

Rasse, Größe, Farbe, Alter?

Auch nicht.

Dann wenigstens den Namen des letzten Halters?

Wieder nichts. »Alles, was ich weiß, ist, dass er Änderungsschneider war.«

Oh. O ja. Furchtbare Tragödie, das. Der arme Hund.

Er war klein, grau, und anders als die anderen Hunde, die ringsum in ihren Zwingern tobten, saß er einfach nur da und blickte skeptisch drein. Fatalist, wie die Besten von uns. Müsste ich den äußeren Gesamteindruck in ein Wort fassen, ich würde sagen: struppig.

»Hat er einen Namen?«

Er hieß Struppi.

»Wie passend«, fand ich, und die Dame vom Tierheim lachte. Sie war eine von denen, die vermutlich über alles lachen können, eine Eigenschaft, die mich immer schon mit Neid erfüllt hat.

»Ich kann nur hoffen, du gehst gern zu Fuß«, sagte ich zu ihm, und er sah mich an, als könne er sich mit dem Gedanken anfreunden. »Zumindest die nächsten paar Monate.«

Ich hatte bei allen Vernehmungen behauptet, in »halbstaatlichem Auftrag« gehandelt zu haben, und Menden und Hufschmidt waren so reizend gewesen, jegliche Aussage dazu geradezu brüsk zu verweigern. Der »andere Dienst« schwieg sowieso, ließ aber immerhin durchblicken, dass es meinen Hinweisen zu verdanken war, dass der restliche Sprengstoff auf dem Rittergut von Deckarts stillem Teilhaber Vonscheidt sichergestellt werden konnte. Was, alles zusammen, den Ermittlungen gegen mich ein wenig den Schwung raubte. Im Endeffekt würde es mangels Anklagepunkten wohl noch nicht mal zu einer Verhandlung kommen. Nur meinen Führerschein musste ich bizarrerweise abgeben, wegen einiger aufgelaufener Anzeigen. Rücksichtsloses Fahren und so.

»Gefällt er Ihnen?«

»Na ja. Die Frage ist: Wie stehts denn andersrum?«

Wir holten ihn aus seinem Verschlag, und er sah kurz zu mir hoch, schnupperte eine Weile an meinem Hosenbein, sah noch mal hoch, wedelte seinen Stummelschwanz und setzte sich dann auf meinen Fuß und knurrte eine Katze an, die gerade vorbeigetragen wurde.

»Ich hab das Gefühl«, sagte ich, »wir werden prima miteinander auskommen.«

Bis zum Hals

Kristof Kryszinski ist zum Glück gerade mal nicht betrunken, als ihm nachts ein Mann vors Auto gestoßen wird. Der Unbekannte ist sofort tot und Kryszinski droht der Knast. Plötzlich steht die Witwe des Toten vor Kryszinskis Tür. Und sie ist so schön, dass jeder Mann für sie töten würde – oder sterben.

Der Willy ist weg

Willy Heckhoff, Millionenerbe mit Villa und triebgesteuertes Maskottchen einer Bikergang, ist verschwunden. Spurlos. Der Verdacht, er könnte entführt worden sein, bestätigt sich, als bei den Bikern Erpresserbriefe mit horrenden Lösegeldforderungen eingehen. Ruhr-City-Ermittler Kryszinski läuft zur Höchstform auf.

Alles total groovy hier

Kristof Kryszinski ist mit seinem Kumpel Scuzzi ins sonnige Spanien unterwegs. Sie wollen einen Ort finden, an dem ihr Bikerklub eine Ranch eröffnen kann. Doch wie immer bei Kryszinski kommt alles anders. Und so verschwindet nicht nur der Geschäftspartner in spe, obendrein bekommt er es auch noch mit einem Dorf voller zugekiffter Hippies zu tun …

Rotzig & Rotzig

Ausgerechnet in Mühlheims Drogen- und Problemquartier soll Kristof Kryszinski eine Einbruchserie aufklären. Doch dass nicht allein die Rotzlümmel Yves und Jean hinter den Diebstähle stecken, wird Kryszinski klar, als diese von einem reichen Diamantenhändler als Pflegekinder aufgenommen werden. Was sind die wahren Motive?

Jörg Juretzka im Unionsverlag

Sense

Eigentlich hätte das Aufspüren des vermissten Zockerkönigs Sascha eine fette Belohnung einbringen sollen. Doch als der plötzlich mausetot in Kristof Kryszinskis Küche liegt, steht der Detektiv unversehens selbst unter Mordverdacht. Auf der Suche nach dem wahren Täter zieht er eine Spur der Verwüstung quer durchs Ruhrgebiet.

Fallera

Kristof Kryszinski ist am Ende – so sehr, dass er sogar einen wahnwitzigen Job von der Polizei annimmt. Kriminelle sollen zusammen mit Behinderten einen Abenteuerurlaub in den Bergen verbringen. Kryszinski ist als Undercover-Aufsicht dabei. Aber schon bald bleiben die ersten Teilnehmer buchstäblich auf der Strecke …

Freakshow

Im Leben Kristof Kryszinskis geht mal wieder alles schief. Während er Rollstuhlfahrer vor gelangweilten Teenagern bewahren, Kinderschänder aufspüren, einen Bugatti finden und eine Großbaustelle bewachen soll, wird ihm allmählich klar, dass alles und alle miteinander verwoben sind – und er selbst mittendrin!

Prickel

Kristof Kryszinski, der schäbigste aller Privatdetektive, recherchiert im hoffnungslosesten aller Fälle: Zwischen Frühschoppen mit Autoschraubern und Schlummertrunks mit der rasantesten Motorradbraut zwischen Mülheim und Ratingen soll er herausfinden, wer wirklich »der Schlächter von Bottrop« ist.

Meyer-Palushi-Serie

Täuschung

Jasmin Meyer sucht in Thailand nach Puzzlestücken ihrer Vergangenheit. Unter Einheimischen und Schweizer Auswanderern versucht sie, dem Geheimnis ihres seit zehn Jahren verschollenen Vaters auf die Spur zu kommen. Dabei stößt sie auf Dinge, die sie und ihre Familie im Innersten erschüttern.

Hafturlaub

Hafturlaub. Wenn die ehemalige Polizistin Jasmin Meyer das Wort bloß hört, wird ihr übel – auch sie wurde Opfer einer Gewalttat. Nun aber muss sie sich ihren Ängsten stellen: Die 11-jährige Fanny wird bedroht. Jasmin vermutet, dass ein Strafgefangener dahintersteckt. Und der Verdächtige erhält Hafturlaub …

Tatverdacht

Camp Casablanca in Kosovo: Ein Swisscoy-Soldat wird beschuldigt, eine Bardame vergewaltigt zu haben. Er bestreitet die Tat, doch die Spuren zeichnen ein anderes Bild. Jasmin Meyer und Pal Palushi versuchen beide auf ihre eigene Weise, Licht in die Sache zu bringen. Hat Fabian Zaugg etwas gesehen, das nicht für seine Augen bestimmt war?

Schlumpf Erwin Mord

Der Mord im Gerzensteiner Wald, wo ein Handelsreisender erschossen aufgefunden worden ist, scheint ein Routinefall zu sein: Der Verdächtige sitzt bereits in Untersuchungshaft auf dem Schloss Thun. Sein Versuch, sich in der Zelle zu erhängen, wird von Studer im letzten Moment vereitelt. Was als Schuldbekenntnis ausgelegt werden könnte, wird für den Fahnder der Kantonspolizei zum Ausgangspunkt für seinen Kampf um Schlumpf, von dessen Unschuld er überzeugt ist.

Matto regiert

Eine Irrenanstalt im Kanton Bern in den Zwanzigerjahren: Wachtmeister Studer ist nicht nur einem Verbrecher auf der Spur, sondern blickt auch hinter die Kulissen psychiatrischer Theorien und Therapien. Er tritt eine Reise an in die dunkle Grenzregion zwischen Normalität und Wahn, wo Matto, der Geist des Irrsinns, regiert.

Die Fieberkurve

Wie gelangt ein schlichter Fahnder der Berner Kantonspolizei plötzlich in einen marokkanischen Garnisonsposten der Fremdenlegion? Wachtmeister Studer erlebt ein Wechselbad der Gefühle. Er träumt am helllichten Tag und vergisst mitunter, dass er einen Fall lösen muss und gewinnt immer mehr den Eindruck, dass man ihm übel mitspielt – ein grausames Spiel, dessen Regeln ihm fremd sind.

Michael Dibdin *Sizilianisches Finale*
Kommissar Aurelio Zen erhält den Auftrag, vor dem er sich immer gefürchtet hat: Er muss nach Sizilien, wo er auf Geheiß des Innenministeriums die Arbeit der erst kürzlich ins Leben gerufenen Anti-Mafia-Einheit der Staatspolizei überwachen soll. Da das Innenministerium mit der Staatspolizei rivalisiert, steht er von Anfang an zwischen den Fronten.

James McClure *Song Dog*
Lieutenant Tromp Kramer und der Bantu Detective Michael Zondi lernen sich in Zululand kennen, als Kramer ein Sprengstoffattentat an einer jungen weißen Frau und einem Polizist untersucht. Die Ermittlungen des ungleichen Duos werden permanent von inkompetenten Kollegen behindert, und je näher sie der Wahrheit kommen, desto mehr begeben sie sich in Lebensgefahr.

Xavier-Marie Bonnot *Melodie der Geister*
Der Marseiller Polizeikommandant Michel de Palma, auch »Baron« genannt, soll Licht in den Mord an Dr. Delorme bringen. Warum liegt Freuds Werk Totem und Tabu geöffnet vor dem toten Wissenschaftler? Gibt es eine Verbindung zu dessen früheren Reisen nach Neuguinea? Der »Baron« taucht ab in die Tiefen der Marseiller Unterwelt.